愛經典

閱讀經典，成為更好的自己。

歐·亨利

牛仔很忙

歐·亨利 O. Henry 著

黎幺 譯

緣起

愛經典

卡爾維諾說：「『經典』即是具影響力的作品，在我們的想像中留下痕跡，並藏在潛意識中。正因『經典』有這種影響力，我們更要撥時間閱讀，接受『經典』為我們帶來的改變。」因著經典作品獨具的無窮魅力，時報出版公司特別引進「作家榜」品牌母公司大星文化策劃的「作家榜經典名著」，推出「愛經典」書系，期能為臺灣的經典閱讀提供最佳選擇。

這一系列作品，已出版近百本，累積良好口碑，榮登各大長銷榜。這些作家都經時代淬鍊，作品雋永，意義深遠。我們所選的譯者，許多都是優秀的詩人或作家，譯文流暢通順好讀，更能傳遞原創精神與文采意涵。因為經典，時報特別對每部作品皆以精裝裝幀，更顯質感，絕對是讀者閱讀與收藏經典的首選。

現在開始讀經典，成為更好的自己。

目次

刎頸之交

狩獵歸來，我在新墨西哥州的洛斯皮諾斯小鎮等候南下的火車。火車誤點了一個小時。我坐在「頂峰」飯店的遊廊上，和老闆泰勒馬科斯．希克斯攀談，一時順口，竟探討起生活的意義來。

看他的個性，不像是會跟人耍狠的角色，我便問他，是哪一種野獸毀了他的左耳。作為獵人，我很清楚，在捕獵的過程中常有不幸發生。

「這隻耳朵，」希克斯說，「是真摯友情的紀念。」

「一次意外？」我追問。

「友情當中沒有意外。」泰勒馬科斯說。而我只能沉默。

「就我所見，說到真摯的友情，只能找出一個完美的例證，」此間的主人繼續說道，「那存在於一個康乃狄克人和一隻猴子之間。在哥倫比亞的巴蘭基亞，那隻猴子爬到椰子樹上，摘下椰子，丟給等在樹下的人。那人就把椰子鋸成兩半，做成長柄勺，每一半賣兩個雷亞爾；賣掉了，就拿錢去買酒。而那隻猴子會把椰汁喝掉。他們兩個坐地分贓，各取所需，就像一對兄弟。

「但如果雙方都是人類，友情就成了一種變幻莫測的把戲，隨時可能廢止，從不另行通知。

「曾經有一個人夠資格稱得上是我的朋友，他叫佩斯利．費什。我天真地以為，他和我的友情是永恆不變的。我們倆肩並著肩，一起打拚了整整七年，採礦、拓荒、賣一種專利攪拌器、放羊、給人照相、幫人拉鐵絲網、摘梅子，還做了很多別的事情。我想，無論是謀殺、奉承、錢財、詭辯，或是酒精，都不能在我和佩斯利．費什之間造成嫌隙。我們的交情深厚到別人難以想像的程度。我們是生意上的好夥伴，也將這種和睦的關係延伸到日常消遣之中。我們就像達蒙和皮西厄斯[1]一樣度過日日夜夜。

「有一年夏天，我和佩斯利穿上一身戶外的行頭，跑去聖安德烈山脈那一帶，打算停下手頭的事情，好好地放鬆一個月。我們來到了這個洛斯皮諾斯鎮。這裡簡直是這個世界的屋頂花園，遍地流淌著奶與蜜。小鎮只有一兩條街道，只有新鮮的空氣和四處亂竄的母雞，只有一家吃飯的館子：對於我們，這些就足夠了。

「我們到達的時候，恰好是晚餐時間。我們決定在鐵路旁邊的這家館子休息一下，隨便吃一點東西。那時候，我們剛坐定，用小刀把黏在紅色油布上的盤子撬起來，寡婦傑瑟普便端著冒著熱氣的麵包和炸豬肝走了進來。

「唉，那是個什麼樣的女人啊，就連一條鳳尾魚見到她也會心動，會忘記已有的海誓山盟。她的身材適中，表情親切，讓接近她的人感到放鬆。她那粉紅色的臉蛋同時暗示了廚房的高溫和熱情的個性，她的微笑能讓山茱萸在臘月開放。

「寡婦傑瑟普跟我們聊了很多，說到了天氣、歷史、丁尼生、乾梅子、羊肉缺貨，最後，還問起我們來自哪裡。

「『春谷。』我回答道。

「『大春谷。』佩斯利嘴裡塞滿了馬鈴薯和火腿，卻還是搶著說了一句。

「我意識到我和佩斯利之間這段天長地久的友誼算是結束了，這是第一個訊號。他知道我討厭話多的人，但仍然要插嘴糾正和補充我的說法。地圖上標注的地名的確是『大春谷』，但我不下一千次聽到他自己也叫它『春谷』。

「之後誰都沒有再說什麼，吃過晚飯，我們走出去，到鐵軌那裡坐了下來。我們搭檔的時間太久了，不可能不知道彼此的想法。

「『我猜你一定明白，』佩斯利說，『我已經下定決心要得到那個寡婦，要讓她永遠成為我的私人財產，從家庭、社會和法律方面，都屬於我，直到死亡終止我們的合約。』

「『嗯，我當然明白，』我說，『儘管你只說了一句話，但我已經讀懂了你的言外之意。我想，你應該也瞭解了，我想搶先一步，讓這個寡婦改姓希克斯。你最好省下力氣，給報紙的社會新聞欄寫封信，問問伴郎參加婚禮時是不是要戴一枝山茶花，是不是要穿無縫短襪！』

「『你盤算得倒好，但是不是漏了點什麼？』佩斯利嘴裡嚼著一小片鐵軌枕木，『我來幫你理一理吧，』他說，『一切世俗的事務，我都可以遵從你的心意，但這件事除外。那個女人的笑容，』佩斯利繼續說，『是海蔥和山泉的漩渦，遇上它，再牢固的友誼之船也會觸礁沉沒。我會和一頭熊拚命，只要

1 達蒙和皮西厄斯，故事最早見於關於古羅馬演說家西塞羅的記載。傳說錫拉庫札的統治者狄奧尼修斯逮捕了皮西厄斯，並要將他處死，皮西厄斯的朋友達蒙以自己的性命為他擔保，讓他在受刑前回鄉與妻兒道別。行刑日到了，皮西厄斯仍未歸來，達蒙必須代友受刑，但他仍堅信朋友不會欺騙他。在行刑的前一刻，皮西厄斯終於趕到，原來他在歸途中遭遇了船難。狄奧尼修斯對兩人之間忠貞的友誼大感驚奇，於是將他們釋放了。這兩人的名字已經成為莫逆之交的代名詞。

牠惹你不高興；我會為你的借條做擔保，會用樟腦肥皂給你擦洗兩塊肩胛骨之間的那塊地方。一切還和過去一樣，但在這件事上，我不能跟你講交情。在關於傑瑟普太太的問題上，我們不可能達成一致。我先把醜話說在前頭。』

「於是，我自己跟自己作了一番盤算，提出了以下的結論和附則：

「『男人與男人之間的友誼，』我說，『是一種歷史悠久的美德，在他們不得不彼此保護，對抗有八十英尺長的蜥蜴和會飛的海龜時，這種美德就是天經地義的。他們把習慣保持到今天，始終都在互相支援，直到飯店的門童跑來告訴他們，這幾種動物並不存在。我常聽人說，一旦有女人插足進來，男人之間的友情就破滅了。為什麼非得這樣？我來告訴你吧，佩斯利，傑瑟普太太和她的熱麵包乍一出現，就給我們的心帶來了一陣劇烈的衝擊。就讓我們當中更好的那一個得到她吧。我要和你明明白白地競爭，絕不搞那些不清不楚的小動作。我要在你的面前追求她，一舉一動都不會瞞著你，這樣一來，你的機會也均等了。在這種安排之下，無論我們哪一個勝出，我都不認為，我們友誼的汽輪會像你說的那樣，在這個充滿藥水味的漩渦裡翻船。』

「『好兄弟，』佩斯利握著我的手說，『我同樣會這麼做。我們在同一套規則下追求這個女人，不讓這種場合下常會出現的欺騙和流血事件發生。無論成敗，我們仍是朋友。』

「在傑瑟普太太的餐館那邊，有一條長椅擺在幾棵大樹底下。在南下的乘客被餵飽離開後，她常一個人坐在上面乘涼。晚飯之後，我和佩斯利就去那裡碰面，以我們說好的方式，公平、公開地討好這個女人。我們的求愛方式都光明正大，也都講究迂迴策略。正像我們之前說的，如果有人先到了，一定會等另一個也在場的時候，才開始獻殷勤。

「終於有一個晚上，我們的安排被傑瑟普太太知道了。那晚，我比佩斯利先到了長凳那裡。晚飯時間剛過，出門前，傑瑟普太太新換了一套粉紅色的衣服，清爽得讓看到她的人都感到一絲涼意。

「我在她身邊坐下，發表了一些觀點，有關自然如何透過透視法，以近景和遠景的結合搭配出動人的表象。就這一點而論，那一晚的確十分典型。月亮被其所屬的那片天空布置得相當妥帖，樹木依據自然與科學的規定，在大地上描繪陰影，灌木叢中始終有一種難以忽視的雜訊，既像夜鶯，又像黃鸝或野兔，以及森林裡那些羽狀的昆蟲。此外，還有從山那邊吹來的風，用鐵路旁邊那堆過期的番茄罐頭，以單簧口琴般的聲音演奏樂曲。

「我察覺身體左邊有些異樣——多出了某樣東西，觸感像火爐邊正在發酵的一缸麵團。原來是傑瑟普太太朝我靠了過來。

「『哦，希克斯先生，』她說，『一個人若獨居於世，在這樣一個美麗的夜晚，是否會倍感淒涼？』

「我立刻從長椅上站了起來。

「『對不起，夫人，』我說，『我很不情願這樣講，但在佩斯利到達之前，對於這種具有誘導性的問題，我只能聽而不聞。』

「然後，我向她解釋，我們是怎樣成為朋友的，是怎樣被經年累月的貧困和漂泊牢牢地捆綁在一起，又是怎樣相互協作、相互扶持的。我還告訴她，我們一致同意，在愛情問題尚未明朗的階段，誰都不應藉著多愁善感之機或近水樓臺之便搶先得利。傑瑟普太太似乎嚴肅思考了片刻，之後便哈哈大笑，在林野間激起陣陣回聲。

「很快，佩斯利也來了，頭髮上抹了香檸檬油，在傑瑟普太太的另外一邊落座，開始講述一段悲慘的冒險故事。說的是一八九五年，桑塔瑞塔山谷經歷了九個月的乾旱，他和扁臉拉姆雷比賽給旱死的牛剝皮，賭注是一個鑲銀的馬鞍。

「你看，在這場求愛行動的開始，佩斯利．費什就已經一敗塗地了。對於如何攻進女人內心的柔軟地帶，我們各自有一套辦法。佩斯利的手段就是用那些或是他親身經歷的，或是從書裡借來的奇聞逸事來唬人。我想，他一定是受到一部莎士比亞戲劇的啟發，那齣戲我看過，名字叫《奧賽羅》。戲裡有個黑人，將英國小說家賴德．哈格德、美國電影演員盧．多克斯塔德和美國長老會牧師派克赫斯特博士的語言熔於一爐，跟公爵的女兒談天，贏得了她的歡心。但這種求愛方式，在舞臺之外並不可行。

「好吧，我說說我自己的祕訣吧。怎樣誘惑一個女人，使她甘願在被人提起時把娘家的姓換成你的？只要學會拿起她的手，然後握緊它，她就是你的了。這沒有聽起來那麼容易。有些男人握得太緊，像極了在做肩膀復位，你都能聞到山金車酊的氣味，都能聽到撕扯繃帶的聲音。還有些男人把女人的手當成了滾燙的馬掌，舉著它，把手臂遠遠地伸出去，就像一個藥劑師，正把阿魏酊倒進瓶子裡。而大多數男人，一旦握住女人的手，就如同男孩終於找到了草叢裡的棒球，總要把它舉到她的眼前，生怕她忘記手是長在胳臂上的。這些方法全是錯的。

「我來告訴你怎樣做才是對的。你可曾見過有人偷偷溜進後院，撿起一塊石頭，丟向一隻坐在籬笆上盯著他看的公貓？他假裝手裡沒東西，假裝貓沒看見他、他也沒看見貓。同樣的道理，千萬別把她的手拉到她不得不關注的地方。她知道你正握著她的手，但別讓她知道你知道她知道。這就是我的取勝之道。至於佩斯利的那些有關戰爭和災禍的小夜曲，就和讀星期天的列車時刻表給她聽沒什麼兩樣，那天的火車也會在紐澤西的歐辛格羅夫停靠的。

「一天晚上，我比佩斯利早到了一袋菸的工夫，我的友情在這片刻之中損失了少許。當時，我問傑瑟普太太，她是否也認為『H』要比『J』好寫一些[2]。她的頭立刻靠在我的胸口，碾碎了插在扣眼裡的夾竹桃，我也緊緊地貼著她——但好歹還是忍住了。

「『如果你不介意，』我站起來說道，『我們還是等佩斯利來了再繼續吧。我從未辱沒我們的友誼，在這件事上，也不能有失公平。』

「『希克斯先生，』在黑暗中，傑瑟普太太用一種奇怪的目光看著我，『如果不是另有原因，我已經將你趕出這片峽谷，叫你永遠別再來見我。』

「『那是什麼原因呢，夫人？』我問她。

「『你是這樣稱職的朋友，想必也會成為稱職的丈夫。』她說。

「不到五分鐘，佩斯利也坐在傑瑟普太太身邊了。

「『一八九八年夏天，在銀城，』他開始說他的故事，『我看到吉姆．巴托洛繆在藍光沙龍咬掉了一個中國人的耳朵，就為了一件橫紋棉布襯衫——什麼聲音？』

「是我和傑瑟普太太，我們又接著做起了之前中斷的事情。

「『傑瑟普太太，』我說，『已經答應改姓希克斯了。我們這麼做也不算稀奇吧。』

2「H」是希克斯的首字母，「J」是傑瑟普的首字母。

「佩斯利把腳扳到長凳上，雙腿盤坐，嘴裡呻吟著。

「『勒姆，』他說，『我們做了整整七年的朋友。你親傑瑟普太太可以別親得這麼大聲嗎？我以後也會注意的。』

「『好啊，』我說，『輕一點也無妨。』

「『那個中國人，』佩斯利繼續說著，『在一八九七年槍殺了一個叫馬林的人，那是——』

「他又自己打斷了自己。

「『勒姆，』他說，『如果你是真朋友，別把傑瑟普太太摟得這麼緊。現在我覺得整條長凳都在晃。你懂的，你跟我說過，只要還有一絲希望，你都會給我同樣的機會。』

「『這位先生，』傑瑟普太太轉過臉，面對著佩斯利說，『二十五年以後，如果你來參加我和希克斯先生的銀婚典禮，被你自己叫作頭腦的那個大南瓜，是不是還會覺得你在這件事情上是有希望的？我忍了你這麼久，只因為你是希克斯先生的朋友，但很顯然，現在你該收拾東西，下山去了。』

「『傑瑟普太太，』我說，但並未丟掉作為未婚夫的立場，『佩斯利先生是我的朋友，只要一切還沒最終落定，我都會給他平等的機會和權益。』

「『機會！』她說，『好吧，他也許還覺得自己有機會，但我希望他在旁觀了今晚發生的一切之後，別再對自己那麼有信心。』

「接著，一個月之後，我和傑瑟普太太在洛斯皮諾斯的衛理公會教堂舉行了婚禮；整個鎮的人都趕來觀禮。

「就在我們走向臺前，牧師即將開始主持儀式時，我環顧四周，但沒看到佩斯利。我叫牧師先別進行。『佩斯利還沒到，』我說，『我們得等等佩斯利。曾經是朋友，就永遠是朋友——這話說的就是泰勒馬科斯．希克斯。』傑瑟普太太瞪了我一眼，但牧師還是按我的吩咐，暫時沒有宣讀婚禮誓言。

「沒等多久，就看到佩斯利從過道裡飛奔而來，一邊跑，一邊還在戴一隻硬袖口。他解釋說，鎮上的唯一一家乾洗店因為老闆來看婚禮關了門，他喜歡的襯衫是在那裡漿洗的，他叫不開門，最後只能敲碎了那家店的後窗，自己取了衣服。說完後，他站到了新娘的另外一邊，婚禮繼續進行。我一直在想，佩斯利是不是還盼著最後一個機會，指望著牧師弄錯，把寡婦嫁給他。

「儀式完成後，喝了茶，吃了羚羊肉脯和杏子罐頭，大家就散了。佩斯利是最後一個走的，他握著我的手，說我始終忠實可靠、始終光明磊落，作為我的朋友，他深感自豪。

「牧師在街邊有一間小屋，他把它翻修了一遍，用來出租。他准許我和希克斯太太占用到第二天早上十點四十分，我們登上前往埃爾帕索的火車去度蜜月為止。他的妻子用蜀葵和野葛把整間屋子裝飾起來，讓它看起來喜慶極了，也舒服極了。

「那晚大約十點鐘的時候，我坐在門前，脫掉靴子，想涼快一下，那時希克斯太太正在收拾房間。很快，屋裡的燈光熄滅了；我又坐了一陣，獨自回味舊日點滴。接著，我聽到希克斯太太在喊我：『怎麼還不進來啊，勒姆？』

「『來了，來了，』我像被驚醒了一樣說道，『你看看我，我還在等老佩斯利——』

「可是，話還沒說完，」泰勒馬科斯．希克斯結束了他的故事，「我覺得好像有人用一支點四五手槍一槍轟掉了我的左耳。轉頭一看才知道，那一擊只不過是希克斯太太用手裡的掃帚柄給我的一點教訓。」

婚姻手冊

本人桑德森．布拉特，僅憑個人經驗，提出如下主張：應將聯邦合眾國的教育系統劃歸氣象局管理。對此，我有充分的理由；然而，你卻找不到理由來說明為何不把我們的大學教授調去氣象部門。他們都識字，都能閱讀，看一眼晨報，再把上面的天氣預報摘下來拍電報發給總局，對他們來說輕而易舉。不過，這是另外一回事了。我要繼續告訴你的是氣象怎樣給我和愛達荷．格林提供了高規格的教育。

為了勘探金礦，我們登上了蒙塔納一帶的苦根山脈。在瓦拉瓦拉，一個留絡腮鬍的男人扛著發現礦脈的希望，就像扛著一件超重的行李，他要卸下重負，就把補給都給了我們。我們手頭的物資足以維持一支軍隊在和平談判期間的開銷，於是就從從容容地在山麓間挖著。

一天，一個從卡洛斯城來的郵差騎著馬，翻過了山，在我們這裡停下來，吃了三個青梅罐頭，給我們留了一份近期的報紙。報上登了一則天氣預報，它替苦根山脈翻開的那張底牌是「晴朗，轉暖，有輕微的西風」。

那個晚上下雪了，還伴有強勁的東風。我和愛達荷把營地轉移到更高處的一間空置的小木屋裡，還以為這只是一場十一月的陣雪。但是，當雪積到三英尺深的時候，仍未見一點要緩和的意思，我們便知道自己被雪困住了。在積雪變厚之前，我們囤了大量的柴火，物資也充足，夠我們撐兩個月的，所以乾脆把兩眼一閉，任由風雪肆虐，破壞它想要破壞的一切。

如果你想教唆別人殺人，只需把兩個男人關在一間十八英尺寬、二十英尺長的小屋裡一個月即可。人類天生受不了這種事。

雪片最初飄落的時候，我和愛達荷．格林給對方講笑話，讚美我們從長柄鍋裡倒出來的那團被我們稱為「麵包」的東西。然而，在第三個星期將要結束的時候，愛達荷對我發表了如下聲明。

他說：「我從沒聽過餿掉的牛奶從瓶口流出滴到鐵皮鍋底上的聲音，但我想，跟你的表達器官生產的千篇一律的、越來越沒意思的思想相比，這聲音可以算是天籟了。你每天都要發出的這種稀里嘩啦的噪音，叫我想到了牛的反芻。只有一點不同，牛還能管住自己，不去打擾別人，你不能。」

「格林先生，」我說，「鑒於你曾經是我的朋友，我有點不好意思對你坦白，如果我可以在你和一隻三條腿的黃色土狗之間選個伴，那麼這間小屋的其中一個房客現在就在搖尾巴了。」

我們像這樣過了兩三天，之後就不再對話了。我們分了廚具，愛達荷用火爐的一邊做飯，我則用另一邊。雪積到了窗口，我們不得不讓火整天燒著。

你明白，我和愛達荷除了認字以及在石板上抄寫「如果約翰有三個蘋果，詹姆斯有五個」之外，沒受過任何教育。我們從不覺得對大學的學位有什麼特別的需要，浪跡天涯的經歷使我們學到了實用的學問，讓我們能應對各種突發狀況。可是，被雪困在苦根山的那間小屋裡之後，我們頭一回覺得，如果我們學過《荷馬史詩》或是希臘語，學過分數和那些比較高級的學科分支，也許就會更善於沉思，更善於自省。

我見過那些從東部大學裡走出來的年輕人，他們遍布整個西部，在各個農場裡做工。就我的所見所聞來說，教育至少沒有給他們帶來什麼優勢。比如有一次，在蛇河那邊，安德魯．麥克威廉斯的坐騎得了馬胃蠅寄生蟲病，他雇了輛平板馬車，去十英里外接來一個自稱植物學家的陌生人。但馬還是死了。

一天早晨，愛達荷拿一根棍子在一個小木架的頂上捅來捅去的，那裡太高了，手碰不到。兩本書從那裡掉了下來，落在地上。我朝那兩本書撲了過去，但看到愛達荷的眼神，就沒去撿。他開口了，這是一星期以來，他第一次說話。

「當心你的手指，」他說，「儘管你只配和冬眠的泥龜為伍，我仍然會和你公平交易。你父母對你都沒這麼好。你對待朋友像條響尾蛇，睡姿像個凍蕪菁，他們遺傳給你的，就只有這兩樣。我跟你打一局七點兒，贏家先拿走他選中的書，輸家拿走剩下的那本。」

我們打了一把牌，愛達荷贏了。他挑走了他的書，我拿了我的。之後，我們回到各自在這間屋裡的地盤，開始看書。

看書的時候，我快活得像看著一個十盎司重的金塊。而愛達荷看著他那本書的樣子則像一個孩子看著一根棒棒糖。

我的書是本小書，大約五英寸寬、六英寸長，名叫《赫基默必備知識手冊》。我說的可能不對，但我認為它就是迄今為止最偉大的書。我今天還把它帶在身上，用裡面的知識，我可以在五分鐘之內把你或其他任何人問倒五十次。拿所羅門和《紐約論壇報》來說吧，赫基默把他倆都蓋過了。這人肯定花了五十年的時間，走過一百萬英里的路程，才搜羅了這麼多的素材。

書裡有所有城市的人口數目，有判斷女孩年齡的辦法，有駱駝的牙齒數量。這本書告訴你世界上最長的隧道是哪一條，天上有多少顆星星，水痘要潛伏多久才發出來，怎樣測量一位女士脖子的尺寸，州長如何行使否決權，羅馬人哪一天建好了水渠，要買幾磅大米才能與每天三杯啤酒的營養相當，緬因州奧古斯塔城的年平均氣溫有多高，用播種機種一英畝胡蘿蔔需要多少種子，各種毒藥該怎麼解，金髮女郎的頭髮有多少根，怎樣儲存雞蛋，還有世界上每一座山的高度，每一場戰爭和每一次戰役的日期，還有針對溺水者和中暑者的急救法，一磅平頭釘的個數，還有炸藥的製造方法、床的製造方法和花的栽種方法，還教你在醫生趕來之前該做什麼——此外還有數不清的其他內容。也許還有什麼是赫基默所不知道的，但至少我找不出這本書裡沒提過的東西。

我坐著沒動，讀那本書讀了四個小時。知識的全部奇觀都濃縮在其中了。我忘記了雪，忘記了我和老愛達荷的糾紛。他正安安靜靜地坐在凳子上讀書，棕黃色的大鬍子裡透出一種既溫柔又神祕的表情。

「愛達荷，」我說，「你那本是什麼書？」

愛達荷一定也忘了之前的事，因為他的口氣十分平和，不傷人，也不帶惡意。

「哦，」他說，「看起來，應該是一個叫荷馬．K．M[1]的人寫的一本冊子。」

「荷馬．K．M後面是什麼？」我問。

---

1 荷馬．K．M，指《魯拜集》的作者，古代波斯詩人歐瑪爾．海亞姆。

「什麼後面？就只有荷馬．K．M。」他說。

「你胡說。」我覺得愛達荷肯定在誆我，於是有點冒火，「沒有人用縮寫來給自己的書署名的。要嘛是荷馬．K．M．思博彭蒂克，要嘛是荷馬．K．M．麥克斯威尼，要嘛是荷馬．K．M．瓊斯。為什麼你不好好講人話，說名字只說半截，就像頭小牛，啃掉了掛在晾衣繩上的襯衫下襬。」

「我跟你說的都是實話，桑迪，」愛達荷平靜地說，「這是一本詩集，荷馬．K．M寫的。起初我沒看出什麼來，但一旦看進去了，就跟找到寶藏似的。拿兩條紅毯來跟我換這本書，我也不答應。」

「你太高看它了，」我說，「我想要的是能讓腦筋動起來的不偏不倚的事實，我得到的這本書裡似乎就有這些東西。」

「你得到的，」愛達荷說，「只是統計材料，是留存於世的底層訊息。這些東西會給你的腦袋下毒。我喜歡老K．M的那套推論。他看起來就像個酒類產品代理商；他最愛說的祝酒詞是『萬般皆空』；他似乎有滿腹牢騷，卻在飲宴當中用杯中物滋潤了它們，抱怨得最嚴重的時候，也只像在請人跟他分享一夸脫美酒。這就叫詩啊，」愛達荷說，「你那本充其量只是一輛運輸知識的卡車，裝載了各種尺寸和數字。你拿它當寶，真是可笑。一旦要用自然的藝術來解釋本真的哲理，老K．M就能用他的每一行每一段，把你那位作者打得一敗塗地，無論是播種機、胸圍，還是年平均降雨量。」

我和愛達荷就以這種方式消磨時間。日日夜夜，我們閱讀我們的書，我們學習，並且從中收穫所有的樂趣。暴風雪無疑給我們兩人灌輸了不少學問。

等到雪融的時候，如果你突然走到我面前，對我說：「桑德森．布拉特，用九美元五十美分的一箱鐵皮來鋪屋頂，屋頂的尺寸是二十乘以二十八，每平方英尺合多少錢？」我會立刻回答你，快得像閃電以每秒十九萬兩千英里的速度掠過一根鐵鍬柄。這種事有幾個人做得到？

如果你在半夜叫醒你認識的隨便哪個人，要他立刻告訴你，除去牙齒，人的骨骼結構總共含多少塊骨頭，或是在內布拉斯加立法院，支持率要達到多少才能推翻一項否決，他能回答你嗎？試試看吧。

至於愛達荷從他那本詩集裡得到了什麼好處，我實在不清楚。他張口閉口都在推廣那位酒類商品代理人，但我不太信。

從愛達荷透露的有關這本詩集的一切來看，這個荷馬．K．M就像一條狗，把生活當成了綁在尾巴上的鐵罐子。在把自己折騰得半死以後，他坐下來，吐著舌頭，看著那個罐子說道：「好吧，既然甩不掉這個空洞的東西，不如到街角去，拿酒把它灌滿。大家為我乾一杯吧。」

此外，他好像是個波斯人；除了土耳其地毯和馬爾他貓，我從未聽說波斯還有什麼值得一提的名產。

那年春天，我和愛達荷挖到了富礦。我們倆的習慣是早出手，快周轉。轉讓了開採權之後，我和他每人分到了八千美元，之後我們便逛到了薩爾蒙河畔的小鎮羅薩，打算休息一下，吃點人吃的東西，把鬍子刮乾淨。

羅薩不是礦業基地。它坐落在山谷裡，和這塊國土上的其他鄉村小鎮一樣，避開了喧囂和疫病。近郊有一條三英里長的電車路線，我和愛達荷在車裡消磨了一個星期，到了晚上才會下車回日落旅店休息。

那時我們既讀過書，也行過路，很快便融入了羅薩的上流社會，開始接到邀請，頻繁出入那些格調高雅、必須盛裝出席的娛樂場所。一次，為了給消防隊募捐，市政廳舉辦了鋼琴獨奏會暨吃鵪鶉比賽，那是我和愛達荷和德．奧蒙德．桑普森太太的初次會面。她稱得上是羅薩社交界的女王。

桑普森太太是一個寡婦，鎮上唯一一棟兩層樓房就是她的。那樓被漆成黃色，無論從哪個方向看，都像禮拜五那天沾在愛爾蘭人下巴上的蛋黃一樣刺眼。除了我和愛達荷，在羅薩還有二十二個男人想要爭奪那棟黃色的房子。

在將樂譜和鵪鶉骨頭掃出市政廳之後，那裡舉行了一場舞會。二十三個人輪番上陣，跑來請桑普森太太跳舞。我多走了幾步，避開了那支讓人走兩步的舞，請她准我陪她回家。我成功了。

在回家的路上，她說：「今晚的星星真是又亮又美，你說呢，布拉特先生？」

「為了像這樣閃耀一次，」我說，「它們用全部的力氣撕碎了自己。你看到的那顆大的，距離我們六百六十億英里。它用了三十六年的時間，才把光傳到我們這裡。用一臺十八英尺長的天文望遠鏡，你能觀測到四千三百萬顆星星，包括十三等星。如果現在有一顆十三等星爆炸了，今後的兩千七百年，你都能看到它的光芒。」

「啊，」桑普森太太說，「我之前完全不瞭解這些。天多熱啊！我之前跳了太多舞，把身上弄溼了。」

「這很容易解釋，」我說，「要知道，你身上有兩百萬條汗腺在同時運行。每一條汗腺有四分之一英寸長，要是把它們全部首尾相接，我們就能得到一條七英里長的管道。」

「天啊，」桑普森太太說，「聽起來，就好像你描述的是一條灌溉渠似的，布拉特先生。你怎麼會知道這麼多事情？」

「藉由觀察，桑普森太太，」我對她說，「我在環遊世界的時候，一直把眼睛睜得很大。」

「布拉特先生，」她說，「我一向欽佩有學問的人。在這個滿是笨蛋和流氓的鎮子上，哪裡挑得出有學問的人。能和有學問的紳士談話，實在是賞心樂事。只要你覺得方便，隨時可以來我家找我，我會非常高興。」

我就這樣贏得了黃樓女主人的好感。每逢週二和週五的晚上，我都到她那裡去，把赫基默發現的、記錄的、引用的那些宇宙間的奧妙說給她聽。愛達荷和鎮上其他的仰慕者則使盡渾身解數爭奪一週當中剩餘的每一分鐘。

以往，我從未想過，愛達荷竟會嘗試用老K．M的那一套來追求桑普森太太，直到一天下午，我走在路上，拎著一籃野生李子，正打算給她送去。我和我們這位女士相遇了，當時她正在通往她那棟房子的一條小巷裡走著。她的目光很嚴厲，帽子斜戴著，遮住了一隻眼睛，模樣有點嚇人。

「布拉特先生，」她開口說道，「如果我沒弄錯的話，那位格林先生應該是你的朋友吧。」

「九年的老交情。」我說。

「和他絕交，」她說，「他不是正派人！」

「怎麼了？太太，」我說，「他就是個樸實的山裡人，有點粗魯，也有在騙子和混混身上比較多見的缺點，但即使有最嚴重的事由，我也絕不會打心眼裡認為他不是正派人。他為人自大，愛炫耀，穿衣品位一言難盡，也許確實叫人看不順眼，但話說回來，太太，我知道他不會自甘墮落。我和愛達荷來往了九年，桑普森太太，」我最後總結道，「我不願意說他壞話，也不願意聽別人說他壞話。」

「布拉特先生，維護朋友固然無可厚非，」桑普森太太說，「但他分明在對我動可惡的歪腦筋，任何有身分的女性都會把這看作恥辱。你改變不了這個事實。」

「哎呀，哎呀，」我說，「老愛達荷會做出這種事！簡直難以置信。他之所以變成這副樣子，只可能有一個理由；這都是一場風雪造的孽。有一回，我們被大雪困在了山裡，在那期間，他被一本詩集給害了，裡面那些胡言亂語敗壞了他的舉止風度。」

「這就對了，」桑普森太太說，「打從我認識他開始，他就給我讀了很多瀆神的詩句，據他自己說，都是一個叫露比．奧特的人寫的。從她的詩作來看，這女人可不是什麼好貨色。」

「這麼說，愛達荷又弄到一本新書，」我說，「他之前的那本是一個筆名叫K．M的人寫的。」

「別管是本什麼書，」桑普森太太說，「反正是叫他著了魔。今天他又弄了些亂子出來。我收到他送來的一束花，花間用別針別了一張紙條。布拉特先生，你很瞭解女人，也瞭解我在羅薩社交界的口碑。你想想看，我會不會和一個男人一起偷偷溜去樹林裡，帶著一壺酒和一大塊麵包，還跟他一塊又唱又跳的？我在吃飯的時候會喝點酒，但我可沒有帶著酒去灌木叢裡大吵大鬧的習慣。當然了，他肯定還會帶上那本書。這是他說的。讓他自己去參加這場可恥的野餐吧！或者，讓他的露比．奧特和他做伴吧！我想她不會反對，除非麵包帶得太多、酒帶得太少。現在，你還覺得你的朋友是個正人君子嗎，布拉特先生？」

「夫人，」我說，「也許，老愛達荷的邀請只是一段像詩一樣的東西，沒有主觀惡意。也許，這屬於他們稱之為『象徵』的那類詩歌修辭。這類詩歌不太規矩，也不太合理，但這類詩歌能夠透過信件郵遞到世界各地，只因為這類詩歌表達的是與字面不同的含義。希望你不要見怪，我替愛達荷多謝你了。」我說，「在這樣一個美好的午後，桑普森太太，讓我們把自己的心智從低層次的詩歌領域解救出來，往更高等級的事實和假想中去吧。」我接著又說：「我們應當讓我們的思想有根有據。這裡雖然暖和，但我們要記住，就算在赤道線上，海拔一萬五千英尺的地方也終年積雪不化。在緯度四十度到四十九度之間，這條雪線更是下降到了四千到九千英尺的高度。」

「哦，布拉特先生，」桑普森太太說，「在被那個叫露比的風騷女人用她的詩給折磨過之後，再聽你講這些美妙的事實，可真叫人舒心愜意！」

「我們在路邊的樹墩上坐一下吧，」我說，「忘掉詩人的粗俗下流和不通人性吧。顯而易見的事實和合理合規的資料閃耀著動人的光輝，在其中，我們可以找到真正的美。就在我們坐著的這些樹墩裡，桑普森太太，」我說，「就包含著比任何詩歌都更神奇的數字。這些年輪表明這棵樹活了六十歲。三千年以後，它會在兩千英尺深的地底變成煤。世界上埋藏得最深的煤礦在紐卡斯爾附近的基林沃斯。一個四英尺長、三英尺寬、兩英尺八英寸高的箱子就能盛得下一噸煤。假如動脈被割破了，要緊按傷口的上方。人的一條腿有三十根骨頭。倫敦塔在一八四一年遭過火災。」

「繼續啊，布拉特先生，」桑普森太太說，「這些說法個個獨特新穎，還讓人覺得安心。我覺得，統計數字簡直是最迷人的東西。」

但其實，兩個星期以後，我才算真正享受到赫基默給我的全部好處。

一天晚上，我被吵醒了，到處都有人在喊：「失火了！」我跳起來穿上衣服，跑出旅館去看熱鬧。認出失火的正是桑普森太太的房子之後，我立即大叫一聲，兩分鐘之內就趕到了現場。

黃樓的底層整個沒入火焰之中，羅薩鎮的每個男性、每個女性和每條犬都聚在那裡，吵吵鬧鬧、歇斯底里，光給消防員添麻煩。我看到愛達荷想從攔住他的六名消防員的手裡掙脫出來。他們告訴他，樓下全都著了火，一旦進去就別想活著出來。

「桑普森太太在哪裡？」我問。

「沒看到她。」一名消防員說，「她在樓上睡覺。我們想進去，但沒辦法，我們隊裡沒有配備消防雲梯。」

我跑到被大火照亮的地方，從衣服裡面的口袋掏出那本手冊。在確信已經把它握在手裡的時候，我發出了像笑一樣的聲音——我想我肯定是激動過頭了。

「赫基，老朋友，」我一邊翻書，一邊對它說話，「你從沒欺騙過我，也從沒拋棄過我。告訴我該怎麼做，老朋友，告訴我！」

我翻到第一二七頁的「遇到意外該怎麼處理」，手指一行一行向下滑，很快就找到了。老赫基默太棒了，他真是無所不知！書裡說：

吸入煙氣或煤氣導致的窒息——用亞麻籽效果最好。取少許放進外側眼角即可。

我把手冊塞回我的口袋，抓住了一個正從這裡跑過去的男孩。

「給你，」我遞給他一些錢，說道，「趕快去藥店，買一美元的亞麻籽回來。快去，另一張鈔票你自己留著。好了，」我對人群喊道，「我們現在去救桑普森太太！」說完，把帽子和外套隨手一丟。

消防員和圍觀群眾之中有四個人一起拉住了我。他們說，現在進入肯定會送命的，因為樓板就快塌了。

「該死的火，」我喊著，又一次發出那種像笑一樣的聲音，但一點也不覺得好笑，「你叫我把亞麻籽放進眼睛裡，但沒有眼睛怎麼辦？」

我用雙肘撞擊兩個消防員的臉，一腳踢得一名圍觀者磨破了皮，還把在另一邊抓住我的那位絆了一跤。之後，我便闖進了著火的房子。

如果我先死，我會寫信告訴你地底下是不是比黃樓裡更糟糕，但你可別信。反正，我那時比你在飯館裡點的那種速食烤雞香得多。

煙和火把我擊倒了兩次，差一點讓老赫基默丟臉，幸虧消防員用他們的細水管幫了我一把，我才進得了桑普森太太的房間。她被煙熏得已經不知道害羞了，所以我用床單把她一裹，抱起來扛在肩膀上。是的，樓板沒他們說的那麼不結實，不然我可做不到——誰也別想做到。

我扛著她跑到距離房子五十碼遠的地方，把她放在草地上。之後，當然了，另外二十二個缺席了半場的當事人全都來到這位女士的身邊，拿著裝滿水的鐵勺圍成一圈，準備搶救她。去買亞麻籽的男孩也趕回來了。

我解開了纏在桑普森太太頭上的床單。她睜開眼睛說：「是你嗎，布拉特先生？」

「噓——」我說，「別出聲，我先給你治療一下。」

我小心翼翼地摟住她的脖子，托起她的頭，用另一隻手撕破了裝亞麻籽的袋子，然後慢慢俯下身子，把三、四顆亞麻籽放進她的眼角外側。

這時，鄉村醫生也趕到了。他捉住桑普森太太的手腕，測了測脈搏，哼了幾下表示不滿，問我這樣亂來到底是什麼意思。

「嗯，老藥喇叭和耶路撒冷橡樹籽，」我說，「我沒有行醫資格，但不管怎麼說，我有我的依據。」

他們取來了我的外套，我把手冊掏了出來。

「看看第一一七頁，」我說，「那裡寫到了煙氣或煤氣中毒的治療方法。書上說，要把亞麻籽放進外側眼角。我不知道它的作用是中和煙毒，還是促進胃部神經的修復功能，但赫基默是這麼說的，他先給這個病例做了診斷。假如你還想會診一下，那也沒有問題。」

老醫生拿起書，戴好眼鏡，藉著消防員的提燈看了兩眼。

「布拉特先生，」他說，「你在做診斷的時候顯然是看錯行了。窒息的處理方法是『盡快給病人呼吸新鮮空氣，並將之置於仰臥位』。亞麻籽是用來治療『煤灰入眼』的，在下面這一行。不過，說到底——」

「看這裡，」桑普森太太插嘴說，「對於這個診斷，我想我也應該說點什麼。這些亞麻籽給我帶來的好處比我以往嘗試過的任何東西都要大。」接著，她抬起頭，躺回我的臂彎裡，又說道：「親愛的桑迪，請給我的另一隻眼睛裡也放一點。」

所以，明天或往後的任何一天，只要你在羅薩鎮停留，就一定會看到一棟漂亮而嶄新的黃色樓房。它的裝修是由布拉特太太，也就是曾經的桑普森太太負責的。如果你走進去，就會看到一本《赫基默必備知識手冊》，用紅色摩洛哥皮整個包了起來，擺在位於客廳中央的大理石桌子上，隨時準備為大家查找所有關於幸福和智慧的條目。

比綿塔鬆餅

那時我們在弗里奧山麓趕一群烙有圓圈套三角印記的牲口，一根枯死灌木的斜枝掛住了我的木馬蹬，害我扭傷了腳踝，在營地裡躺了一個星期。

在被迫休假的第三天，我一瘸一拐地走到炊事車那邊，很快就陷入營地廚子賈德森・奧多姆猛烈的口頭火力之下，哪怕臥倒在地，仍是避無可避。賈德天生就愛說話，但命運對他不太好，給了他一個與此無關的職業，讓他在絕大多數時間裡都找不到聽眾。因此，在語言的荒漠裡，我便成了賈德的嗎哪[1]。

那時候，我跟所有傷患一樣，特別嘴饞，總想吃些不能被歸類為「食物」的東西。我憶起了母親的餐櫃，不由得「深情如初戀，悔憾至瘋癲」，於是我問：「賈德，你會做鬆餅嗎？」

賈德放下他正準備用來敲碎羊排的六連發手槍，帶著我認為是恐嚇的表情朝我走來。他那怒氣沖沖的姿態，閃爍猜疑的淺藍色眼睛，又進一步加深了我的這種印象。

1 嗎哪，《聖經》中提到的一種神賜的食物。正因為有了嗎哪，出埃及的以色列人才能在荒蕪的曠野上存活下來。

「喂，」他說，雖然怒氣沖沖，但仍保持克制，「你是真心問我，還是在給我設圈套？是不是哪個小子跟你說過我和那鬆餅的爛帳了？」

「不，賈德，」我誠懇地說，「我沒別的意思。我願意用我的矮種馬和牠那套鞍具換上一疊烤成焦黃色的鬆餅，抹上新鮮的罐裝紐奧爾良蜂蜜。關於鬆餅，難道還有什麼故事不成？」

賈德見我絲毫沒有含沙射影的樣子，立刻就放鬆了很多。他從炊事車裡拿出一些神祕的袋子和鐵盒，放在我靠著的那棵孔雀木的涼蔭底下。我看著他慢條斯理地把這些東西排成一列，然後解開綁袋口的繩子。

「不，不是故事，」賈德一邊做著手頭的工作，一邊說，「只是我和加拿大陷騾谷來的粉紅眼睛的牧羊人，還有維萊拉．利賴特小姐之間那點事情的合理結果。告訴你也無妨。

「那時候，我在聖米格爾牧場給老比爾．圖米趕牛。某天，我特別想吃罐頭食品，只要不哞哞，不咩咩，不哼哼，也不到處亂啄的東西都可以。於是，我跨上我那匹小野馬，一路追著風跑，到了努埃塞斯河比綿塔渡口的伊姆斯利．特爾費爾大叔商店。

「大約下午三點的時候，我把韁繩套在一棵灌木的枝條上，步行走過最後二十碼，到了伊姆斯利大叔的商店。我跳到櫃檯上坐著，跟伊姆斯利大叔聊了兩句，說有跡象表明全世界的水果都受災了。不到一分鐘之後，我拿著一袋餅乾和一把長柄勺，看著身邊一字排開的杏子罐頭、鳳梨罐頭、櫻桃罐頭和青梅罐頭，伊姆斯利大叔則還在手忙腳亂地用斧頭一個接一個地砍開罐頭盒上的黃色鐵箍。我簡直像蘋果之禍發生前的亞當一樣幸福。我腳上一蹬，把靴子上的馬刺插進了櫃檯外面，手上揮舞著我那把二十四英寸長的勺子，忙得不亦樂乎。這時，我抬眼望向窗外，看著緊鄰店鋪的伊姆斯利大叔家的後院。

「有個女孩站在那裡——一個外國女孩，一邊看著我為水果工業加油助威，一邊學我的樣子，揮著手裡的一根槌球棍，自得其樂。

「我從櫃檯上滑下來，把我的勺子遞給了伊姆斯利大叔。

「『那是我的侄女，』他說，『維萊拉．利賴特小姐，從巴勒斯坦來的。需要我幫你們介紹一下嗎？』

「『聖地啊。』我暗自想著。我的念頭很難馴服，我想把它們趕回畜欄裡去，它們卻總繞著她轉圈子。『為什麼不呢？天使一定都在巴勒斯坦，當然好了，伊姆斯利大叔，』我大聲地說，『我當然想認識維萊拉．利賴特小姐，都有點迫不及待了。』

「於是，伊姆斯利大叔領著我去了後院，替我們做了介紹。

「我在女人面前從不靦腆。我總也不明白，為什麼有些男人不吃早飯就能制服野馬，在黑暗中也能剃好鬍子，卻在看到包在一匹印花棉布裡的同類異性時，就笨手笨腳、汗流浹背、張口結舌。還不到八分鐘，我和維萊拉小姐就一起打起了槌球，熟絡得像兩個親戚。她拿我吃掉的水果罐頭數量取笑我，我則隨口回應她，說有關水果的麻煩一定都是那個叫夏娃的女人在第一塊天然牧場上惹出來的——『那地方就在巴勒斯坦吧，對不對？』我說，輕鬆得像用套索套住一隻一歲大的小馬。

「我就這樣獲得了接近維萊拉．利賴特小姐的許可，隨著時光流逝，我們的關係愈發密切。她一直留在比綿塔渡口，說是為了健康，但其實她的身體很棒；還說是為了氣候，但其實這裡比巴勒斯坦還要熱百分之四十。頭一個階段，我每星期都會騎馬去看她一次，後來，我盤算著如果我把去店裡的次數加倍，那我和她相見的頻率也就加倍了。

「有一個星期，我一共去了三次，就在第三次時，鬆餅和粉紅眼睛的牧羊人也攪和了進來。

「那晚我坐在櫃檯上，嘴裡叼著一個桃子、兩顆李子，向伊姆斯利大叔探問維萊拉小姐的情況。

「『哦，』伊姆斯利大叔說，『她出去了，跟加拿大陷騾谷來的牧羊人傑克遜．伯德騎馬去了。』

「我把桃核和李核都吞進了肚子。我覺得，說不定有人用韁繩勒住了櫃檯，否則我跳下去的時候，它恐怕得翻倒在地。我直直朝外走，撞到拴著我那匹雜毛馬的灌木上，才停下腳步。

「『她出去騎馬了，』我湊在我的小馬耳邊低聲說，『和伯德斯通．傑克，那頭從牧羊人的加拿大雇來的騾子一起。你明白嗎，喜歡挨鞭子的老朋友？』

「那匹矮馬以牠的方式替我哭了一場。牠被養大，是用來放牛的，從不知道牧羊是怎麼回事。

「我又走了回去，對伊姆斯利大叔說：『你剛才提到一個牧羊人？』

「『是的，我提到了一個牧羊人，』大叔又繼續說，『你一定聽說過傑克遜．伯德的事。他有八片牧場和四千隻北極圈以南最好的美利諾羊。』

「我出了店門，走到店鋪背陽的一面，坐在地上，靠著一棵霸王樹。我自言自語，說了許多關於那隻傑克遜老鳥[2]的話，手不自覺地抓起沙子往靴筒裡灌。

「我對牧羊人一向不帶偏見。有一天，我看到一個牧羊人坐在馬背上讀一本拉丁文語法書，我碰都沒碰他。我不像大多數放牛人，我從不會被牧羊人激怒。你不能一邊工作，一邊揍牧羊人，你不能跟那些坐在桌邊吃飯，穿著小鞋子，跟你閒聊天的傢伙動粗，給他們的臉上添幾道疤。我總是會放他們過去，就像你總是會放兔子過去；最多說句客氣話，但不會為他們停步，不會和他們用同一個水壺喝水。我從不覺得有必要與牧羊人為敵。就因為我寬宏大量，給他們留了條活路，這時他們中的一個居然跑來找維萊拉．利賴特騎馬了！

「太陽落山前一小時，他們騎著馬漫步而來，在伊姆斯利大叔家門口停住了。牧羊人扶她下馬。他們站在那裡聊了幾句，說的話愉快而又機智。最後，這位長了羽毛的傑克遜躍上馬鞍，抬了抬燉鍋似的帽子，就一路小跑，回他的羊肉牧場去了。這時，我把靴筒裡的沙子倒出來，把自己從霸王樹的棘刺上拔下來。他才走出半英里地，我就策馬趕上了他。

「我說過，那牧羊人的眼睛是粉紅色的，但其實不然。他那看東西的擺設是如假包換的灰色，但他的睫毛是粉紅的，頭髮的顏色跟沙子一樣，所以會給人一種錯誤印象。牧羊人——其實他只養羔羊，只能叫牧羔人——是個小個子，脖子上圍著黃綢巾，鞋帶還綁成了蝴蝶結。

「『午安！』我對他說，『現在和你並排的騎手，常被人叫作「一擊必殺」，說的是我打槍的本事。想讓一個陌生人認識我的時候，我會在拔槍之前介紹一下自己，但不和他握手，因為我從不喜歡和死人握手。』

「『啊。』他說，像是在表示『啊，賈德森先生，幸會幸會。我是陷騾牧場的傑克遜．伯德』。

「就在那時，我一隻眼睛看到一隻走鵑叼著一隻小狼蛛從山坡上跳下來，另一隻眼睛看到一隻兔鷹蹲在一截水榆樹的枯枝上。我拔出點四五手槍，朝牠們各開一槍，給他展示了一下我的槍法。『隨便在哪裡開槍都一樣，鳥兒好像會吸引我的子彈，』我說，『打三次，最少兩次能打中。』

---

2 老鳥，牧羊人傑克遜．伯德的姓「伯德」原文為「bird」，即「鳥」的意思。

「『好槍法，』牧羊人神色自若地說，『但有時，第三下也可能會打偏是嗎？上星期下的那場雨對新草大有裨益，你說呢，賈德森先生？』

「『威利，』我向他的馬靠了靠，說道，『你那昏頭昏腦的父母可能會叫你傑克遜，但你換過羽毛就成了嘰嘰喳喳的威利——我們先擱下關於雨水的分析和道理，聊些鸚鵡的詞彙表裡找不到的話吧。你在比綿塔和年輕的女士一起騎馬，這可不是什麼好習慣。我認識的鳥兒，』我說，『絕沒有這麼壞，但都被擺上了烤架。維萊拉小姐不需要鳥類學傑克遜科的山雀用羊毛做成的巢。現在，你是打算退出，還是想試試我這個「一擊必殺」的別名是不是名副其實？這幾個字可是很善於替人操辦葬禮的。』

「傑克遜．伯德先是臉紅了，之後卻笑出了聲。

「『賈德森先生，』他說，『你誤會了。我確實去找過利賴特小姐幾次，但原因可不像你以為的那樣。我純粹是為了滿足我的胃口。』

「我伸手去摸槍。

「『哪來的野種，』我說，『以無恥為榮。』

「『少安毋躁，』伯德說，『先聽我解釋。我要老婆來幹嘛？如果你見過我的牧場，你就懂了。我自己做飯，自己補衣服。在放羊之外，我唯一的樂趣就是吃了。賈德森先生，你嘗過利賴特小姐做的鬆餅嗎？』

「『我？沒有，』我告訴他，『我從未聽說她有烹飪方面的專長。』

「『那些鬆餅是金色的陽光，』他說，『是伊比鳩魯用芬芳的火焰烤成的焦甜美味。如果能得到製作鬆餅的辦法，我願意少活兩年。這就是我去看望利賴特小姐的原因，』傑克遜．伯德說，『但我一直都沒能弄到手。那是一個古老的配方，在她的家族之內代代相傳，已經傳了七十五年。他們還從未把它洩漏給外人。如果我能得到配方，我就能在牧場裡做給自己吃，那我該有多麼幸福啊。』

「『你敢保證，』我對他說，『你追求的不是那做鬆餅的人嗎？』

「『我保證，』傑克遜說，『利賴特小姐是非常好的女孩，但除了滿足我的胃口，我沒有其他的意圖——』見到我的手朝槍套伸過去，他又改了口，『只是抄一張配方而已。』這才算把話說完。

「『你倒還不算壞透了，』我做出大度的樣子，說道，『我本來想將你的小羊都變成孤兒，但現在，我要放你飛走了。但你最好把目標對準鬆餅，別偏離軌道，別把感情當糖漿一樣吞下肚去，否則，有人在你的牧場裡唱歌，你也聽不到了。』

「『為了讓你相信我的話，』牧羊人說，『我想請你幫我的忙。你是利賴特小姐的密友，她不願為我做的事，或許願意為你做。如果你能幫我弄到鬆餅配方，我就向你承諾，以後再也不去見她。』

「『你的請求很合理，』我說，然後和傑克遜．伯德握了手。『樂意效勞。只要我能辦到，我就一定替你弄到它。』於是，他掉轉馬頭，下到皮德拉的大梨樹平原，回陷騾牧場去了；我則向西北方向策馬而去，直奔老比爾．圖米的牧場。

「五天之後，我才又找到機會上比綿塔去。維萊拉小姐和我在伊姆斯利大叔家度過了一個愉快的傍晚。她唱了幾首歌，在鋼琴上敲敲打打，彈了好多段歌劇裡的曲子。我模仿響尾蛇的模樣，告訴她『蛇頭』邁克菲剝牛皮的新法子，跟她描述我那次去聖路易的旅途見聞。我們兩個處得十分投機。我想，要是能讓傑克遜把牧場遷走，我就贏了。我記起他關於鬆餅配方的承諾，我想，我也許可以從維萊拉小姐這裡把東西弄來交給他；事成之後，若是再叫我逮到他在陷騾山谷之外亂跑，我就送他歸天。

「所以，到十點鐘左右，我臉上掛著帶有哄騙意味的笑容，對維萊拉小姐說：『現在，如果有什麼比青草地上的紅馬更叫我喜歡的，就只有塗過糖漿的熱騰騰美味鬆餅了。』

「維萊拉小姐差點從鋼琴凳上蹦起來，之後好奇地看了看我。

「『是啊，』她說，『鬆餅確實是好東西。奧多姆先生，你剛剛說的，你在聖路易弄丟了帽子的那條街叫什麼來著？』

「『鬆餅大街。』我眨了眨眼，表示我執意要弄到她的家傳配方，絕不會乖乖地縮回去。『來吧，維萊拉小姐，』我說，『來說說你是怎麼做的吧。鬆餅就像車輪一樣在我的腦子裡轉來轉去。快說說——比如一磅麵粉，八打雞蛋，反正說說這一類的東西。裡頭都有哪些成分？』

「『請稍等一會兒。』維萊拉小姐說。她飛快地用餘光瞥了我一眼，從凳子上溜下來，慢慢地走出去，到另一個房間去了。緊接著，伊姆斯利大叔進來了，拿著一個水罐，衣服都還沒穿好。在他轉身去拿玻璃杯的時候，我看到他的褲口袋裡塞了一把點四五手槍。『我的天，』我心想，『這家人這麼看重一個食譜配方，甚至不惜用槍炮來保護它。就算有家族世仇，這樣做也過頭了。』

「『把這個喝掉。』伊姆斯利大叔遞給我一杯水，說道，『你今天騎馬走了那麼遠的路，賈德，你有點太興奮了。還是考慮點別的事情吧。』

「『你知道怎麼做那種鬆餅嗎，伊姆斯利大叔？』我問。

「『嗯，我對這種問題不像有些人那麼專業，』伊姆斯利大叔說，『不過，我覺得你可以像大家通常做的那樣，篩些石膏粉，加上一點生麵、小蘇打和玉米粉，用雞蛋和全脂牛奶混在一起。今年春天老比爾是不是還要把牛肉運到堪薩斯去，賈德？』

「這就是我在那一晚瞭解到的有關鬆餅的一切。難怪傑克遜．伯德將它看得難如登天。於是，我把這個話題先擱到一邊，跟伊姆斯利大叔聊了會兒空角病和龍捲風。之後，維萊拉小姐進來跟我道晚安，我便騎馬回牧場了。

「大約一週之後，我在騎馬前往比綿塔的路上遇見傑克遜．伯德，他剛從那裡離開。我們停在路邊，隨口閒扯了幾句。

「『你還沒弄到鬆餅的詳細做法嗎？』我問他。

「『唉，沒有，』傑克遜說，『看起來，我是沒什麼指望了。你試過沒有？』

「『試了，』我說，『但太難了，就像用花生殼把土撥鼠從洞裡刨出來一樣難。看他們那副抱緊不放手的架勢，這鬆餅配方肯定是件稀罕物。』

「『我幾乎準備放棄了，』傑克遜說，語氣顯得極端失望，讓我都替他難過，『但我實在很想知道鬆餅的做法，以便在孤寂的牧場裡獨自享用，』他說，『夜裡，我無法入睡，只想著鬆餅的美味。』

「『你還要再爭取看看，』我對他說，『我也會的。我們之中總有一個人會用套索套住它的角。好吧，再會，傑克遜。』

「你看，這個時候，我們的關係已經是和合無間了。當我發現這個沙黃頭髮的牧羊人並沒有追求維萊拉小姐的時候，我對他也就寬容多了。為了幫助他達成食欲方面的抱負，我一直努力著，想從維萊拉小姐那裡弄到配方。但我一提到『鬆餅』，她就會流露出疏遠和不安的眼神，並且主動岔開話題。如果我仍不放棄，她就會溜出去，接著就輪到手裡拿著水罐，口袋裡裝著火炮的伊姆斯利大叔來替她。

「某天，我在毒狗草場的野花叢中採了一束漂亮的藍色馬鞭草，然後趕著馬去了那家店鋪。伊姆斯利大叔只睜開一隻眼睛看著那束花，嘴裡說道：『你還沒有收到消息嗎？』

「『牲口漲價了嗎？』我問道。

「『維萊拉和傑克遜．伯德昨天在巴勒斯坦結了婚，』他說，『信今早才到。』

「我把花扔進了餅乾桶，任由這則消息緩緩流進我的耳朵，再下滑到左胸的襯衫口袋，最後落在我的腳底。

「『你能再重複一遍嗎，伊姆斯利大叔？』我說，『也許我的聽力出了問題，你剛才只是說一頭良種小母牛值四美元八十美分，或是別的類似的話。』

「『昨天結的婚，』伊姆斯利大叔說，『然後就去韋科和尼亞拉大瀑布度蜜月去了。怎麼了，你一直都沒有看出來嗎？傑克遜．伯德就是從帶維萊拉出去騎馬那天開始追求她的。』

「『那麼，』我幾乎吼道，『他跟我說的那番關於鬆餅的鬼話究竟是怎麼回事？告訴我！』

「我一說到『鬆餅』，伊姆斯利大叔就馬上閃開，後退了幾步。

「『有人在鬆餅的事情上欺騙了我，把我蒙在鼓裡，』我說，『我會弄清楚的。你一定知道什麼。快說，不然我就把你這裡砸個稀爛。』

「我翻過櫃檯去抓伊姆斯利大叔。他想拿槍，但槍還在抽屜裡，他差了兩英寸，沒有碰到。我揪住他的襯衫前襟，把他推到角落裡。

「『說說鬆餅吧，』我說，『不然我就拿你做一張鬆餅。維萊拉小姐會做鬆餅嗎？』

「『她這輩子都沒做過，我也從沒見她做過。』伊姆斯利大叔安慰我說，『冷靜一下，賈德，靜一靜。你太激動了，頭上的舊傷把你弄得神志不清。試著別去想鬆餅了。』

「『伊姆斯利大叔，』我說，『我的頭沒有受過傷，除非你指的是我大生就遲鈍得像頭牛。傑克遜．伯德告訴我，他接近維萊拉小姐是打算從她那裡套出製作鬆餅的配方，他還請我幫他討配料的清單。我照做了，結果你都看到了。我被一個粉紅眼睛的牧羊人用約翰森青草給蒙蔽了，還有別的嗎？』

「『你先放開我，我再告訴你，』伊姆斯利大叔說，『唉，看起來傑克遜．伯德騙了你，然後就溜了。那天，和維萊拉一起騎過馬之後，他又回來了，跟我和維萊拉說，無論什麼時候，只要你提到鬆餅，就得小心提防。他說，你曾經在一個營地裡遇到意外，那時候，那裡的人正在烙鬆餅，其中一個傢伙用平底鍋砸傷了你的頭。傑克遜說，你一緊張或激動，就會舊疾復發，變得瘋瘋癲癲的，嘴裡就會胡扯些關於鬆餅的話。他告訴我們，只要把你從這個話題引開，讓你靜下來，就沒什麼危險。所以，我和維萊拉就用我們知道的一切辦法來照顧你。哎呀，哎呀，』伊姆斯利大叔說，『傑克遜．伯德真是一個很不一樣的牧羊人。』」

在講故事的過程中，賈德已經緩慢但靈巧地把袋子和鐵罐裡的東西攪和在一起。快講完的時候，他把成品端到我的面前——擺在鐵盤子裡的兩塊模樣誘人的滾燙鬆餅。接著，他又從某處祕密儲藏地取出了一塊上好的奶油和一瓶金黃色的糖漿。

「這是多久以前的事了？」我問他。

「三年了，」賈德說，「他們現在就住在陷騾牧場，但我從那時起就沒再見過他們了。他們說，傑克遜．伯德用他的鬆餅計誆我的時候，一直都在布置他的牧場，又是搖椅，又是窗簾，該準備的都備齊了。哦，沒多久我就放下這件事了。但那些傢伙還會拿它說笑。」

「你這些餅是用那個著名的配方做的嗎？」我問道。

「我沒有告訴過你，根本就沒有所謂的配方嗎？」賈德說，「那些傢伙總是拿鬆餅的事來取樂，弄得大家都想吃了，後來我就從報紙上裁了一份配方下來。這東西味道怎麼樣？」

「很好吃，」我回答他，「為什麼你不也來點，賈德？」

我確信我聽到了一聲歎息。

「我？」賈德說，「我從不吃這種東西。」

索利托的衛生學

如果你瞭解拳擊的歷史，你大概會記得發生在九〇年代初期的一件事。當時，在國界河的另外一邊，一個拳王和一個「很有前途」的挑戰者展開了一場僅僅持續一分零幾秒的對決。這次交鋒以此種方式草草收場，在提倡公平和真實的體育賽事中，是極為罕見的。記者都使出了渾身解數，無奈材料匱乏，報導少得可憐。拳王輕易擊倒了對手，轉過身，當眾宣稱：「我瞭解自己，拳頭再重點就出人命了。」接著把手臂像桅杆一樣伸得筆直，叫人給他脫掉手套。

正是由於這個原因，一車大為光火的男士，身穿花哨的背心，綁了浮誇的領結，在賽後第二天的清晨從停靠在聖安東尼奧車站的普爾曼列車上下來。也部分由於這個原因，「蟋蟀」麥奎爾突然發覺自己處境不妙，他跌跌撞撞地從車廂裡出來，坐在月臺上，猛烈地乾咳了一陣，這種聲音對聖安東尼奧人的耳朵來說並不陌生。那時，努埃塞斯的牧場主人，柯帝士．雷德勒在朦朧的晨光中走過這裡。從影子也看得出來，他的身高不下於六英尺兩英寸。

為了趕南下的火車回牧場去，牧場主人早早地出了門。他在這個倒楣的體育迷身邊站住了，用慢吞吞的本地腔調和善地問道：「感覺很糟糕嗎，老弟？」

「蟋蟀」麥奎爾，這位退役的次羽量級拳擊手、賽馬分析員、騎師、馬場的常客、全能賭棍、資深老千，將「老弟」這個不敬的稱呼視為挑釁。

「走開，」他嘶啞地說，「電線杆子。我可沒叫你來。」

又一陣咳嗽打斷了他，他渾身虛弱無力，只好倚靠在一輛可攜式行李車上。雷德勒耐心地守在一邊，環顧了一遍月臺上那些白禮帽、短外套和大雪茄。「你是從北方來的，對嗎，老弟？」待對方緩過氣來之後，他問道，「是來看拳擊的嗎？」

「拳擊！」麥奎爾咬牙切齒地說，「簡直像在牆角打架的貓。他挨的不是拳頭，是皮下注射。人家只不過拿手碰了他一下，他就跟打了麻藥似的，躺下睡著了。他這家免費旅館，門口連塊招牌都不用豎。這能叫拳擊?!」他喉嚨裡發出一陣痰音，咳嗽了幾聲，又繼續往下講，這些話很可能不是對牧場主人說的，只是為了傾吐他的煩惱：「我本來是十拿九穩的。換成拉斯．塞奇本人，他也不會放過這個機會。五賠一，賭那個科克來的小子撐不過三回合，但我覺得他行。我連最後一個子兒都拿出來了，準備贏了錢就把吉米．德萊尼在第三十七街的那家通宵咖啡館買下來，我都能聞到那裡的鋸木屑氣味了。喂，電線杆子，你說說，一個人一次押上自己的全部家當，這多傻啊！」

「你說得太對了，」大個子牧場主人說，「輸錢以後說的話尤其對。孩子，你快點起來，去找家旅館吧。你咳得很厲害。病了多久了？」

「是肺病，」麥奎爾很有把握地說，「我清楚得很。看病的說我還有六個月好活——如果我能管好自己，也許可以延長到一年。我想成個家，好好照顧自己。也許就因為這個，我才把寶押在五賠一的冷門上面。我存了一千美金。如果贏了，我就買下德萊尼的咖啡館。誰料到那傢伙在第一回合就打起了瞌睡。」

「真夠倒楣的。」雷德勒評論道，看了看麥奎爾蜷縮著靠在行李車上的消瘦身體，「不過，你還是找家旅館休息吧。這附近有門傑旅館、馬福里克旅館，還有——」

「還有第五大道旅館，還有華爾道夫—阿斯托里亞旅館[1]，」麥奎爾嘲諷地說，「我告訴過你，我破產了，就跟個叫花子差不多。我身上只剩一個銅板了。也許，去歐洲旅行，或者坐私人遊艇出海逛逛對我有好處——報紙！」

他把他那枚硬幣給了報童，接過買來的《快報》，靠著行李車讀了起來。報紙上繪聲繪色地描述了他的滑鐵盧，立刻將他牢牢地吸引住了。

柯帝士．雷德勒看了一眼他那個碩大的金錶，把手按在麥奎爾的肩頭。

「來吧，老弟，」他說，「我們只有三分鐘趕火車了。」

挖苦人似乎是麥奎爾的本能。

「一分鐘以前我告訴你我破產了，之後你沒看到我撈到什麼籌碼，或是得到什麼轉機吧？朋友，你自己趕車去吧。」

「你到我的牧場去，」牧場主人說，「待到痊癒為止。那裡不出六個月就能治好你，包管你像換了一個人似的。」他用一隻手架著麥奎爾，拖著他向火車走去。

「錢怎麼算？」麥奎爾說，他掙了兩下，但沒有掙脫。

---

1 華爾道夫—阿斯托里亞，是美國著名的連鎖飯店。

「什麼錢？」雷德勒大惑不解地說。他們互相看著對方，誰也弄不懂誰，因為他們的接觸只像是斜軸上的齒輪，雖然恰好咬合在一起，卻只能圍繞不同的軸線轉動。

南下列車上的乘客看到他們坐在一起，都為這對反差極大的組合感到驚奇。麥奎爾只有五英尺一英寸高，面孔像是橫濱人或是都柏林人。眼睛又圓又亮，面頰和下巴骨骼突出，臉上布滿了疤痕，表情透露著頑固，神態讓人害怕，像大黃蜂一樣好鬥。他這種人很典型，對於大家來說，既不新鮮，也不陌生。雷德勒是另一類土壤的產物。他身高六英尺兩英寸，肩膀寬闊，天真得像清澈的溪流，一眼就看得到底，他這種人身上融合了西部和南部的特色。精準描摹了這一類人的畫像非常少，因為藝術館太小了，而在德州，那裡的人還不知電影為何物。總之，要為雷德勒這種類型的人畫肖像，只能畫得像壁畫一樣──某種大尺幅的、極簡的、冷靜的、沒有邊框的圖畫。

他們乘坐的是國際鐵路公司的南行列車。一路上，樹木擁擠在一起，向遠處延伸，在無垠的綠草原上匯聚成一片鬱鬱蔥蔥的森林。這裡是牧場的土地，是牛群之王的領土。

麥奎爾癱倒在座位的一角，刻薄而滿心猜忌地與牧場主人對話。這個硬要把他帶走的大塊頭究竟在玩什麼把戲？麥奎爾說什麼也不會往利他主義的方向去揣摩。「他不是農夫，」這個俘虜想，「肯定也不是騙子。他到底是什麼人？走一步看一步吧，蟋蟀，看看他打的是什麼牌。反正你現在是個窮光蛋了。你有的只是五分錢和奔馬癆，最好什麼也不做。什麼也不做，等著看他耍什麼把戲。」

在距離聖安東尼奧一百英里的林康，他們下了火車，坐上在那裡等著雷德勒的四輪馬車。他們要乘著這輛交通工具走完從火車站到目的地的三十英里。如果有什麼東西能讓刁鑽的麥奎爾忘掉他的贖金問題，那就屬這馬車了。它載著他們，用彷彿裹著絲絨的車輪，在令人振奮的大草原上疾馳。那對西班牙小馬腳步輕盈，不知疲倦，偶爾會使著性子亂跑一陣。空氣中混著草原野花清新的芳香，就像泉水和美酒，沁入他們的身心。道路漸漸隱沒，馬車在海圖沒有標注的草浪中漂浮，由雷德勒熟練的手來掌舵，對他來說，遠處的每個小樹叢都是一塊路標，每一片連綿起伏的低矮山丘都表明了方向和里程。但麥奎爾半躺在車上，眼中只有一片荒蕪，對於駕車的牧場主人，僅僅報以惱怒和猜疑。「他要幹嘛？」這個問題成了他的思想包袱，「這個大塊頭到底想做筆什麼買賣？」麥奎爾只能以他用腳步便能丈量的街道來類比這片由地平線和四度空間構築的廣大區域。

一星期之前，雷德勒在草原上騎行的時候，發現一頭被遺棄的病弱小牛正在哞哞叫喚。他馬都沒下就碰到牠了，把這可憐的牲口拎起來，橫放在馬鞍上，帶回了牧場，交給那些小子去照顧。麥奎爾不可能知道，也不可能理解，在牧場主人的眼中，他的情況和那頭小牛如出一轍，都需要人幫助。一個生物得了病，無依無靠，而他有能力給予援助——僅憑這些條件，牧場主人就會採取行動。它們構成了他的邏輯體系和生活信條。麥奎爾是雷德勒在聖安東尼奧偶遇並且帶回來的第七個病人，因為據說這座城市正在施工的街道附近有臭氧彌漫，所以有幾千個得了肺病的人都去了那裡。來索利托牧場做客的這七人中有五個，或是被治好了，或是有了明顯好轉，在離開的時候感激涕零。有一個來得太遲，最後長眠在花園裡的一株灌木底下，也算得到了安息。

所以，當四輪馬車飛馳到門前，而雷德勒像拎著一團破布一樣，架著他那個虛弱的救助對象下了車，並把他擱在走廊上的時候，牧場的雇工都已經見怪不怪了。

麥奎爾打量著眼前陌生的一切。這牧場的建築是當地最好的。建房子的磚是用馬車從一百英里以外運來的，但房子只有一層，四間屋子周圍環繞著一條泥地「走廊」。馬具、狗具、轡頭、馬車、槍支，以及牛仔的裝備都亂糟糟地堆在地上，這落難的體育健將以他都市人的眼光看待這些，覺得實在不像樣。

「好了，我們到家啦。」雷德勒快活地說。

「這鬼地方。」麥奎爾馬上接口說，話剛出口，一陣突發的咳嗽就讓他倒在走廊上打起了滾。

「我們會盡量讓你好受點，老弟，」牧場主人友善地說，「屋子裡不怎麼美觀；不過，室外的環境對你可大有好處。你的房間在裡面。任何東西，只要我們有，你只管要就好。」

他把麥奎爾領到東邊的屋子裡。地上沒有鋪任何東西，但很乾淨。窗戶敞開著，白色窗簾在一股從海灣吹來的清風中起起伏伏。屋子中間有一把柳條大搖椅，兩把直背椅，還有一張長桌，桌面堆滿了報紙、菸斗、菸草、馬刺和子彈。牆上有幾個安裝得很牢固的鹿頭和一個碩大的黑野豬頭，牆角支好了一張寬大又涼爽的帆布床。努埃塞斯郡的人認為這間客房的規格高得足以招待一位王子。麥奎爾卻朝它齜了齜牙。他掏出他那枚硬幣，朝著天花板一拋。

「我說過我沒錢，你覺得我是在說謊嗎？好吧，你要的話，可以搜我的身。這是金庫裡的最後一塊錢了。誰來付錢啊？」

牧場主人用清澈的灰色眼睛，從灰色眉毛底下堅定地看向他那位客人的黑越橘般的眸子。過了一會兒，他簡短但不失禮貌地說：「老弟，如果你不再提錢，我會很領你的情。一次就夠了。被我請來牧場的人一分錢也不用花，而且他們也很少會提到錢。再過半小時，晚飯就準備好了。壺裡有水，走廊裡掛了一個紅瓦罐，裡面的水更涼，可以喝。」

「哪裡有搖鈴？」麥奎爾四下打量著，說道。

「什麼搖鈴？」

「叫人拿東西來的搖鈴。我可不能——喂，」他突然虛弱地發起脾氣，「我從沒請你把我帶到這裡來。我沒有攔住你，向你討錢。不是你自己問起，我也從沒打算把我的不幸告訴你。現在我在這裡，離旅館門童和雞尾酒有五十英里。我病了。我沒法抵抗。啊，我身無分文了。」麥奎爾撲倒在帆布床上，渾身顫抖著抽泣起來。

雷德勒走到門口喊了一聲。一個身材細長、面色紅潤、二十來歲的墨西哥年輕人很快走過來。雷德勒用西班牙語和他說話。

「伊拉里奧，我記得我答應過你，到了秋天，就派你去聖卡洛斯牧場當牛仔。」

「是的，先生。您真是太好心了。」

「你聽著。這位先生是我的朋友。他病得很重。你待在他身邊，看看他需要什麼，隨時照應他。對他要耐心一點。等他好了，或者——嗯，等他好了，你就不用當牛仔了，我給你當多石牧場的總管，你看好嗎？」

「先生，先生——那太好了，多謝您。」伊拉里奧感激得差一點跪在地上，牧場主人卻善意地踢了他一腳，吼了一句：「別演滑稽戲了。」

十分鐘之後，伊拉里奧從麥奎爾的房間出來，站在雷德勒面前。

「那位小先生向您致意，」——這是雷德勒教給伊拉里奧的講話規矩——他轉述道，「他要一些碎冰，要洗熱水澡，要一杯琴酒，要把所有窗戶關緊緊，要烤麵包，要刮臉，要一份《紐約先驅報》，要香菸，還要發一封電報。」

雷德勒從藥品櫃裡拿出瓶裝的一夸脫威士忌。「把這給他。」他說。

於是，索利托牧場就此開始了一段恐怖統治時期。頭幾個星期，牛仔都騎著馬從幾英里外趕來看雷德勒最近引進的新品種，麥奎爾在他們面前大吼大叫、大擺架子、大肆吹噓。他這種人是他們見所未見的。他向他們解釋複雜的拳擊知識和攻防訣竅。他讓他們瞭解到職業運動員退役之後的混亂生活。他脫口而出的切口和俚語帶給他們一連串的快樂和驚奇。他的手勢、獨特的姿態、直白的下流話和下流想法令他們著迷。他就像一個來自新世界的物種。

說來也怪，他在自己意外闖入的新環境中，仍然能我行我素。他是個徹頭徹尾的利己主義者，頑固得像抹了灰泥的磚頭。他覺得自己已從世界中出離，暫時退入一個敞開的空間，那裡的所有人都熱衷於聽他追憶過往。無論是白天在草原上無拘無束的自由，還是夜晚的星光璀璨和莊嚴靜謐，都無法觸動他。曙光的色彩不能將他的注意力從體育雜誌的粉色內頁上引開。「不勞而獲」是他的人生追求，「第三十七街咖啡館」是他的奮鬥目標。

大約兩個月過後，他開始抱怨說自己感覺更糟了。從那時起，他就成了牧場的夢魘、哈耳庇厄[2]和海老人[3]。他把自己關在屋子裡，像惡毒的妖精或是長舌婦，整天抱怨、咒罵、控訴、發牢騷。他感歎的主旨是：有人不顧他的反對，把他騙來了這座地獄；他就要因為缺乏照料和舒適而死了。儘管他以可怕的語氣斷言自己的病情正急劇加重，但在別人眼中，他根本沒什麼變化。他葡萄乾似的眼睛仍舊那麼亮、那麼凶狠；他的嗓音仍舊那麼刺耳；他那張冷酷的臉，皮膚仍舊像鼓面一樣緊繃，未曾消瘦半點。他那高高凸起的顴骨，每個下午都泛起潮紅，這暗示著也許用一支溫度計就能確認的症狀，和也許只需叩診就能查證的事實。麥奎爾也許只剩半邊的肺能夠呼吸了，但他的外表還保持原樣。

伊拉里奧一直在照顧他。獎賞指日可待，他即將成為總管，這肯定給了他莫大的激勵，因為麥奎爾簡直沒把他當人看。新鮮空氣——麥奎爾唯一的活命機會——被他自己用緊閉的窗戶和窗簾阻截在室外。房間裡整日彌漫著嗆人的藍色煙霧；無論誰走進這裡，都一定得坐一陣，屏住呼吸，聽這小妖精沒完沒了地吹噓他那並不光彩的職業生涯。

這一切怪事之中，最奇怪的要數麥奎爾和他的恩人之間的關係。這個病人對牧場主人的態度，正像一個頑劣乖張的小孩對待過度縱容他的父母。雷德勒離開牧場時，麥奎爾就默不作聲地、惡狠狠地鬧脾氣。雷德勒一回來，等待他的就是粗暴惡毒的責難。面對他的指控，雷德勒的態度也令人十分費解。牧場主人似乎真的承認了，並且覺得自己的確是麥奎爾猛烈抨擊的那號人——一個暴君，一個有罪的壓迫者。他似乎認定自己得對這人的現狀負責，以至於總要用平和、忍耐和不變的友善來回報那些言辭刻薄的長篇大論，有時甚至還向對方致歉。

某天，雷德勒對他說：「多呼吸些新鮮空氣吧，老弟。如果你想出去走走，每天都有馬車和車夫可以給你用。找一個牧牛營地，試一兩個星期。我會讓你過得舒舒服服的。這塊土地和這塊土地上的空氣——這些才是能治療你的東西。我知道一個從費城來的人，病得比你還重，他在瓜達盧佩迷了路，在牧羊的草場睡了兩個星期。然後，先生，他的病情開始有了好轉，後來就痊癒了。親近土地——天造的

2 哈耳庇厄，是希臘神話中的鷹身女妖，代表著極端的貪婪。
3 海老人，《一千零一夜》中的人物，是辛巴達在海島上遇到的老人。他請求辛巴達用肩膀扛著他，帶他走一走，之後卻騎在他身上再也不肯下來。

靈藥就儲藏在新鮮的空氣裡。從現在開始，試著騎一騎馬。有一匹溫順的小馬——」

「我做了什麼？」麥奎爾喊道，「我坑過你嗎？我請你帶我來這裡了嗎？如果你想的話，就把我趕到你那些營地去吧；或者一刀捅死我，一了百了。騎馬！我連抬腳的力氣都沒有。一個五歲孩子的拳頭，我都躲不過去。都是你這該死的牧場造成的。沒有好吃的，沒有好看的，沒有人說話，只有連拳擊沙袋和龍蝦沙拉都沒聽說過的鄉巴佬。」

「這裡確實很荒涼。」雷德勒滿臉羞愧地表示歉意，「我們這裡物產豐富，但條件簡陋。你有什麼想要的，那些年輕人會騎馬出去給你弄來。」

查德．穆奇森，圓圈橫槓牛隊的一個牛仔，最先提出麥奎爾是在裝病。他把一筐葡萄綁在馬鞍上，趕了三十英里路，還繞了四英里冤枉路，終於把東西送到麥奎爾手上。在煙霧彌漫的房間裡待了一會兒之後，他出來透氣，趁機把他的懷疑直言不諱地告訴了雷德勒。

「他的手臂，」查德說，「比金剛石還硬。他跟我講解怎樣打擊別人的太陽神經叢，那裡要是被人打中了，就跟被野馬連踢了兩下一樣。他在騙你呢，柯特。他和我一樣健康。我本來不想說的，但這小子在你這裡騙吃騙住，我看不過去。」

牧場主人天真的頭腦裡容不下查德的揣測。後來，他之所以安排了一次體檢，動機也不是出於懷疑。

有一天，大約正午時分，兩個男人來到牧場，把馬拴好後進去吃飯；這地方的風氣就是踏實和好客。他們中的一個是聖安東尼奧的名醫，收費昂貴，一位富有的牧牛人被意外走火的槍打傷了，所以請他來醫治。現在，他正被送去火車站，準備趕火車回城。飯後，雷德勒把他拉到一邊，往他手裡塞了一張二十美元的鈔票，說道：「大夫，那個房間裡住了一個年輕人，我猜，他可能得了嚴重的癆病。所以，想請您去做個診斷，看看他的情況到底有多糟，我們又能為他做點什麼。」

「雷德勒先生，我剛才吃的那頓飯該付多少錢？」醫生從眼鏡上沿看著他，直爽地說。於是，雷德勒把鈔票放回了口袋，醫生則立刻走進了麥奎爾的房間。牧場主人在走廊裡的一堆馬鞍上坐下來，準備為糟糕的檢查結果而自責。

十分鐘不到，醫生就快步走了出來。「你的人，」他飛快地說，「身體棒得像一枚新鑄的硬幣。他的肺比我的好。呼吸、體溫和脈搏都正常。胸圍擴張幅度有四英寸。哪裡都找不出生病的跡象。當然，我沒有給他做結核桿菌檢測，但不可能有結核桿菌。你可以給這份診斷簽上我的名字。即便在汙濁的封閉環境裡拚命抽菸，他也還是毫髮無損。他咳嗽嗎？好吧，你告訴他，沒必要咳給人看了。你剛才問我，我們能夠為他做什麼。我建議你叫他去挖井或者馴馬。我們得走了。再見，先生。」說完，醫生就像一臺機器，噴著健康的尾氣，疾風般地離開了。

雷德勒伸手從欄杆旁的牧豆樹上摘下一片葉子，放進嘴裡，若有所思地嚼著。

給牛群打烙印的時節到了。第二天早上，牛隊領班羅斯．哈吉斯在牧場上召集了二十五個人，叫他們在他面前列好隊，準備前往聖卡洛斯牧場去執行這項任務。到了六點鐘，馬都備了鞍，運糧草的車都套好了，牛仔翻身上馬，這時，雷德勒卻叫住了他們。一個男孩另外牽來一匹鞍轡齊全的小馬，一直牽到門口。雷德勒走到麥奎爾的房間，一把推開了門。麥奎爾正躺在他的帆布床上，光著身子，抽著菸。

「起來。」牧場主人說，聲音像軍號一樣清晰、響亮。

「怎麼回事?」麥奎爾吃了一驚,問道。

「起來穿上衣服。我可以容忍一條響尾蛇,但我討厭騙子。要我對你再說一遍嗎?」他捉住了麥奎爾的脖子,把他拖到地上。

「喂,朋友,」麥奎爾大叫道,「你瘋了嗎?我有病啊,明白嗎?被人這樣推來推去的,我會送命的。我怎麼得罪你了?」他又開始了那套慣用的抱怨,「我從來沒求你——」

「穿好你的衣服!」雷德勒抬高嗓門呼喝道。

麥奎爾咒罵著、顫抖著,用受驚的閃爍目光看著牧場主人的可怕模樣,踉踉蹌蹌地下了床,跌跌撞撞地穿好衣服。接著,雷德勒揪住他的衣領,走出房間,穿過院子,把他推到門口那匹後來加入隊伍的小馬旁邊。牛仔都懶洋洋地坐在馬鞍上,張著嘴巴看著。

「把這個人帶走,」雷德勒對羅斯·哈吉斯說,「帶他去工作。叫他多做事、多睡覺、多吃飯。你們這些人都知道,我已經為他做了我能做的一切。昨天,聖安東尼奧最好的醫生給他檢查了身體,說他的肺像驢的一樣健康,體格像牛的一樣強壯。你知道該怎麼對付他,羅斯。」

羅斯·哈吉斯僅僅冷笑了一聲。

「噢,」麥奎爾面帶奇特的表情,凝視著雷德勒,說道,「那位大夫說我身體很好,是嗎?說我在演戲,是嗎?你找他來看我。你覺得我沒病。你說我是騙子。你看,朋友,我講話粗魯,我知道,但我多半不是故意的。如果你和我一樣難受——噢,我忘了——大夫說我沒病。好吧,朋友,我會幫你工作的。這樣才公平。」

他飛身躍上馬鞍,輕盈得像一隻鳥,然後從鞍柱上取下馬鞭,在小馬的身上抽了一記。曾在霍索恩騎著「好孩子」爆冷獲勝的「蟋蟀」——當時的賠率是十賠一——終於又把腳踏在了馬鐙上。

麥奎爾在向著聖卡洛斯疾馳的隊伍裡一馬當先，牛仔只能追近馬蹄揚起的塵土，不禁為他大聲喝彩。

但還沒到一英里，他就落在了後面。當他們馳過牧馬地下面那片高大的樹林時，他已經是最後一個了。他在一個小樹叢後面勒住馬，用手帕捂住嘴。手帕被鮮紅的動脈血浸透了，他把它拿開，小心地丟在一叢仙人掌當中。然後，他又揮起了馬鞭，嘶啞地對嚇了一跳的小馬喊了句「走了」，就加快速度，追趕同伴去了。

那一晚，雷德勒收到了從阿拉巴馬老家寄來的信。他家裡有人去世了，有遺產要分配，因此，他們叫他回去一趟。天一亮他就坐著四輪馬車，穿越草原，直奔火車站。兩個月之後，他才回來。到達牧場的時候，他發現除了伊拉里奧還在，這裡幾乎可算是荒無人煙了。他不在的時候，伊拉里奧暫時扮演了管家的角色。這個年輕人一點一點地把他離家以來的各項事務報告給他聽。他這才得知，打烙印的營地還在運作。由於發生了多次強風暴，牛群被吹得七零八落的，烙印工作雖不至於中斷，但進展緩慢。紮營的地點目前在二十英里之外的瓜達盧佩山谷。

「對了，」雷德勒突然想起了什麼，說道，「我讓他們帶去的那個人——麥奎爾——他還在工作嗎？」

「我不知道，」伊拉里奧說，「營地裡的人很少有空來牧場。他們把精力都花在小牛身上了。他們沒提起過。哦，我想，那個叫麥奎爾的人早就死了吧。」

「死！」雷德勒說，「你說什麼呀？」

「麥奎爾，他病得很重，」伊拉里奧聳了聳肩，回答道，「他走的時候，我就知道他活不了一兩個月了。」

「呸！」雷德勒說，「他把你也騙倒了，是不是？醫生說他像牧豆樹節一樣壯實。」

「那個醫生，」伊拉里奧笑著說，「他這樣跟你說嗎？那個醫生啊，他根本沒見到麥奎爾。」

「講清楚，」雷德勒命令道，「你到底是什麼意思？」

「麥奎爾，」那年輕人心平氣和地繼續說著，「在醫生進來的時候出去喝水了。那醫生抓住了我，用手指在我這裡到處亂敲，」他把手放在胸口，「我不知道他要幹什麼，他把耳朵貼在這裡、這裡和這裡，聽著什麼——我不知道他要幹什麼。他把一根小玻璃棒放進我嘴裡。按在我手臂這裡，還輕聲地對著我數數，二十、三十、四十，就像這樣數。」最後，伊拉里奧攤開雙手，做出不以為意的樣子，說道，「誰知道那個醫生為什麼要做這麼些滑稽的事？」

「有馬嗎？」雷德勒簡短地問。

「『鄉巴佬』在外面的小柵欄後面吃草，先生。」

「立刻幫我備鞍。」

只待了幾分鐘時間，牧場主人就上馬走了。「鄉巴佬」就跟牠的名字一樣，跑起來不太雅觀，但和鳥一樣快。牠大步奔跑著，道路就像被吞食的通心粉，一截一截地在蹄下消失。不到兩小時十五分鐘之後，雷德勒從一處地勢微微隆起的地方望見了打烙印的營地。它就駐紮在瓜達盧佩山谷裡的一個水坑旁邊。他十分焦慮，既期待又害怕他即將聽到的消息。一直騎行到營帳之前，他才翻身下馬，放開了「鄉巴佬」的轡繩。他的心地太好了，以至於當時他都想去自首，告訴人家自己是殺害麥奎爾的凶手。

只有廚師一個人在營地裡。他正忙著把大塊的烤牛肉和鐵皮咖啡杯分好擺妥，為晚飯做準備。雷德勒先是避開了自己最關心的問題。

「營地裡一切還好吧，皮特？」他克制住衝動，平靜地詢問。

「就那個樣子，」皮特謹慎地回答，「斷了兩次糧。大風吹散了牛群，我們不得不在方圓四十英里的區域裡搜尋。我需要一個新咖啡壺。這裡的蚊子可不是普通的凶。」

「弟兄——都還好嗎？」

皮特並不是樂天的人。此外，詢問牛仔的健康狀況不僅多餘，而且顯得不夠有氣魄。這不像一個老闆該說的話。

「剩下來的這些人，就算沒人招呼，也絕不會錯過吃飯時間。」廚師回應道。

「剩下來的？」雷德勒啞聲重複道，下意識地左看右看，尋找著麥奎爾的墳墓。他心下以為能看到白色的墓碑，就像他曾在阿拉巴馬墓地看到的一樣。但隨即他便明白，這種想法實在很蠢。

「沒錯，」皮特說，「剩下來的。營地在兩個月之內遷移了幾次。有些人走了。」

雷德勒給自己鼓起勇氣。

「那傢伙——就是那個叫麥奎爾的——我派來的那個——他——」

「聽著，」皮特打斷了他，兩手各拿了一大塊玉米麵包，站了起來，「真是可恥啊，居然派那麼一個生了病的可憐孩子來營地。那醫生竟沒看出他快死了，真該拿馬肚帶扣剝了他的皮。他做的事也真夠——這事早就傳開了——讓我告訴你他都做了些什麼。在營地的第一晚，那些年輕人就開始用皮鞭給他上課。羅斯．哈吉斯抽了他的屁股一下，你猜這個可憐的孩子是怎麼做的？他站起來，揍了羅斯。揍了羅斯．哈吉斯。狠狠地揍了他。揍了他很久，揍了他全身，揍得凶，揍得狠。羅斯所能做的全部抵抗只不過是站起來，然後換個地方再躺下。

「然後，麥奎爾也倒在那裡，把頭埋在草裡，吐了很多血。他們說這叫內出血。他躺了十八個鐘頭，他們守著他，但沒法挪動他。羅斯．哈吉斯喜歡能揍他的人，他一邊想辦法，一邊把從格陵蘭到波蘭的醫生都罵了一遍。他和格林．布蘭奇．約翰遜一起把麥奎爾抬進帳篷，輪流餵他剁碎的生牛肉和威士忌。

「但這孩子似乎不想活下去。晚上，他們沒在營帳裡找到他，而是發現他躺在草地上，那時，外面飄著細雨。『走吧，』他說，『讓我照自己的意思去死。他說我撒謊，說我是騙子，說我裝病。別理我。』

「他又躺了兩個星期，」廚師繼續說著，「當別人都不存在。然後——」

突然傳來一陣雷鳴般的聲音，二十個人騎著馬疾馳著，闖過樹叢，直奔營地。

「不得了了！」皮特嚷嚷著，立刻慌慌張張地忙起來，「那些小子都回來了，晚飯如果沒在三分鐘內準備好，我會被殺掉的。」

但雷德勒只注意到一件事。一個褐色臉的小個子，咧嘴笑著，翻身下馬，站在熊熊火光之前。麥奎爾不是這副模樣的，但是——

下一刻，牧場主人便抓住了他的手和肩膀。

「老弟、老弟，你怎麼樣啊？」他發覺自己除了這一句，竟說不出別的話來。

「你說，叫我親近土地，」麥奎爾大聲說，將雷德勒的手指捏得嘎吱作響，「我在那裡找到了健康和力量，並且領悟到自己過去所做的事情是多麼卑鄙。多謝你把我趕出去，老兄。還有——嘿！笑話是那個大夫鬧出來的，對嗎？我在窗外看到他敲打那個外國小子的太陽神經叢。」

「你這個淘氣鬼，」牧場主人叫道，「你為什麼不說出來，說那醫生沒有給你做過檢查？」

「得了吧！」在那個瞬間，麥奎爾過去的粗魯似乎又回來了，「誰也唬不了我。你也沒問過我啊。你跟我扯了一通，然後把我丟了出來，我也就聽天由命了。而且，喂，朋友，趕牛這件事真叫人大開眼界。這是我從事過最乾淨的運動，這幫傢伙是我遇見過最好的人。你會讓我留下來的，對嗎，老兄？」

雷德勒用帶著疑問的目光看向羅斯·哈吉斯。

「這個臭小子，」羅斯溫和地說，「在所有牧牛營的所有牛仔當中，都算得上是最帶勁的——也是最能打的。」

饕餮姻緣

「女人的脾氣，」在有關這個話題的各種意見都被人提出之後，傑夫．皮特斯說，「會週期性地改變。女人想要的，恰是你缺少的。越是稀罕的，她就越是想要。她酷愛收藏一些她聽都沒聽過的東西。對於女性的觀察，只能為我們得出一些分散而不連貫的片面印象。」

「一來我確實天性如此，二來我去過太多地方，」傑夫若有所思地從架高的雙腳之間望著雜貨店的火爐，繼續說道，「所以很不幸，我有一個毛病：看問題比大多數人更加深刻。我幾乎去過美國的所有城市，吸著汽車尾氣，和街上的行人交談。我用音樂、雄辯、熟練的把戲和糊弄人的本領，把他們弄得迷迷糊糊的，順便推銷首飾、藥品、肥皂、生髮油和其他這類廢物給他們。在四處奔走期間，出於消遣的目的和補償的心理，我對女人做了一番研究。要弄明白一個女人的個性，得耗盡一個男人的一生；不過，如果他肯花上，比如說，十年的時間，勤於求知，就也能稍稍學到有關這一性別的入門知識。

「我的關鍵一課，是在西部一條運輸巴西鑽石和專利導火線的道路上工作時學到的。此前，我帶了些多爾比防爆燈油粉從薩凡納穿過棉花種植帶。那時，奧克拉荷馬這一帶剛剛繁榮起來。格思里在居中的位置，像自發酵的麵團，正在迅速地發展。這一類新興的城鎮，總是同一副樣子——要洗臉，得排隊；吃飯時間超過十分鐘，就得多付住宿費；在木板上躺了一夜，第二天早上他們就要你交錢。

「出於先天的本能和後天的原則，我專愛找吃飯的好去處。於是，我到處轉來轉去，終於發現一個完全達標的地方。我找到了一家剛開張的帳篷餐廳，那家人在各個新興的市鎮間流動經營，借勢求財。他們搭起了一間板房，既用來住宿，也用來做飯，接著，又在房子旁邊支了一個帳篷，就在裡面做起餐廳生意來。帳篷裡貼了許多標語，讓人看了高興，使疲倦的旅人不至深陷於廉價旅社和酒館的罪孽之中。『嘗嘗媽媽做的家常點心』、『我們的蘋果布丁和甜辣醬怎麼了』、『熱蛋糕和槭糖漿，和你小時候吃的一樣』、『我們的炸雞從不啼叫』——這些絕妙的文字有助消化！我對自己說，作為媽媽的遊子，今晚一定要去那裡吃飯。時候一到，我就去了。在那裡，我和瑪米．杜根結下了緣分。

「杜根老爹是個高六英尺、寬一英尺的印第安那懶人，他整天待在棚屋裡，縮在一把搖椅當中，回憶一八八六年的玉米大歉收。杜根大媽負責做菜，瑪米負責跑堂。

「我一看到瑪米，就知道人口普查報告有錯誤。可以說，整個美國就只有一個女孩了。想要說清楚這一點，可不容易。她的身材、她的眼睛和她的氣質，都與天使無異。

「想知道她的樣子，你只要在從布魯克林橋西面到愛荷華州的康瑟爾布拉夫斯這一帶好好轉轉，就能找到很多她這類的女孩。她們在商店、餐館、工廠和辦公室裡忙著，自食其力。她們是夏娃的直系後裔，她們是已經爭得了婦女權利的群體，要是有哪個男的對此有異議，他們的臉上就得挨上一記。她們親切、誠實、自由、溫柔、活潑，她們的雙眼敢於直視人生。她們和男人面對面打交道，發現他們是一種可憐的生物。她們認為海濱圖書館裡的文獻把男人說成神話裡的王子明顯缺乏依據。

「瑪米就是那種人。她風趣、開朗、充滿活力。她巧妙而敏捷地在食客間周旋，誰都沒法跟她嬉皮笑臉。我不想在個人情感中陷得太深。我抱定了一套理論，即像愛情這種以多變和多樣著稱的病症，就像牙刷一樣，只屬私人所有。我還有個觀點，即心靈的傳記應該和肝臟的軼事一起，放在雜誌的廣告頁上。因此，請原諒，有關我對瑪米的感情，我就不在這裡詳述了。

「很快，我就養成了一個有規律的習慣：我習慣不依任何時間規律，專挑人比較少的時候去帳篷餐廳吃飯。穿著黑衣服和白圍裙的瑪米，會微笑著走過來說：『嗨，傑夫——為什麼你不在吃飯時間來，你一定是專給人添麻煩來的。現在有炸雞牛肉牛排豬肉碎肉火腿蛋菜肉派。』——以及其他這一類的話。她叫我傑夫，但並沒什麼用意，只是為了便於稱呼。她省去了我們每一個人的姓，順口而已。我要吃足兩餐飯的量才會離開，並且會像參加社交宴會那樣細嚼慢嚥。在那種場合，他們交換盤子和妻子，一面吃東西，一面興高采烈地互相調侃。瑪米陪著笑臉在一旁伺候，只因既然支起帳篷做生意，總不能因為人家在用餐時間之後才光顧，就跟人家的錢過不去。

「沒過多久，另一個叫艾德．科利爾的傢伙也犯了不按時吃飯的毛病。他和我在早飯和午飯，以及午飯和晚飯之間架起了橋樑，把帳篷餐廳變成了一個循環表演的馬戲團，瑪米則成了一個從不休息的演員。科利爾那傢伙滿腹心機。他是個鑽井的，或者賣保險的，或者強占土地的，或者是從事別的什麼行業的——我記不清楚了。這人講話非常圓滑，彬彬有禮，很容易就讓你對他的說法深信不疑。就這樣，科利爾和我頻繁地出入帳篷餐廳，彼此留心，相互較勁。瑪米則對我們一視同仁。她將她的青睞平均分配，像在賭場分發紙牌一樣——一張給科利爾，一張給我，一張放在桌上，絕不把好牌藏在袖子裡。

「我和科利爾自然也認識了，在餐廳之外，也常聚在一起。若不計較他的狡猾，這傢伙似乎還滿討人喜歡，即使懷有敵意，也能和藹可親。

「『我注意到，你喜歡在客人都走光了之後才去吃飯。』有一天，我想探探他的口風，便這麼對他說。

「『嗯，沒錯，』科利爾若有所思地說，『人多的時候太吵了，對於我敏感的神經來說，是種折磨。』

「『我也不喜歡人多，』我說，『那小妞可真不錯，你覺得呢？』

「『我懂了，』科利爾笑著說，『經你這麼一提，我想起來了，她對人的視神經倒沒什麼損害。』

「『對我來說，看著她簡直是種享受，』我說，『而且，我要追她。特此通知。』

「『我也和你一樣直說吧，』科利爾承認道，『只要藥房裡的胃蛋白酶沒有斷貨，我就跟你比賽一下，給你個花錢的機會，直到你消化不良為止。』

「於是，我和科利爾就開始了比賽。廚房增加了供應，瑪米隨時等著我們，態度愉快、和善，我倆似乎一時難分伯仲。在杜根餐廳，丘比特和廚師都在加班。

「九月的一個晚上，晚飯結束，把餐廳收拾乾淨之後，瑪米同意和我一起去散步。逛了一陣子，我們在小鎮旁邊找了一堆木料坐了下來。我見機會難得，就把該說的都說了，向她解釋，靠巴西鑽石和導火線積攢的財富足以保證兩個人的幸福生活，並且這兩樣東西的光芒加在一起也抵不上某人的一雙眼睛，還說『杜根』這個姓應當改作『皮特斯』，如果有人不同意，必須說明理由。

「瑪米沒有馬上回話。她先是打了個寒戰，我感到有些不妙。

「『傑夫，』她說，『你說了這麼多，我卻只能說抱歉。我喜歡你，就像我也喜歡別的人一樣，但我不會嫁給世上的任何一個男人，永遠也不會。你知道，在我看來，男人是什麼嗎？是墳墓。是一具埋葬牛肉牛排豬肉片培根火腿蛋的石棺。除了這個，就沒別的了。兩年來，我看著男人吃、吃、吃，吃個沒完，直到他們在我心目中成為一種只會反芻的兩足動物。除了坐在餐桌前，對著刀叉和碗碟擺弄一通，他們的存在就沒有其他意義了。這樣的印象已經烙在我的思想和記憶之中。我想要克服，但沒能成功。我聽過女孩興致勃勃地談論她們的戀人，但我無法理解。男人、絞肉機、餐具室，在我心中喚起的是同一種情感。有一次，我去看日場戲，專為看一個讓女孩瘋狂的男演員。我的興趣卻主要集中在猜想他喜歡吃幾分熟的牛排，以及他想要單面煎蛋還是雙面煎蛋。事情就是這樣。不行，傑夫；我不會和任何男人結婚，不會看著他吃早飯，接著再回來吃午飯，然後又吃晚飯，就這麼吃、吃、吃，一直吃下去。』

「『但是，瑪米，』我說，『這種念頭會消退的。你看得太多，所以想得太多。某一天，你肯定還是要結婚的。男人也不是整天吃個不停。』

「『就我以往所見，男人就是整天吃個不停。不行，讓我把我的打算告訴你吧。』瑪米突然精神一振，眼睛都變亮了，她說，『在特雷霍特有個叫蘇西．福斯特的女孩，是我的知心好友。她在鐵路餐廳做服務生。我在那個鎮上的一家餐廳工作過兩年。蘇西比我更討厭男人，因為在鐵路餐廳吃飯的男人吃相更加難看。他們在狼吞虎嚥的同時還想找人調情。呸！蘇西和我有一整套計畫。我們存錢，存夠了之後就買下我們選中的一間平房和五畝地，我們一起住，種紫羅蘭，供應東部市場。男人必須先卸下他的食欲，否則最好不要走進那家農場的方圓一英里之內。』

「『難道女人從不——』我才開口，就被瑪米截住了話頭。

「『是的，從不。有時秀氣地吃上一點。如此而已。』

「『我覺得甜點——』

「『看在老天的分上，換個話題吧。』瑪米說。

「我剛剛說過，這段經歷教育了我，讓我知道女性對鏡花水月情有獨鍾。先說英國——牛排塑造了英格蘭；香腸成就了日爾曼；山姆大叔的偉大得歸功於炸雞和派。但年輕女人只知道自說自話，她們不信這些。她們只認莎士比亞、魯賓斯坦[1]和義勇騎兵團[2]，以為是他們的雕蟲小技驅動了世界。

「這種狀況真叫人亂了方寸。我捨不得放棄瑪米；但要我放棄對吃的愛好，光是想想都讓我感到痛苦。很早之前，我就養成了好吃的習慣。二十七年以來，我閉著眼睛在命運安排的道路上橫衝直撞，早已無力抗拒這頭可怕的怪獸——食物——對我拋出的誘餌，我已對它臣服。太晚了。我只能待在食欲的籠子裡，做一頭只會反芻的兩足動物了。從龍蝦沙拉到油炸甜甜圈，我的生命只能在其中不斷循環。

「我仍繼續光顧杜根家的帳篷，盼著瑪米能改變心意。我對真愛充滿信心，認為既然食物短缺不能叫它消失，那麼食物過剩應該也不能壓倒它。我還在侍奉我那要命的惡習，儘管我覺得每當我在瑪米面前把一顆馬鈴薯塞進嘴裡的時候，都在給我那正被埋葬的姻緣添上一鏟新土。

「我猜科利爾一定也和瑪米談過，並且得到了相同的答覆，因為有一天，他點了一杯咖啡和一塊餅乾，像一個先在廚房裡用冷烤肉和炸白菜填飽肚子，再在客廳裡做做樣子的女孩一樣，一點一點地蠶食起來。我心領神會，也馬上照做，我們以為自己也許找到了訣竅。第二天，我們又試了一次，這一次，杜

1 魯賓斯坦，此處可能指十九世紀末著名鋼琴家阿圖爾．魯賓斯坦。

2 義勇騎兵團，是美國—西班牙戰爭中，由狄奧多．羅斯福領導的在古巴作戰的一支部隊，這一番號一直沿用至今。

根老頭端著那些神仙美食走了出來。

「『兩位的胃口不太好，是嗎？』他以長輩的口吻和嘲諷的語氣向我們詢問，『我看這陣子生意不忙，我的風溼病也還不至於讓人受不了，就替瑪米分擔一點她的工作。』

「於是我和科利爾又走回了暴飲暴食的老路。我發現，那段時間，我被一種異乎尋常、吞食天地的饕餮之欲俘虜了。我的吃相如此不堪，瑪米肯定不願看見我的身影出現在門前。後來我才搞清楚，一切都是艾德．科利爾的傑作，這是他首次以陰暗卑劣的詭計陷害我。我和他常一起在鎮上找地方喝酒，想把食欲溺死在酒精裡。這傢伙賄賂了十來個酒吧服務生，讓他們在我喝下的每一杯酒裡都摻進大劑量的阿普爾特雷牌水蟒開胃藥。然而，他的最後一次詭計，才是最叫我難忘的。

「有一天，科利爾沒有在帳篷餐廳出現。有人告訴我，他在那天早晨離開了小鎮。這時，菜單便成了我唯一的情敵。科利爾臨走之前送給我兩加侖裝的上好威士忌，他說那是一個肯德基的親戚寄給他的。現在，我有理由相信，那裡面幾乎灌滿了阿普爾特雷牌水蟒開胃藥。我繼續狂吃猛吃，在瑪米的眼中，我仍舊是那種兩足動物，但比過去更貪婪了。

「在科利爾出門大約一星期之後，鎮上來了一隊從事餘興表演的人，他們在鐵路附近支起了帳篷。我推斷那只是一個獵奇大會和贗品展覽罷了。某天晚上，我去探望瑪米，杜根大媽說，她和她最小的弟弟湯瑪斯一起去看表演了。在那個星期當中，有三天晚上出現了同樣的情況。

「星期六夜裡，我在她回家途中攔住了她，我們在臺階上坐了一會兒，聊了幾句。我注意到，她看起來有點不一樣。她的眼神更加溫柔了，而且非常明亮。彷彿她不再是那個想要飛離貪吃男人、去種紫羅蘭的瑪米．杜根，而是上帝按慣例製造的瑪米．杜根，平易近人，適合沐浴在巴西鑽石和導火線的光輝之中。

「『那個「無與倫比的世界奇珍異物博覽會」，』我說，『似乎把你給迷住了。』

「『只是圖新鮮。』瑪米說。

「『如果你每晚都去的話，』我說，『那就不再新鮮了。』

「『別想多了，傑夫，』她說，『我去那裡，就只為了讓我的腦子暫時擺脫生意，放鬆一下。』

「『那些奇珍異物不吃東西嗎？』我問。

「『不全是吃東西的。有些是蠟像。』

「『當心啊，可別被黏住了。』我的話顯得輕率而又愚蠢。

「瑪米臉紅了。我不懂她在想什麼。我的希望又重新燃起，我覺得，或許我的殷勤沖淡了男人將過多食物引薦給消化系統的可怕罪孽。她說了一些和星星有關的話，提及它們時必恭必敬、彬彬有禮。我卻說了許多傻話，諸如心心相印啊，在真實的感情基礎上建立的幸福家庭啊，還有導火線什麼的。瑪米只是聽著，並未表示不屑。我告訴自己：『傑夫，老朋友，你就快消除附在食品消費者身上的晦氣了；你的鞋跟就快踩住潛伏在肉湯碗裡的蛇了。』

「星期一的晚上，我又去了餐廳。瑪米和湯瑪斯去看『無與倫比的世界奇珍異物博覽會』了。

「『但願四十一個在七海之上漂浮的隨船廚師的詛咒，』我說，『還有九個頑固的螞蚱的厄運都降臨在這個博覽會的頭上，從現在直到永遠。阿門。明晚我要自己去看看，研究一下它那害人不淺的魅力。難道一個頂天立地的男子漢會先是因為刀叉，後來又因為一個下三爛的馬戲團，就弄丟了他的戀人嗎？』

「第二天晚上，我先問過了，知道瑪米不在家，便動身前往博覽會的帳篷。她沒有和湯瑪斯在一起，因為湯瑪斯在帳篷餐廳外的草地上攔住我，在我吃晚餐之前，把自己的盤算告訴了我。

「『如果我把自己知道的告訴你，』他說，『你會給我什麼好處，傑夫？』

「『那要看它的價值，小兄弟。』我說。

「『姊姊被一個怪胎給迷住了，』湯瑪斯說，『是表演餘興節目的那堆怪胎中的一個。我不喜歡他。她喜歡。我偷聽他們說話。你也許想知道他們都說了些什麼。喂，傑夫，你說這消息值不值兩美元？鎮上有一支打靶用的來福槍——』

「我搜遍口袋，將五毛錢、兩毛五的硬幣排成一道涓涓細流，引著它們淌進了湯瑪斯的帽子。這消息對我不啻一記重擊，也在一瞬間讓我茅塞頓開。我隨手把零錢向外丟，臉上露出了愚蠢的笑容，內裡卻焦心如焚，我像白癡似的以快活的口氣說道：『謝謝你，湯瑪斯——謝謝你——是一個怪胎，你說的，湯瑪斯。現在，能不能請你把這個怪物的來頭說得再清楚一點？』

「『就是這傢伙，』湯瑪斯說，同時從口袋裡掏出一張黃色傳單，伸到我鼻子底下，『他是世界絕食冠軍。我猜姊姊就為了這個對他另眼相看。他什麼都不吃。他要絕食四十九天，今天是第六天。喏，這就是他。』

「我看著湯瑪斯的手指劃過一個名字——『艾德華多．科利埃里教授』。『啊，』我欽佩地說，『真了不起啊，艾德．科利爾。你的鬼伎倆讓我不得不服。但在這女孩成為怪胎夫人之前，我絕不會把她讓給你。』

「我朝博覽會的方向狂奔而去。剛到營帳背後，就看見一個人從帆布帳篷的後門溜出來，鬼鬼祟祟的，活像一條蛇。這人站都站不穩了，跟發瘋的野馬似的，向我衝了過來。我揪住他的脖子，藉星光仔細打量。來人正是艾德華多．科利埃里教授，他穿著人類的服飾，一隻眼睛充滿了極度的渴望，另一隻眼睛閃爍著不安的光芒。

「『你好啊，奇珍異物，』我說，『等一下再走，讓咱們好好看看你奇在哪裡。被叫作婆羅洲來的威洛帕斯－沃洛帕斯，或者畢姆－巴姆，或者任何博覽會給你取的其他名字，滋味怎麼樣啊？』

「『傑夫．皮特斯，』科利爾有氣無力地說，『放開我，不然我要打你了。我有急事。放手！』

「『嘖嘖，艾迪，』我一邊更用力地抓緊他，一邊回應道，『把你的奇異表演給老朋友看看。你現在可出名了，老弟。不過，別再說你要打人了，這話不適合你。你現在只剩下一堆神經和一個強大而又空虛的胃。』事實的確如此。這傢伙弱得像一隻吃素的貓。

「『這事我倒要和你辯一辯了，傑夫，』他沉痛地說，『只要讓我練習半小時——主要是，練習之前來一塊兩英尺見方的厚牛排，我就能跟你辯到底。我得說，那個發明了絕食表演的人真該死。願他的靈魂被鐵鍊鎖住，懸吊在無底的深淵之上，距離熾熱的碎肉羹不到兩英尺。我棄戰了，傑夫；我要向敵人投降了。杜根小姐正在仔細觀摩世上唯一存活的那具木乃伊和那頭博學多聞的豬，你進去以後馬上就能找到她。她是個好女孩，傑夫。如果我還能繼續不吃東西，只要再撐一會兒，我就能把你踢出局。你得承認，絕食策略在一段時期裡有奇效。我的經歷已經說明了這一點。但是，傑夫，據說是愛情推動了世界。讓我告訴你吧，這是胡說八道。是從開飯的號角中吹出的勁風讓世界轉動。我愛瑪米．杜根。為了合她的心意，我不吃不喝地過了六天。不，其實我還是吃了一口，就一口。我拿棍子敲暈了一個有文身的男人，搶走了他叼在嘴裡的三明治。經理扣光了我的薪水；但我在乎的不是薪水，而是那個女孩。

我已把我的生命許給了她，但為了一鍋燉牛肉，我不惜毀滅永生的靈魂。飢餓真恐怖，傑夫。愛情、事業、家庭、信仰、藝術、愛國，對一個挨餓的人來說，都只是一些空洞的字眼！』

「艾德．科利爾可憐巴巴地對我說了這番話。就我的診斷來看，他的問題在於情感和消化纏鬥在一起，到最後，是食物供給部門獲得了勝利。我向來不討厭艾德．科利爾。我絞盡腦汁，想找兩句合乎禮節的勸解，希望多少能用言辭給他一些安慰，但實在找不出。

「『現在，只要你讓我走，』艾德說，『我就感激不盡了。我受了一記重擊，但接下來，我要給糧食供給端更重的一擊。我要吃空鎮上的每一家餐館。我要在齊腰深的沙朗牛排河裡跋涉，要在火腿蛋的海洋裡游泳。一個人到了這個地步——要為了食物而放棄他所愛的女孩——實在可怕啊，傑夫．皮特斯，這比那個為了一隻松雞就出賣了繼承權的以掃還要糟糕[3]，但誰也抵擋不了飢餓啊。恕我失陪，傑夫，因為我聞到了遠處飄來的煎火腿的氣味，我的雙腿就要哭喊著朝那個方向狂奔了。』

「『祝你飽餐一頓，艾德．科利爾，』我對他說，『希望你別撐到了。就我自己而言，我寧願做個最平常的食客，對你的困境，我要表示深切慰問。』

「一股濃郁的煎火腿氣味突然隨風而來；絕食冠軍像匹烈馬一樣，噴了幾下鼻氣，之後就奔進黑暗，朝飼料的方向疾馳而去。

「我希望那些總在宣揚愛與浪漫能挽救一切的文化人士都來看看。艾德．科利爾，一個善計謀、懂情調的大男人，放棄了心中的女孩，轉投另一相鄰內臟的領地，去追求鄙俗的食物。對於抒情詩人，這是一種譴責；對於那些大為暢銷的小說，這是一記響亮的耳光。空無一物的胃，對於過度滿溢的心而言，是一劑絕對有效的解藥。

「我自然急於瞭解瑪米究竟被科利爾和他的計謀迷惑到何種地步。我走進了『無與倫比博覽會』，她還在那裡。她看到我時有些吃驚，但並不慚愧。

「『今晚，外面的夜色十分迷人，』我說，『天氣涼爽舒適，星星整齊地排列在空中，各安其位，散發著一等一的星光。你願意暫且放下這些動物王國的副產品，抽點時間和我這個生平從未上過節目單的普通人類去散散步嗎？』

「瑪米神神祕祕地四下掃視，我明白她在幹嘛。

「『哦，』我說，『我不忍心告訴你。不過，那個靠喝西北風活命的奇珍異物從籠子裡逃了出去。他剛剛正從帳篷底下往外爬，此刻已經跟鎮上的半數熟食攤打成一片了。』

「『你是說艾德．科利爾？』瑪米問。

「『是的，』我回答，『很遺憾，他又走回罪惡的老路上來。我在帳篷外面遇到他，他表示自己想要吞滅全世界的糧食收成。當一個人從理想的寶座上跌下來，把自己變成一隻活了十七年的蝗蟲，真是悲哀啊。』

「瑪米直視我的雙眼，將我心底的聲音也給挖了出來。

「『傑夫，』她說，『這些可不像你會說的話。我不在乎聽人嘲笑艾德．科利爾。一個人難免會做點可笑的事，但如果這些事是為了一個女孩做的，至少在她眼中，他並不可笑。這樣的男人百裡挑一。

3《聖經》中是為了一碗湯（pottage），這裡的松雞（partridge）是科利爾說錯了。

他不吃東西，是為了讓我滿意。如果我還對他沒有好感，那未免心腸太硬，也太不近人情了些。他做過的事，你能做到嗎？』

「『我懂了，』我理解了問題的重點，於是說道，『我是沒希望了。但我確實無力改變，我的額頭已被打上了吃客的烙印。在夏娃夫人和那條蛇討價還價的時候，有關我的買賣就已經定了。我從烈火中逃生，又掉進了煎鍋。我想，我大概只能做世界吃飯冠軍。』我的話很謙遜，瑪米的態度也和氣了一些。

「『艾德·科利爾和我是好朋友，』她說，『就像你和我一樣。我給他的答覆也和給你的答覆一樣——我不想結婚。我喜歡和艾德在一起，喜歡和他說話。一想到有一個男人為了我再也不碰刀叉，我就會非常開心。』

「『你沒有和他戀愛吧？』我極不明智地問道，『你沒有答應做奇珍太太吧？』

「不管是誰，有時都會犯這種錯誤。不管是誰，都會時不時地冒出幾句不得體，也不討喜的話。瑪米露出了一種時冷時甜的、檸檬果凍般的笑容，刻意以愉快的口吻說：『你沒資格提這種問題，皮特斯先生。除非你先絕食四十九天，那樣才能給自己爭得立足之地，到那時，我也許就會回答你。』

「所以，即使在科利爾遭到胃口的反叛，被迫退出之後，我在瑪米的心裡依舊是前途暗淡。此外，我在格思里的生意也完了。

「我在那裡待了太久。我賣出去的巴西鑽石漸漸露了餡，導火線在那些潮溼的早晨常常無法點燃。在我做買賣的時候，總會在某個時間發生這種事，照耀我成功之路的福星會說：『走吧，去下一個鎮。』那段日子，我駕著四輪馬車到處考察，以此保證不錯過任何一個小鎮；幾天之後，我套好了車，去跟瑪米道別。我並未放棄；我打算到奧克拉荷馬城去做一兩個禮拜生意，然後再回來，想點新招，繼續跟瑪米切磋。

「我到了杜根家，只見瑪米穿著一身醒目的藍色旅行服，站在門口，身邊還有一個小行李箱。據說，她有個在特雷霍特當打字員的名叫洛蒂·貝爾的姊妹，下個星期四要結婚了，瑪米要去那裡待一週，在人家舉行婚禮的時候，要在現場幫忙。瑪米在等一輛前往奧克拉荷馬的貨運馬車。我用機靈的俏皮話貶低貨運馬車，同時毛遂自薦，邀請瑪米同行。杜根人媽沒有理由拒絕，畢竟貨運馬車不能白坐，得付錢；於是，半小時之後，瑪米和我登上了我那輛有白色帆布頂篷的輕便彈簧馬車，一起向南出發。

「那個早晨值得讚美。微風陣陣，花草的芬芳分外怡人。小小的白尾灰兔在路上穿梭，嬉戲。我那兩匹肯德基栗色馬一路狂奔，速度太快，以至於讓你不禁想低頭避開迎面而來的地平線，就像避開一條晾衣繩。瑪米打開了話匣子，跟個孩子一樣喋喋不休。她說到了她的老家印第安那；說到她的舊居；說到她在學校的惡作劇；說到她喜歡的東西；說到住在她家對面的約翰遜家的女孩，她們可惡極了。沒有一個詞與艾德·科利爾或食物有關，也沒有一個詞與任何此類嚴肅的話題有關。

「大約中午的時候，瑪米查看了一下，發現自己沒帶到午餐籃。我本已做好吃喝一番的打算，但瑪米看起來並不為食物短缺而痛心，我便也只好裝作無所謂。這對我是個沉重的話題，我在談話中盡量加以回避。

「我不打算細說自己是怎麼迷路的。這一路光線昏暗，野草叢生，加之瑪米就坐在我身邊，把我的腦子和魂魄都帶走了。這些理由是好還是不好，全憑你自己判斷吧。然而，我就是迷路了，迷失在那個傍晚的暮色之中，我們本該已經抵達奧克拉荷馬城了，實際上卻一直沿著一條不知其名的河床來回亂轉，暴雨傾瀉而下，淋透了我們。從沼澤地帶向另一邊眺望，我們看到地勢較高處有個小山坡，坡上有一座小木屋。小屋周圍盡是矮草、荊棘、孤樹，看起來似乎愁容不展，讓人不禁為它傷心。這座小屋可以過夜，我認為，我們也沒有其他選擇。我向瑪米解釋，她讓我來做決定。在這種情況下，她沒有像多數女人那樣，變得激動、滿口抱怨，反而表示理解；她知道我不是存心的。

「我們發現小屋裡空無所有。屋子被隔成兩個房間，院子裡還有一個曾圈養過牲口的小畜棚。畜棚上層堆著不少擺了很久的乾草。我把馬牽進去，給那些馬吃了些草，牠們悲傷地看著我，盼著我能道個歉。我把其餘的乾草抱進屋裡，打算用來鋪床，並且也把專利導火線和巴西鑽石帶了進去，因為這兩樣東西同樣禁不起水的考驗。

「瑪米和我把馬車坐墊放在地上當椅子，天氣寒冷，我在灶裡點了不少導火線。如果我的判斷不錯，這女孩還滿開心的。對於她，這不失為一個變化，給她開闢了一種不同的視角。她有說有笑，明亮的雙眼令導火線的光芒黯然失色。再加上我的口袋裡裝滿了雪茄，對我來說，人類墮落受罰的事情根本沒發生過，我們仍然還在伊甸園裡。天堂之河就在屋外流淌，隱藏在大雨和黑暗中的某個地方，高舉火劍的天使還不曾豎立『遠離草坪』的標識。

「我拆開了一兩袋巴西鑽石飾品，給瑪米戴在身上——有戒指、胸針、項鍊、耳環、手鐲、腰帶、盒式吊墜，一應俱全。她是如此光彩照人，像百萬富翁家的千金，兩片紅暈浮上她的臉頰，看起來，她幾乎忍不住要拿面鏡子來欣賞自己一下了。

「天色漸晚，我用乾草、旅行毛毯和馬車裡的氈子給瑪米弄了一個舒服的地鋪，勸她早點休息。我則坐在另一個房間裡抽菸，聽著滂沱大雨，思索著一個人在七十多年的人生中，或哪怕僅僅在葬禮之前的那一刻，也實在有太多難以預料的遭際。

「黎明之前，我一定是打了一陣瞌睡，因為不知何時，我的眼睛閉了起來，等眼睛再次睜開時，天已經亮了。瑪米就站在我面前，頭髮梳洗得乾淨整齊，眼眸中閃爍著生命的光輝。

「『哇哦，傑夫，』她叫道，『我餓了。我能吃得下——』

「我抬起頭，和她對視。她收起了笑容，冷冷地瞥了我一眼，目光充滿戒備。我笑了，重又躺了下去，以便笑得更輕鬆一些。在我看來，這太好笑了。出於樂天與隨和的性格，我總是大笑，此刻我笑得特別開心。等我恢復平靜，瑪米轉過身，背對我坐著，擺出一副凜然不可侵犯的模樣。

「『別生氣嘛，瑪米，』我說，『我實在忍不住。你的髮型太有趣了。如果你能看到就好了！』

「『你別編故事了，先生，』瑪米冷靜而深思熟慮地說道，『我的髮型沒問題。我知道你在笑什麼。喂，傑夫，看外面。』她不再言語，透過木板間的縫隙窺視外間。我推開小木窗向外看。河床完全氾濫了，小屋所在的山坡突兀地聳立在陸地上，被一百多碼寬的湍急泥水河圍在中央，像一個孤獨的島嶼。大雨傾盆，沒有緩和的跡象。我們無事可做，只能等待鴿子銜來橄欖枝。

「我必須承認，接下來的一整天，對話與消遣都失去了生氣和趣味。我發覺瑪米又開始鑽牛角尖了，但我無力使她改變。我自己的情況更不樂觀，對食物的渴望已經占領了我。我產生了碎肉和火腿的幻覺，一直在跟自己說：『你要吃什麼，傑夫？——等服務生過來了，你要點什麼菜，老朋友？』

「我在不存在的菜單裡挑選各種我愛吃的美味，想像上菜的場景。我猜，所有餓過頭的人大概都類似吧。除了吃的東西，他們不可能把腦筋放在別的上面。這表明，擺著斷了把手的味精瓶和冒牌伍斯特醬油、用餐巾遮蓋咖啡汙漬的小飯桌才是頭等大事，人的永生問題或國家之間的和平終究只是次要的。

「我坐著，順著這條路徑繼續深思，和自己發生了激辯，爭論到底該怎麼吃牛排——是配蘑菇醬，還是配克里奧爾式醬料。瑪米在另一個座位上，手捧著腦袋，同樣心事重重。『馬鈴薯要油炸，』我在心裡默念，『用平底鍋把肉丁煎得焦黃，裝盤時要用九個水煮蛋圍邊。』我把手插進口袋，仔細摸索，想看看是否能找到一粒花生或是一兩顆爆米花。

「夜幕再次降臨，河水還在漲，大雨還在下。我看了看瑪米，注意到她的臉上掛著女孩經過霜淇淋店時的那種既絕望又渴望的表情。我知道這可憐的女孩餓了——在她的人生中，這或許還是頭一遭。她的眼中滿是焦慮，女人通常只在弄丟了一餐飯，或是發現裙子沒有束緊，快要掉下來時才有這種眼神。

「第二天晚上，十一點左右，我們還坐在這間像失事船隻似的小屋裡。我拚命將念頭從食物上拉開，但在我拴住它之前，它又撲了回來。我將以往聽過的所有好吃的東西都念了一遍。我追溯我的童年時代，滿懷熱愛和嚮往地記起了浸在高粱和鹹肉湯汁裡的熱餅乾。接著，我又逐年向後回想，分別在鹽漬青蘋果、楓糖漿鬆餅、以鹼水去皮的玉米粥、維吉尼亞老式炸雞、整根玉米、豬肋排和甜薯派停留片刻，到了喬治亞州布倫斯維克燉鍋的時候，我興奮到了極點，它處在所有美食的巔峰，因為它將它們每一個都包含在其中。

「人家說，溺水的人會看到自己的整個人生圖景從眼前閃過。好吧，一個人在挨餓的時候能夠看到他吃過的所有食物的幽靈在眼前浮現，還能發明出能讓廚師功成名就的新菜式。如果有人整理餓死的人的最後遺言，他們將不得不殫精竭慮地篩查一番，以發現其中的真情實感，但他們倒是可以據此編輯一本能賣幾百萬冊的食譜。

「我猜，我一定把心靈的所有決斷權都移交給了烹飪的部分，因為，連我自己都預計不到，我竟會大聲地對想像中的服務生喊道：『牛排切厚一些，煎得嫩一些，在烤土司上加炸薯條和六個嫩炒蛋。』

「瑪米在一瞬之間轉過腦袋，眼睛閃閃發亮，突然笑了起來。

「『我的牛排要煎得適中，』她絮絮叨叨地說，『再加一份法式蔬菜湯、三個煎蛋，蛋要單面煎的。再來杯咖啡，鬆餅煎成金黃色。每樣都要雙份。哦，傑夫，那該有多棒啊！我還想要半隻炸雞、一份咖哩雞飯、一杯牛奶布丁霜淇淋，還有——』

「『慢著，』我截住話頭，『還要雞肝派、嫩煎腰子配烤土司、烤羊肉，還有——』

「『哦，』瑪米激動不已，搶著說道，『加薄荷醬、火雞沙拉、橄欖塞肉、樹莓塔，還有——』

「『繼續啊，』我說，『趕快再點一份炸南瓜、熱玉米麵包配甜牛奶，別忘記蘋果布丁，要多放醬汁，還有懸鉤子果條——』

「是啊，這套餐廳裡的典型對答一直持續了十分鐘。我們在有關飲食的話題上來回往復，把所有路徑、所有枝節都走了一遍，瑪米主導了這個遊戲，因為她對於餐飲這個領域比較熟悉，她報出的菜名又加重了我的食欲。感覺上，瑪米似乎即將與食物重歸於好；似乎她不再如過去那般將可憎的飲食科學視為恥辱。

「第二天早晨，我們發現洪水已經退去。套好馬之後，我們在泥濘中艱難駛過，遇上了一些危險，但總算找對了路。幸運的是，多走的冤枉路不過幾英里，不到兩個小時之後，我們就進了奧克拉荷馬城。我們第一眼看到的東西就是巨大的餐廳招牌，於是，一刻也沒耽擱，我們立刻就衝了過去。稍後我才意識到自己和瑪米已經坐在了一張桌子旁邊，面前擺著刀叉，她沒有鄙視的樣子，反而露出了飢餓和甜蜜的笑容。

「那是一家新開的餐廳，備貨充足。我對著菜單猛點了一番，以至於服務生要出去看看馬車裡還有多少人沒有下來。

「我們在那裡等著，菜陸續上了桌。這是一餐為十二個人準備的盛宴，但我們兩個抵得上十二個人。我看著坐在對面的瑪米，不禁笑了，因為我想起了過去。瑪米盯著桌面，像一個男孩盯著他的第一塊機械手錶。接著，她直勾勾地看著我，眼中噙著兩顆碩大的淚珠。服務生這時又去取菜了。

「『傑夫，』她溫柔地說，『我以前真是個傻女孩。我總是從偏頗的角度看問題。過去我從未察覺這一點。男人每天都這麼餓，對嗎？他們塊頭大，身體壯，承擔了這世上的辛勞，他們吃東西，並不是為了刁難餐館裡傻乎乎的女服務生，對嗎，傑夫？你曾經說過——你問過我——你想要我——好吧，傑夫，如果你還惦記著這事——我很樂意和你就這樣坐在同一張桌子旁邊，一生一世。現在，趕快給我弄點吃的吧。』

「所以，我已經說過，女人需要時不時地轉變一下觀點。一成不變的環境很容易使她們厭倦——舊餐桌、洗衣盆、縫紉機，都得換一換。多給她們製造一點花樣——一點旅行、一點休閒，在家務的煩悶中加一點有趣的調劑，吵架之後給點安撫，有時添點亂，唱點反調也無妨——用這種手段，每個人都能漸漸融入這個遊戲，玩出各自的精彩。」

活期貸款

在那段日子裡，牛仔都是天選之子。他們是草原的貴族、牛群的國王、牧場的君主，是牛肉和牛骨的男爵。如果他們想，他們能坐上鍍金的戰車。金錢蜂擁而來，將牛仔團團圍住。他們的錢似乎多得不合情理。但當他們買來一塊錶蓋上鑲了許多寶石，以至於會硌傷肋骨的大懷錶，再買來一副飾有銀釘和安哥拉皮墊的加州馬鞍，又在酒吧裡給每個人點杯威士忌之後——供他們在別處開銷的錢還能有多少？

另有一些地主，他們的身上拴著隨了他姓的女人，消耗過剩財富的手段就多得多，也容易得多了。年景不好的時候，在少了一根肋骨的胸膛裡，散財有道的性別天賦可能暫時蟄伏，但，我的兄弟啊，這種天賦絕不會消失。

因此，在叢林裡出生長大的「長條」比爾．朗利離開了弗里奧河畔的圓圈橫槓牧場，掙脫了妻子的束縛，上城裡享受成功的樂趣去了。他的資產折合下來大約五十萬美元，而且還不斷有收入進帳。

「長條」比爾是營地和草場的優秀畢業生。幸運、節儉、冷靜的頭腦，加上總能幫他發現無主的牛的好眼力，這種種因素讓他從放牛的變成了牛主人。之後，畜牧行業進入繁榮期，命運女神小心翼翼地從仙人掌的棘刺間穿過，來到了牧場，並在牧場主人的小屋門前倒空了豐饒角[1]。

在邊境小城查帕羅薩，朗利修建了一棟造價高昂的住宅。在這裡，他被禁錮在社會生活的車架上，成了俘虜。他注定要成為有頭有臉的人物。像初次被關進畜欄裡的野馬，他先掙扎了一陣，接著，便將馬鞭和馬刺掛了起來，也將沉甸甸的時間掛了起來，從此開始度日如年。他組建了查帕羅薩第一國民銀行，並當選為總裁。

某天，有一個消化不良症患者，戴著比放大鏡還厚一倍的近視眼鏡，將一張官方派頭的名片遞進第一國民銀行的出納員窗口。五分鐘之後，在銀行裡服務的整支隊伍都由金融審計員指使著，跳起了忙忙碌碌的舞蹈。

這位審計員，J．愛德格．陶德先生，明擺著是個滴水不漏的傢伙。

走完一切程序之後，審計員戴上帽子，請總裁威廉．R．朗利[2]先生到一間私人辦公室去。

「說吧，發現有什麼不對的嗎？」朗利用他那緩慢而深沉的腔調問道，「牛群裡有讓你瞧不順眼的標記嗎？」

「銀行的帳目沒有問題，朗利先生，」陶德說，「我發現您放出的貸款也都相當合理——只有一單例外。您有一張糟糕透頂的借條，糟糕到您根本想像不到它會將您置於何等不利的局面。我指的是給湯瑪斯．默溫的一萬美元活期貸款。不僅數目超過了銀行獲准借給個人的法定限額，而且沒有任何抵押或擔保。因此，您違反了國家銀行法的兩項規定，把您自己推到政府的槍口底下，隨時可能遭到刑事訴訟。如果把情況如實向貨幣監察官報告——我有義務這麼做——我確信，這案子一定會轉由司法部辦理。您明白這件事有多嚴重了吧。」

比爾．朗利直起他頎長的身軀，緩緩向轉椅的椅背靠去，雙手合抱，托在腦後，稍稍側著頭，看著審計員的臉。審計員不無驚訝地看到，在這位銀行家堅毅的嘴角浮現出一絲微笑，而在他湛藍的雙眼中，還有善意的光芒在閃動。如果他已經理解了事態的嚴重性，本不應該做出這副表情。

「當然了，你不認識湯姆．默溫[3]，」朗利說道，語氣幾乎稱得上快活，「是的。我知道這筆貸款。除了湯姆的口頭保證，沒有任何抵押品。不管怎樣，我總認為，一個男人若是守信用，他的話就是最好的抵押品。哦，是的，我知道政府並不這麼認為。看來，我得為了這張借條去拜訪一下湯姆了。」

陶德先生的消化不良症似乎突然惡化了。從他那副比放大鏡還厚一倍的近視眼鏡後面射出一道驚奇的目光，盯著這位山野出身的銀行家。

「你懂的，」朗利以輕鬆的口吻解釋著，想要化解這件事，「湯姆聽說在里奧格朗德的洛基福特有兩千頭兩歲齡的小牛待售，一頭只要八美元。我猜那是老萊恩德羅．加西亞運來的私貨，他肯定急著出手。那群牛在坎薩斯城的行情是十五美元一頭。湯姆知道，我也知道。他有六千美元，我再給他補上一萬美元，讓他去完成這筆採購。他弟弟埃德三個星期之前就趕著牛到市場去了。就這幾天，他差不多就該帶著錢回來了。他一到，湯姆就會歸還這筆錢。」

銀行審計員被嚇得不輕。也許，職責所在，他應該立刻去電報局拍封電報，向監察官說明情況。

---

1 豐饒角，在希臘神話中，主神宙斯由羊人阿瑪耳忒亞哺育長大，其童年時曾不慎拗斷養母的一隻角，這隻角便是豐饒角。這隻角能夠源源不斷地產出食物和財富。
2 前文中的「比爾」是對「威廉」的暱稱。
3 此處的「湯姆」是對「湯瑪斯」的暱稱。

但他沒有這麼做。他簡明扼要地和朗利談了三分鐘，終於使這位銀行家明白自己已經站在災難的邊緣。之後，他又給他指出了一線生機。

「今晚，我要趕去希爾代爾，」他告訴朗利，「去那裡的一家銀行做審計。回程的時候，我還會經過查帕羅薩。明天十二點，我再來一次。到那時，如果這筆貸款已經結清，我就不在報告裡提及這件事。否則，我不得不履行職責。」

隨後，審計員鞠了一躬就離開了。

第一國民銀行的總裁在椅子上乾坐了半小時，然後點燃一支醇和的雪茄，這才動身去湯姆·默溫家。默溫，一個穿著棕色帆布裝，眼神若有所思的牧場主人，此刻正在家裡坐著，把腳擱在一張小桌上，編一條生皮馬鞭。

「湯姆，」朗利往桌邊一靠，說道，「埃德那裡有消息了嗎？」

「還沒有，」默溫繼續編他的鞭子，回答道，「我想，埃德最近幾天就該回來了。」

「有一個銀行審計員，」朗利說，「今天在我們那裡到處打探，把你那張借據給揀出來了。你清楚的，我知道這事絕對沒有問題。但這筆貸款違反了銀行法。我本來篤定你能在銀行審計員查帳之前還清貸款的，但這傢伙比我們預計的提前來了，湯姆。現在我自己手頭正好也缺現金，不然我就先幫你把錢墊上了。我得在明天十二點前解決，到時必須交出現金，還清貸款，否則……」

「否則怎麼樣，比爾？」見朗利躊躇著開不了口，默溫便主動詢問。

「嗯，我想大概會被湯姆大叔狠狠地修理一頓吧。」

「我盡力準時為你籌齊這筆錢。」默溫說，仍舊專心地做著手上的工作。

「好的，湯姆，」朗利轉身朝門口走去，同時說道，「我瞭解你，只要你能做到，你就一定會做到。」

默溫丟下皮鞭，向城裡僅有的另一家銀行走去，那是庫珀和克雷格合開的私營銀行。

「庫珀，」他對兩位合夥股東裡叫這名字的那一位說道，「今明兩天我必須弄到一萬美元。我有一棟房子，再加上其他東西，總共值六千美元，我能拿出的實物擔保就這麼多了。不過，我正在做買賣牛群的生意，幾天之內就能賺到一大筆，遠遠超過這個數目。」

庫珀開始咳嗽起來。

「好了，看在老天的分上，別拒絕我，」默溫說，「我借了一筆一萬美元的活期貸款。現在得還了，向我要錢的人和我在同一座牧牛營和同一片林場一起待了十年。他向我要任何東西都可以。哪怕他想要我血管裡的血，我也會給他。他遇上了麻煩——總之，他需要這筆錢，我就必須為他弄到這筆錢。我很守信用，你知道的，庫珀。」

「那當然了，毫無疑問，」庫珀彬彬有禮地附和道，「但你知道的，我還有個合夥人。放貸的事，我一個人說了不算。況且，默溫啊，即使你手頭有最可靠的抵押品，我們也不可能在一個星期之內貸款給你。我們正要運一萬五千美元現款給羅克代爾的邁爾兄弟公司，用來收購棉花，今晚就要用窄軌火車運走。這麼一來，我們的現金儲備馬上就捉襟見肘了。非常抱歉，我們沒法為你安排。」

默溫回到他的小工作間，繼續編他的皮鞭。下午四點左右，他來到第一國民銀行，靠在朗利辦公桌的隔板上。

「今晚，我會想辦法為你弄到那筆錢——我的意思是，明天就給你，比爾。」

「好的，湯姆。」朗利平靜地說。

當晚九點鐘，湯姆．默溫小心翼翼地從他住的那間小木屋裡走了出來。這房子坐落在小城的邊緣，在這個時間，附近幾乎沒什麼行人。默溫腰帶裡別著兩把六連發的手槍，頭上戴著一頂寬邊帽子，沿著一條冷清的街道迅速走了下去，之後又轉入和窄軌鐵道平行的沙路上，一直走到了距離城鎮兩英里的水塔旁。湯姆．默溫在那裡停下腳步，用一條黑色絲帕蒙住下半張臉，拉低了帽簷。

還不到十分鐘，從查帕羅薩開往羅克代爾的夜班火車就在水塔旁邊停住了。默溫站起身，兩手各拿了一支槍，從樹叢後面出來，向火車頭走去。但他才剛邁出三步，就被一雙強壯有力的長臂從身後攔腰抱住，然後又被舉起來，臉朝下摔在草地上。一個沉重的膝蓋頂著他的脊背，一隻鐵鉗般的大手牢牢地捉住他的手腕。他就這樣被制服了，就跟個小孩似的。直到火車取好水，然後啟動，逐漸加速，駛離他的視線，他才被放開。默溫爬起來，轉過身，站在他面前的人是比爾．朗利。

「這事絕不至於用這種方式來解決，湯姆。」朗利說，「今天傍晚，我和庫珀見了一面，他把你跟他的談話都告訴我了。晚上我去你家，看到你帶著槍出了門，我就跟著你了。咱們回去吧，湯姆。」

兩人肩並著肩，一起走了。

「這是我能找到的唯一機會，」過了一會兒，默溫說道，「你要我歸還貸款，我得盡力弄還給你。現在怎麼辦？比爾，如果他們因為這事要來對付你，你怎麼辦？」

「如果他們因為這事要對付你，你又打算怎麼辦？」朗利反問道。

「我從沒想過自己會為了打劫火車而埋伏在灌木叢裡，」默溫說，「但是，一筆活期貸款可不管那麼多。對我來說，該還的就得還。咱們還有十二個小時呢，比爾，在那個探子跳出來為難你之前，咱們無論如何都得籌到這筆錢。也許，我們可以——偉大的薩姆．休士頓州長啊！你聽到了沒有？」

默溫突然狂奔起來，朗利一路跟著他，只聽到夜空中某處響起一陣相當悅耳的口哨聲，吹的是〈牛仔輓歌〉的傷感曲調。

「他只會這一首曲子，」默溫邊跑邊喊，「我敢打賭——」

他們跑到了默溫家門前。默溫把門踢開，之後還被擺在房間中央的一個舊旅行箱給絆了一跤。一個寬下巴的黝黑年輕人正躺在床上抽一支褐色的菸捲，一副風塵僕僕的樣子。

「怎麼樣啊，埃德？」默溫喘著大氣問道。

「馬馬虎虎吧，」這幹練的小夥子慢條斯理地回答，「我剛到，搭的是九點半的那班車。那群牛都賣了，十五美元一頭，順利得很。嘿，老哥，你可別把那個旅行箱踢來踢去的，裡頭可裝著兩萬九千美元現鈔呢。」

公主與美洲獅

一個故事，裡面總得有國王和王后，這是天經地義的事。這位國王是個可怕的老頭，隨身帶著六連發的手槍，鞋子上佩了馬刺，動不動就大吼大叫，嚇得草原上的響尾蛇直往霸王樹下的蛇洞裡鑽。王室尚未成立之前，大家管這個男人叫「小聲說話的班」。當他賺到五萬英畝土地和連他自己都點不清數的牛群之後，大家就稱呼他「牛王」奧唐納了。

王后本來是從拉雷多來的一個墨西哥女孩。但後來，她把自己改造成了友善又溫和的科羅拉多主婦，甚至為了保全碗碟杯盞，還教班學會了在自己家裡收斂他的嗓門。就在班即將登基稱帝的時候，她還坐在埃斯皮諾薩牧場的大宅走廊裡編葦席。待到財富勢不可擋地猛撲過來，馬車從聖安東尼奧運來了軟墊座椅和大圓桌，她便只好低下覆滿黑亮髮絲的頭顱，與達那厄[1]共用同一命運了。

為了免於觸犯君威，我只能先向諸位奉上國王與王后的傳略。他們不會在故事中出場。順嘴提一句，這篇故事的名字也可以叫作〈公主大事記，快樂的遐想和成事不足敗事有餘的獅子〉。

約瑟法．奧唐納是家裡僅存的女兒，一位公主。從母親那裡，她繼承了熱情的天性和亞熱帶美女特有的微黑膚色。從班．奧唐納陛下那裡，她則習得了大無畏精神、常識和統治的學問。這種難得一見的組合，值得跑些遠路專程觀摩。約瑟法能在騎著她的小馬疾馳的時候，射穿一個吊在繩子末端的番茄罐頭，每開六槍，至少能中五槍。她能和自己的小白貓玩上好幾個鐘頭，給牠穿上各式各樣逗趣的衣服。用不著鉛筆，她憑心算就能告訴你一千五百四十五頭兩歲齡的小牛，以每頭八美元五十美分計，總共可以賣多少錢。大致估一估，埃斯皮諾薩牧場應該有四十英里長、三十英里寬，不過大部分土地都是租來的。約瑟法騎在小馬背上，勘測了牧場的每一吋地面。牧場裡的每一個牛仔都一眼就記住了她，都唯她馬首是瞻。雷普利．吉文斯是埃斯皮諾薩的一支牧牛隊的隊長，在初見她的那一天，就打定了主意要與王室聯姻。是癡心妄想嗎？不。那年月，努埃塞斯那一帶的男人都是真好漢。況且，話說回來，「牛王」的稱號可不真表示王室血統。它經常只說明稱號的主人在偷牛的技藝方面冠絕天下。

某天，雷普利．吉文斯騎著馬去雙榆牧場打聽一群走失小牛的消息。回程的時間比預計的要晚，到達努埃塞斯河的白馬渡口時太陽已經下山了。從那裡到他自己的營地還得走十六英里，到埃斯皮諾薩牧場莊園要走十二英里。吉文斯累了。他決定在渡口過夜。

河床上有個水坑，水很清澈。河岸被蔥鬱的大樹和低矮的灌木完全覆蓋。水坑背後五十碼遠處有一片豆科牧草——馬有了晚餐，他有了床鋪。吉文斯拴好了馬，把鞍褥在地上鋪展、晾乾，然後靠著樹坐下來，捲了一支菸。河邊密林中突然傳出一陣狂暴駭人的嚎叫。小馬扯著拴住牠的繩子不安地跳躍著，因恐懼而用力噴著鼻息。吉文斯抽著菸，從容不迫地伸手取來放在草地上的槍套皮帶，試著撥了撥槍的轉輪。一條大鱔魚突然跳進水坑，弄出很大的動靜。一隻小棕兔蹦跳著繞過一叢貓爪草，蹲下來，鬍鬚

1 達那厄，古希臘神話中阿爾戈斯國王阿克里西俄斯之女，英雄珀耳修斯的母親。阿克里西俄斯由一道神諭得知女兒達那厄將來所生的兒子會威脅到自己，於是便將達那厄囚禁在一個青銅密室之中。

抖個不停，模樣滑稽地注視著吉文斯。小馬又開始吃草。

日落時分，當一頭墨西哥獅在乾涸的水渠旁唱起女高音，大家理應小心提防。這歌曲的內容很可能是「小牛和肥羊難以尋覓，對肉食的渴望讓我很想和你親近一下」。

草叢裡有一個空掉的水果罐頭，是某個曾在這裡休息的人丟下的。吉文斯看了它一眼，滿意地咕噥了兩聲。他那件繫在馬鞍後面的上衣口袋裡有一兩把磨碎的咖啡豆。黑咖啡和菸捲！對放牛的來說，除此之外，別無他求。

不到兩分鐘，他就生起了一小堆明晃晃的篝火，之後便拿著空罐頭向水坑走去。在距離水坑邊緣只有十五碼的時候，透過灌木叢的間隙，他看到一匹配了橫座馬鞍的小馬正在左邊不遠處吃草，韁繩在一旁垂著。一個女孩從水坑旁邊站了起來，正是約瑟法．奧唐納。她剛剛趴在地上喝過坑裡的水，正在擦拭黏在手心的泥沙。就在她右邊十碼遠處，有一叢半身高的荊棘，吉文斯看見一頭墨西哥獅潛伏在裡面。一對琥珀色的眼球放射出飢餓的凶光，在眼睛後面六英尺處，尾巴豎得筆直，就像鐘錘一樣搖晃。牠的後腿蹬地，輕輕擺動，那是貓科動物預備前撲的姿態。

吉文斯做了他力所能及的事。他的六連發手槍還在三十五碼以外的草地上，他只能大吼一聲，衝過去，擋在獅子和公主之間。

後來，吉文斯曾提起這場「騷動」，說它短暫而又混亂。當他衝到前沿戰線的時候，只見一道模糊的影子飛掠而過，接著又隱約聽到砰砰兩聲槍響。隨後，一頭一百多磅的墨西哥獅狠狠地砸在他的頭上，伴著重物墜地聲，差點壓扁了他。他記得自己嚷著：「讓我起來，快點——用這招數太不公平。」沒過多久，他就像條毛毛蟲一樣，從獅子身下爬了出來，嘴裡塞滿了草和泥，後腦勺被水榆樹的樹根磕了一個大包。獅子一動不動地躺著。吉文斯憤憤不平，疑心牠在耍什麼手段，他對獅子揮舞著拳頭，喊道：「我還要再跟你大戰二十回合——」這時，他突然回過神來了。

約瑟法還站在原地，不動聲色地填裝她那把鍍銀的點三八手槍。這種射擊不難完成。獅子的頭和吊在繩子上的番茄罐頭相比，實在是個顯眼的目標。她的嘴角邊和黑眼睛裡，含著一絲挑釁、嘲弄、叫人火冒三丈的笑意。救駕未遂的騎士只覺得羞恥的烈焰在他的靈魂裡燃燒。這本來是他的機會，一個他夢寐以求的機會；可是，主宰這個機會的神靈不是丘比特，而是莫墨斯[2]。林中的眾薩特[3]毫無疑問正躲在一邊，不出聲地狂笑著。這簡直是一場雜耍表演——可稱之為吉文斯先生與獅子玩偶一同演出的滑稽戲。

「是你嗎，吉文斯先生？」約瑟法用甜如蜜糖的女低音慢條斯理地說道，「你這麼大喊大叫的，險些害得我射偏。你跌倒的時候有沒有撞傷腦袋？」

「哦，沒有，」吉文斯小聲說，「沒受傷。」他羞慚地俯下身，把他最好的牛仔帽從那猛獸的身體下面拉出來。它被壓扁、擠皺了，頗有幾分喜劇效果。接著，他跪在地上，輕輕撫摸死獅子那令人膽寒、大張著嘴巴的頭顱。

「可憐的老比爾！」他悲痛地呼喊著。

---

2 莫墨斯，希臘神話中的嘲弄和非難之神，喜歡惡作劇。

3 薩特，希臘神話中半人半羊的森林之神。

「你說什麼？」約瑟法隨即問道。

「當然了，不知者不罪，約瑟法小姐，」吉文斯說道，臉上表露出一種寬恕與哀傷交戰，並最終得勝的神情，「誰也不能責怪你。我想救他，但我沒能及時跟你說清楚。」

「救誰？」

「唉，比爾啊。我找了他一整天。你知道的，這兩年以來，他一直是我們營地的寵物。可憐的老朋友，他連一隻野兔也不會弄傷的。營地裡的年輕人聽到這個消息會心碎的。不過，當然了，你不可能知道比爾只是想和你鬧著玩。」

約瑟法的黑眼睛閃閃發亮地凝視著他。雷普利．吉文斯成功地通過了考驗。他站在那裡沉思默想，把一頭棕黃色的鬈髮揉得亂糟糟的，眼中滿是悔憾，還摻雜了一些溫和的責備。他那副面容性能著實優越，輕易把模式切換到不容置疑的哀戚。約瑟法動搖了。

「你的寵物在這裡做什麼？」她以這問題做最後的抵抗，「白馬渡口這一帶可沒有營地。」

「這個老傢伙昨天從營地逃出來了，」吉文斯好整以暇地回答，「他沒有被土狼嚇死才真是怪事。你知道的，吉姆．韋伯斯特，我們的馬夫，上星期帶了一隻小獵狗回營。這小狗把比爾折騰慘了——他最愛追著他兜圈子，一追就是幾個鐘頭，還時不時地咬他的後腿。每天晚上，到了上床的時間，比爾都會偷偷鑽進某個牛仔的毯子底下睡覺，不讓小獵狗找到他。我猜他肯定擔驚受怕到了絕望的程度，否則是不會逃走的。他一向距離營地稍遠一點就會害怕。」

約瑟法看著那頭猛獸的身體。吉文斯溫柔地拍了拍可怕的獅爪，這爪子只消輕輕一揮，就能殺死一頭一歲齡的小牛。那女孩深橄欖色的臉上緩緩泛起一片紅暈。這個例不虛發的獵手是不是因弄錯了獵物而表示羞愧呢?她的眼神變得柔和，低垂的眼瞼驅散了所有嘲弄的神色。
「很抱歉，」她低聲下氣地說，「他看起來實在太大了，而且又跳得那麼高……」
「可憐的老比爾餓了，」吉文斯打斷了她，第一時間替死者辯護，「在營地裡，我們餵他時總是逗他跳起來。為了吃到一片肉，他還會躺在地上打滾呢。看到你的時候，他八成以為能從你這裡弄到吃的。」
約瑟法突然又瞪大了眼睛。
「我很可能會打傷你！」她叫道，「你正好在那時衝進我們中間。為了救你的寵物，你不惜拿自己的生命冒險!真是太善良了，吉文斯先生。我喜歡對動物好的人。」
沒錯，這時候，她注視他的眼神裡甚至有了些愛慕的成分。總而言之，在意興索然的廢墟上，有一位英雄重新站了起來。單憑臉上的表情，吉文斯就能在動物保護協會贏得一個鐵打不動的高層職位。
「我一直都很愛動物，」他說，「馬啊，狗啊，墨西哥獅啊，乳牛啊，鱷魚啊……」
「我討厭鱷魚，」約瑟法馬上提出異議，「像堆爛泥一樣的東西，叫人寒毛直豎。」
「我說過鱷魚嗎?」吉文斯說，「我想說的肯定是羚羊。」
約瑟法的良心促使她實施進一步的補救辦法。她伸出雙手，做出懺悔的模樣，眼中噙著晶瑩的淚滴。
「請原諒我，吉文斯先生，可以嗎?我只是個小女生，你知道，起先我被嚇壞了。我打死了比爾，對此，我感到非常非常抱歉。你不知道我有多難受。要是能重新來過，無論如何我都不會這麼做的。」

吉文斯握住了朝他遞來的手，握了好一會兒，以便讓他寬厚的天性漸漸撫平失去比爾的傷痛。最後，他顯然已經原諒她了。

「請不要再提起這件事了，約瑟法小姐。比爾的模樣，任何年輕女士看了都會害怕。我會跟弟兄解釋清楚的。」

「你真的不怨我嗎？」她激動地向他挨近了一些，眼神透著甜蜜——哦，是甜蜜和誠心悔罪的高貴願望，「誰要是殺了我的小貓，我肯定恨死他了。你為了救他，甘願冒著被槍擊的危險，這是多麼可敬、多麼善良啊！能做到這一點的人實在太稀有了！」反敗為勝！將鬧劇轉化為正劇！真有你的，雷普利．吉文斯！

暮色已至。當然不能讓約瑟法小姐獨自一人騎馬回牧場。吉文斯對小馬滿含抱怨的眼神置之不理，又給牠備好了鞍，與她並轡而行。公主和愛護動物的人相伴相隨，在平整的草場上飛馳。草原上馥郁的香氣和悅目的繁花一路環繞著他們。土狼在遠處的山頭嗥叫。沒人害怕。但是——

約瑟法趕著馬，靠他靠得更近了些。一隻小手似乎在摸索什麼。吉文斯用自己的手迎接它。兩匹馬的步調完全一致，兩隻手久久握住彼此。其中一隻手的主人解釋說：「以前我從不知道害怕，但想想看！萬一遇上一頭真正的野生獅子，那多可怕啊！可憐的比爾！很高興你能陪著我！」

此時，奧唐納正坐在牧場莊園的走廊裡。

「嗨，雷普！」他叫道，「是你嗎？」

「他陪我來的，」約瑟法說，「我迷路了，耽擱了不少時間。」

「感激不盡，」牛王發出了邀請，「今晚留下吧，雷普，明早再回營。」

但吉文斯不肯。他要趕回營地。破曉時分，他還得帶一群小公牛上路。他道過晚安，就快馬加鞭地走了。

一小時之後，熄了燈，約瑟法穿著睡袍走到她的臥室門口，隔著磚鋪的過道對待在自己屋裡的牛王喊道：「喂，爸爸，你知道那隻被他們叫作『斷耳魔鬼』的老墨西哥獅嗎？就是在薩拉達牧場殺害了馬丁先生的牧羊人岡薩雷斯和差不多五十頭小牛的那一隻？今天下午，在白馬渡口，我斃了牠。就在牠撲過來的時候，我用我的點三八手槍朝牠頭上開了兩槍。牠的左耳被老岡薩雷斯用他的彎刀削掉了一片，我就憑這個認出了牠。老爹呀，就算是你也未必能打得更準了。」

「你真行！」班的讚歎像炸雷一般從國王寢宮的黑暗中傳了過來。

「乾谷」約翰遜的小陽春

「乾谷」約翰遜搖了搖瓶子。在使用前必須搖瓶子，因為硫黃不溶於水。然後，「乾谷」用一小塊飽蘸這種液體的海綿仔細地擦洗髮根。藥液的成分除了硫黃以外，還有醋酸鉛、馬錢子酊和月桂油。「乾谷」在星期日報上發現了這個配方。接下來你會看到，一個壯漢怎樣淪為了美容訣竅專欄的犧牲品。

「乾谷」曾經是牧羊人。他的真名叫赫克托，但為了和在弗里奧河下游放羊的「榆樹灣」約翰遜有所區別，人家就把他的牧場的名字冠在他的頭上，給了他一個新的稱呼。

多年以來，每天和羊群面面相覷，按照牠們的規律過生活，「乾谷」約翰遜早已厭倦。於是，他以一萬八千美元的價格賣掉牧場，搬去聖羅莎過起了愜意的體面生活。作為一個沉默寡言的三十五歲（也許是三十八歲）男人，他很快變成了那種給整個星球增加累贅的可憎東西——一個上了年紀又養成了某項癖好的單身漢。有人給他弄了些草莓，這是他有生之年第一次吃到這種東西，很快就欲罷不能。

「乾谷」在鄉下買了一間四房的農舍，還有一大批與草莓有關的書籍。屋後有一座花園，也被他用來種草莓了。他整天穿著那件灰色舊羊毛衫，還有他的棕色粗布褲子和高跟皮靴，躺在他家後門那棵槲樹下的帆布床上，鑽研這種迷人的紅色漿果的歷史。

學校裡的一名教師，德維特小姐，說他是「一個到了中年還很有精神的男人」。但「乾谷」約翰遜的眼睛從來不會聚焦在女人身上。對他來說，她們只不過是一些以穿裙子為特徵的存在，一旦遇見了，他就得笨拙地掀起他那頂頗有些分量的圓頂闊邊氈帽，然後趕緊走過去，回到他心愛的漿果身邊。

以上都只是合唱隊的開場曲，只為說明為什麼人家要告訴你「乾谷」在搖晃裝著不溶於水的硫黃的瓶子。歷史是異常漫長和荒謬的東西——在我們和落日之間，里程碑在路上投下奇形怪狀的陰影。

草莓開始成熟的時候，「乾谷」在聖羅莎市場買了最重的一根馬鞭。他在槲樹底下坐了好幾個鐘頭，自己動手編織，把鞭子加長了一截。完工之後，他能在二十碼開外，啪地一甩手，打掉灌木叢裡的一片葉子。聖羅莎那些年輕人的賊眼都對成熟的莓果虎視眈眈，未雨綢繆，「乾谷」得武裝自己，防範意料之中的襲擊。在整個放牧生涯中，他對那些柔弱的小羊，也從未比對這些他鍾愛的水果更用心，他保護它們，從那些吹著口哨、大喊大叫、愛玩彈弓、總在圍繞他產業的籬笆牆外窺探的餓狼爪下搶救它們。

「乾谷」的隔壁住著一個帶著一群孩子的寡婦，這個「農夫」時常因為他們感到焦慮不安。女人有西班牙血統，她的前夫姓歐布萊恩[1]。「乾谷」是雜交育種方面的行家，他斷定這類聯姻所生的後代不是省油的燈。

這兩戶人家之間隔著一道誇張的尖木樁籬笆牆，上面爬滿了牽牛花和野葫蘆藤。他時常看到一些小

1 歐布萊恩，是典型的愛爾蘭姓氏。

腦袋在木樁之間探進探出，窺視著那些漸漸變紅的漿果，他們都有一頭蓬鬆的黑髮和亮閃閃的黑眼睛。

一天傍晚，「乾谷」去了一趟郵局。回來的時候，就像哈伯德大娘[2]那樣，發現家裡遇劫了。伊比利亞強盜和愛爾蘭偷牛賊的後裔突襲了他的草莓園。在「乾谷」被怒火焚燒的眼睛看來，他們足以裝滿一個羊圈——但其實也就五、六個吧。在一行行翠綠的植株中間，他們弓著腰，像蛤蟆一樣蹦蹦跳跳，不聲不響地狼吞虎嚥，嘴裡正大嚼著他最好的果子。

「乾谷」溜回家裡，取了鞭子，向掠奪者衝去。在他們意識到自己被發現之前，鞭子纏住了最近的那個孩子的雙腿。那是一個十歲大的貪吃鬼，他的尖叫聲起了示警作用，其餘那些孩子倉皇地向圍牆逃竄，像一群受驚的野豬在樹林裡狂奔。在他們越過被爬藤覆蓋的籬笆，逃得無影無蹤之前，「乾谷」的鞭子又讓至少兩個小鬼付出了尖叫的代價。

「乾谷」的動作不夠敏捷，追到木樁附近就跟不上他們了。放棄了無用的追逐之後，他繞過一個灌木叢，撂下鞭子，站住了，一動不動，也不出聲。喘息和保持直立就已經耗光了他的力氣。

不屑逃走的潘切塔．歐布萊恩就站在灌木叢後面。這女孩今年十九歲，是那幫偷襲者中最年長的一個。她蓬亂的頭髮黑如夜色，用一條深紅色緞帶在腦後紮成一束。她一臉倔強地站在那裡，之所以如此，是因為她正處於由小溪變為河流的成長階段，而童年此時仍舊圍繞著她，想多挽留她一陣。

她以極其傲慢的態度盯著「乾谷」約翰遜看了一會兒，就在他眼前把一枚甘美的漿果放進潔白的牙齒中間，慢條斯理地嚼了起來。然後，她轉過身，扭動腰肢，故作姿態，緩緩地向著籬笆牆走去，如同一位正在散步的公爵夫人。在那兒，她又一次回過頭，在那雙大膽的眼睛裡燃燒的黑色火焰再一次灼傷了「乾谷」約翰遜。她露出了少女特有的輕率笑容，接著以豹子般的靈活，一扭身從木樁間鑽了過去，到了野葫蘆藤那邊歐布萊恩家的地界。

「乾谷」撿起鞭子，回到屋裡。他跌跌撞撞地上了兩級木頭臺階，穿過房間時，為他煮飯掃地的墨西哥老太太叫他吃晚飯。「乾谷」聽而不聞，繼續走著，又跌跌撞撞地下了前面的臺階，出了大門，順著路一直走到小鎮旁邊的豆科灌木林。他在草地上坐下，一根接著一根，費勁地從一棵仙人掌上拔刺。這副模樣表明他正在思考，在他的問題僅僅是風向、羊毛和水源的那個時期，這種習慣就形成了。

這男人有事——這種事，如果你也有資格經歷，你只能祈禱，祈禱自已能順利度過。他被靈魂的小陽春困住了。

「乾谷」從未有過青年階段。甚至在孩提時期，他就是一個一本正經的人了。六歲時，他就已經在他爸的牧場裡，沉默地、不以為意地觀察羊兒輕浮又無聊的歡跳。他把作為年輕人的生命階段浪費掉了。神聖的火焰與衝動，夢想的收穫與失落，青春的魅惑與熱望，都沒有在他的頭腦中留下痕跡。羅密歐[3]的激情與他無緣，他只是憂鬱的賈克斯[4]，在森林中徘徊，思索著拙劣的哲理。與賈克斯相比，他還缺少了在阿登森林裡漫遊的那些個滄桑的年頭，沒有那些苦樂參半的經歷所帶來的磨練。如今的他是一片乾枯的黃葉，潘切塔．歐布萊恩輕蔑的一瞥漫過了他，將這一小塊秋景淹沒在遲緩而迷茫的夏熱之中。

---

2 哈伯德大娘，是英國童謠中的角色。
3 羅密歐，莎士比亞名劇《羅密歐與茱麗葉》中的男主角。
4 賈克斯，莎士比亞喜劇《皆大歡喜》中的人物，個性憂鬱，其臺詞中有過「人生七階段」的著名獨白。

然而，牧羊人是頑強的動物。「乾谷」約翰遜經歷過太多大風大浪，無論是精神層面，還是事實層面，這遲來的暑天都還不至於讓他退避。老？等著瞧。

下一批郵件中，有一封是發往聖安東尼奧的，為的是訂購一套最時髦的衣服，顏色、樣式、價格都不計較。第二天，那份護髮祕方就從報紙上被剪了下來；因為「乾谷」那頭日曬雨淋的褐髮，已從鬢角開始漸漸變得花白。

「乾谷」在家裡窩了整整一週，除了時不時地出去追擊那些年幼的草莓劫匪之外，幾乎足不出戶。之後又過了幾天，他突然容光煥發地現了身，在遲到的瘋狂仲夏，泛著異樣的神采。

一套藍鴉羽毛色的網球服把他罩得緊緊的，幾乎連手腕和腳踝都包住了。襯衫紅得像牛血；衣領高而且翹；領帶像旗幟一樣飄拂；皮鞋亮得刺眼，尖尖的鞋頭和鞋身的形狀是從懺悔的苦行僧那裡承襲而來的。一頂束著條紋飾帶的淺草帽褻瀆了他飽經風霜的頭顱。檸檬色的山羊皮手套使橡樹般粗糙有力的雙手免於日曬，儘管五月的陽光是如此和藹。這個叫人看了難過的生物，像一顆視覺炸彈，一搖一擺地從他的巢穴裡衝了出來，愚蠢地微笑著，想撫平手套上的褶皺，以供人與天使觀賞。丘比特總是喜歡從莫墨斯的箭囊裡取箭，不合時宜地亂射一通，他竟把這人折騰到了這步田地。「乾谷」約翰遜翻新了神話：他本是一隻灰撲撲的鳳凰，收起了疲倦的翅膀，棲息在聖羅莎的樹下，之後他自焚成灰，又從餘燼中飛升，化作一隻五彩斑斕的金剛鸚鵡。

「乾谷」在街上站了一會兒，好讓那些看見他的聖羅莎市民大吃一驚；接著，依照腳上那雙鞋子的需要，他鄭重其事地慢吞吞走進了歐布萊恩家的門。

直到發生了長達十一個月的大旱，聖羅莎人才終於停止談論「乾谷」約翰遜向潘切塔．歐布萊恩求愛的事。此事的程序十分複雜，難以歸類，可說是步態舞、默劇表演、小範圍的調情和客廳猜謎遊戲的混合物。整個過程持續了兩個星期，之後又突然結束。

「乾谷」約翰遜的意圖一經表露，歐布萊恩太太自然是欣然點頭。作為一個女孩的母親，她深諳「古法捕鼠」的手段，興高采烈地給潘切塔盛裝打扮，以充作誘餌。這女孩穿上了長裙，挽了高髮髻，一時被自己晃暈了眼，差點忘記了她只不過是捕鼠器上的一片乳酪。另外，有約翰遜先生這麼好的一個伴對你大獻殷勤，還能看到別的女孩在你們經過時掀開窗簾，對你行注目禮，這種感覺也著實不錯。

「乾谷」從聖安東尼奧買來一輛黃輪子的輕便馬車和一匹良種馬。每天他都帶著潘切塔駕車外出。在他們散步或兜風的時候，從沒有人見過他和她說話。自覺衣著有些怪異，他便總是緊張兮兮；自認言辭實在無趣，他便乾脆不言不語；但只要與潘切塔在一起，快樂就是他的主旋律。

他帶她參加聚餐和舞會，帶她去教堂做禮拜。他努力——哦，誰也不曾像他那麼努力地扮成年輕人的樣子。他不會跳舞，卻發明了一種專用於歡樂場合的笑容，他以之表示別人只能以翻筋斗來表示的極度快活和歡慶之意。他開始和鎮上的年輕人——甚至是男孩成群結隊。他們雖然接受了他，但不情不願，因為他耍起他們那套把戲時總是用力過猛，鬧得他們像在教堂裡遊戲一般彆扭。無論他本人或者別人，都看不出他和潘切塔能有什麼發展。

某一天，結局突然降臨，就像十一月天空的晚霞在起風之前倏忽消失。

那天下午，「乾谷」約了那女孩在下午六點出去散步。在聖羅莎，午後散步是社交生活的重頭戲，須得拿出各自最像樣的行頭。「乾谷」早早地便把自己打點得光鮮奪目，所以也就早早地便到歐布萊恩家去了。他進了大門，走過曲折的小徑，到了屋子的走廊近旁，聽到屋內有嬉鬧的聲音，便停下腳步，透過忍冬藤的間隙向打開的房門望去。

潘切塔正和她那些年幼的弟弟妹妹一起玩。她穿著一身男人衣服——無疑都是已過世的歐布萊恩先生的；頭上戴著小弟弟的草帽，還以一條用墨水畫了條紋的紙帶裝飾起來；手上戴著為了化裝才草草裁成的黃布手套；腳上的鞋子也用同一種布料蓋住了，以模仿黃褐色皮革的樣子；高高的衣領和飄拂的領帶也沒有落下。

潘切塔很會表演。「乾谷」看到了自己假扮年輕的做作姿態，看到了自己右腳被不合腳的鞋子磨破後一瘸一拐的樣子，看到了自己勉強的笑容，看到了自己強充風流倜儻的尷尬相，一切都得到了惟妙惟肖的再現。這還是頭一次有人將鏡子舉到他的面前，叫他能好好地照照自己。一個小孩又給予了進一步的確證，他喊道：「媽媽，快來看，潘切塔在學約翰遜先生的樣子。」其實，即使他不說，事情也是顯而易見的。

以那雙受盡戲弄的黃皮鞋所能踏出的最輕柔、最安靜的腳步，「乾谷」又原路折返，然後走回了家。

約定好的散步時間已過了二十分鐘，潘切塔才穿著一件清涼的白色麻布襯衫，戴著一頂水手帽，端著淑女的架子，出了家門。她在人行道上優閒地走著，在「乾谷」家門前放慢了腳步。他失約了，這並不常見，她對此表示訝異。

這時，從他家門裡出來大步走向她的，不是那件荒度了盛夏時光的花花綠綠的祭品，而是那個恢復了本來面目的牧羊人。他換上了灰色的舊羊毛衫，讓領口敞著，把棕色粗布褲子的褲腳塞進長筒靴裡，將白色寬邊氈帽戴在後腦勺上。「乾谷」豁出去了，無論像是二十歲還是五十歲，他都不在乎了。他那雙淺藍色的眼睛閃著寒光，與潘切塔的黑色眸子在半空相遇。「乾谷」一直走到大門之外，接著伸出他的長手臂，指著她家的房子。

「回家去，」他說，「回你媽媽那裡去。真是奇怪，像我這麼一個傻瓜怎麼沒遭雷劈。回家玩沙坑去吧。你跟一個大人混在一起，能玩出多少花樣？我想我一定是瘋了，竟然為了你這樣一個小孩把自己裝扮成了一隻鸚鵡。回家去，別再讓我看到你。我這是在幹嘛啊，有誰能告訴我嗎？回家去，讓我自己想辦法忘掉這件事。」

潘切塔聽從了，她什麼也沒說，只是慢吞吞地往回走。有一段路程，她一直把頭扭向身後，瞪著一雙大眼睛，毫不回避地盯著「乾谷」。到了家門口，她站住了，回頭看了看他，然後又突然飛快地跑進了屋裡。

老安東尼亞在給廚房的爐子生火。「乾谷」在門口停住，發出了刺耳的笑聲。

「我簡直像一頭被小孩子耍得團團轉的老犀牛，對不對啊，安東尼亞？」他說。

「上了年紀的男人愛上小女生，這確實不是什麼好事。」安東尼亞做出見多識廣的模樣，表示同意。

「絕對不是好事，」「乾谷」厲聲說道，「簡直蠢透了，不但蠢，而且很傷人。」

他抱著一大堆標誌著他的反常行為的東西走了出來——藍色的網球裝、鞋子、帽子、手套，還有其他的一切，統統丟在安東尼亞的腳邊。

「都送給你家老頭子了，」他說，「打羚羊的時候可以穿。」

在第一顆蒼白的星從暮色中現身的時候，「乾谷」拿著他家最大部頭的一本草莓書，坐在後門的臺階上，藉著最後的天光讀了起來。他覺得草莓地裡好像有人影，就把書擱在一邊，取來了他的鞭子，趕過去想看個清楚。

原來是潘切塔。她從籬笆樁中間鑽了過來，正好走到草莓地的中間。看到「乾谷」時，她停下了腳步，目光堅定地望著他。

「乾谷」的心頭忽地燃起了無名之火——那是因羞慚而起的不可理喻的憤怒。為了這個孩子，他把自己搞得出盡了洋相。他試圖賄賂時間，想讓它倒流；但他被耍了。最後，他終於認清了自己的荒唐。在他與青春之間，有一道鴻溝，即使用黃皮手套護住雙手，他也無法在溝上建起一座橋。看到他的痛苦之源又再出現，還用她那小妖精式的惡作劇來騷擾他——像個調皮搗蛋的小學生一樣來偷他的草莓——真叫他火冒三丈。

「我告訴過你，別再來這裡，」「乾谷」說，「回你自己家去。」

潘切塔仍在慢慢向他靠近。

「乾谷」揮了一下鞭子。

「回家去，」「乾谷」惡狠狠地說道，「多演幾齣戲。你可以演個像樣的男人。你演我演得就滿像樣的。」

她又朝前走了一步，一聲也沒吭，眼裡始終帶著那種奇怪、挑釁、堅定、讓他困惑的光芒。現在，這目光只會火上澆油。

鞭子在空中發出一聲哨音。他看到，在她的膝蓋上方，被鞭子抽到的地方，白色衣服裡突然透出一道紅色鞭痕。

潘切塔毫不畏縮，眼中仍舊散發著同樣的黑色光芒。她穿過草莓地，以穩定的步伐走向他。「乾谷」顫抖的手握不住鞭柄，只得鬆開了。在距離他不到一碼遠的時候，潘切塔伸出了她的雙臂。

「天啊，孩子，」「乾谷」結結巴巴地說，「你怎麼……」

然而，季節是變化多端的。也許，落在「乾谷」約翰遜頭上的並不是 個小陽春，他的春天已經來臨。

催眠師傑夫・皮特斯

傑夫・皮特斯賺錢的門道就跟南卡羅萊納州查爾斯頓的大米吃法一樣多。我最愛聽他說起早年的生涯，那時他靠著在街角賣軟膏和咳嗽藥勉強糊口，與形形色色的人打交道，拋出最後一枚硬幣和命運打賭。

「我去了阿肯色州的費舍爾山，」他說，「身穿鹿皮衣，腳蹬鹿皮靴，留長髮，戴著從特克薩卡納的一個演員那裡弄來的三十克拉重的鑽戒——搞不懂他用這東西換我的折刀是要幹什麼。

「我當時的身分是沃胡大夫——著名的印第安巫醫，身上只帶了一樣最好的賭注。那是一味回春藥，由喬克托族酋長美麗的妻子塔夸拉偶然發現的長生草提煉而成。在一年一度的玉米舞會上，這女人想給她那盤燉狗肉添些配菜，於是碰巧找到了這種藥草。

「我在上個鎮子沒接幾單生意，所以身上只有五美元。我去找費舍爾山的藥商，跟他賒了半羅[1]八盎司的瓶子和軟木塞。我的手提箱裡還有前一站用剩下的標籤和原料。我住進旅館，扭開房間裡的水龍頭，在將兌好的回春藥一打一打地擺在桌子上之後，生活重又變得多姿多彩了。

「假藥？不，先生。這半羅藥水裡有價值兩美元的金雞納液態萃取物和價值十美分的苯胺。時隔多年，我再次路過那些小鎮，居民還爭著要呢。

「那天晚上我租了一輛馬車，到大街上去推銷藥水。費舍爾是一個地勢低窪、瘧疾肆虐的小鎮；據我的診斷，這裡的人需要一種假想中的合成大補藥，既能強心健肺，也能抗壞血症。我這種藥水的受歡迎程度堪比擺在一堆素菜中間的鮑魚海參。在以每瓶五十美分的價格賣掉了兩打之後，我感覺到有人在扯我的衣服下襬。我懂這是什麼意思，所以我躬下身子，把一張五美元的鈔票偷偷地塞進一個領子上別著一枚銀星的人手裡。

「『警官，』我說，『這真是個美好的夜晚啊。』

「『你非法銷售這種被你自己吹噓成靈藥的冒牌貨，』他問道，『可有本市下發的執照？』

「『我沒有執照，』我說，『我也不知道你說的城市在哪兒。如果明天我找到它了，而且確實需要它給我發執照，我會去領一張的。』

「『在你領到之前，我只能叫你停業。』警察說。

「我收了攤，回到旅館，跟老闆講起了這段經過。

「『哦，你這一行，在費舍爾山可沒法明著幹，』他說，『霍斯金斯大夫、這裡唯一的醫生，是鎮長的小舅子，他們不允許赤腳郎中在鎮裡行醫。』

「『我不行醫，』我說，『我有州裡的商販執照，如果他們有要求，我就去討一張市裡的執照。』

「第二天一早，我去了鎮長辦公室，他們告訴我，鎮長還沒來，而且誰也不知道他什麼時候來。於

---

1 羅，作量詞。十二個為一打，十二打為一羅。

是沃胡大夫只好又回到旅館，蜷在一把椅子裡，點著一根大麻菸，坐著乾等。

「過了一會兒，有個繫著藍領帶的年輕人悄悄晃過來，坐在我旁邊的椅子上，跟我打聽時間。

「『十點半。』我說，『你不是安迪．塔克嗎？我見過你工作時的樣子。你不是在南方各州巡迴推銷「丘比特大禮包」嗎？讓我想想，那裡面有一枚鑲了智利鑽石的訂婚戒指、一枚結婚戒指、一個馬鈴薯搗碎器、一瓶安撫糖漿，還有女演員多蘿茜．弗農的海報——總共五十美分。』

「安迪見我記得他，覺得很高興。他是個優秀的街頭推銷員，不僅如此，他尊重自己的職業，對於百分之三百的利潤深感滿意。他接到很多要他推銷非法藥品和園藝種子的邀請，但他從未被誘離康莊大道。

「我想找一個搭檔，所以安迪和我一致同意合夥。我向他介紹了費舍爾山的基本情況，又跟他解釋了當地的政治和瀉藥是如何摻雜不清，導致了生意的低迷。安迪當天早晨才坐上往這邊來的火車。他自己也夠落魄的，還想遊說鎮上的居民拿出幾美元，集資為他在尤里卡溫泉建造一艘新戰艦。於是，我們去了外面，坐在門廊上從長計議。

「第二天上午十一點，我獨自一人坐在那裡，一個『湯姆叔叔』[2]慢吞吞地走進旅館，說要找醫生去看看班克斯法官，也就是鎮長，聽他的口氣，那位已經是病入膏肓了。

「『我不是醫生，』我說，『你幹嘛不去找你們這裡的醫生？』

「『先生，』他說，『霍斯金斯大夫到二十公里以外的村子出診去了。他是鎮上唯一的醫生。班克斯老爺的情況糟透了，他讓我請你過去，先生，來吧。』

「『出於人道精神，』我說，『我會去看看他。』於是，我在口袋裡裝了一瓶回春藥，往山上的鎮長官邸去了，那是鎮上最好的房子，屋頂是折線形的，草坪上擺了兩隻鐵鑄的狗。

「那位班克斯鎮長除了鬍子和腳之外，其餘部分都離不了床了。他的體內發出一種巨大的雜訊，如果是在舊金山，任何人聽到這動靜都得棄家遠行，逃到公園裡去。床邊還站著一個年輕人，手裡端著一杯水。

「『大夫，』鎮長說，『我病得很重，就快死了。你能不能想想辦法？』

「『鎮長先生，』我說，『我不是醫藥神阿斯克勒庇俄斯的正式門徒。我從沒讀過醫學院，只是作為一個普通同胞，過來看看能不能幫得上忙。』

「『感激不盡，』他說，『沃胡大夫，這是我的侄子比德爾先生。他想減輕我的痛苦，但沒有成功。哦，上帝！哦——唔——哦！』他呻吟著。

「我向比德爾先生點了點頭，然後坐在床沿上給鎮長把脈。『給我看看你的肝——我是說，你的舌苔。』我說。接著，我翻開他的眼皮，湊近細看那對瞳孔。

「『你病了多久了？』我問。

「『我的病——哦——哎喲——是昨晚發作的，』鎮長說，『給我開點藥，大夫，好嗎？』

「『菲德爾先生，』我說，『把窗簾拉開一點，好嗎？』

「『是比德爾，』那年輕人說，『你想吃點火腿蛋嗎，叔叔？』

---

2 湯姆叔叔，是作家斯托夫人在長篇小說《湯姆叔叔的小屋》中塑造的經典黑人形象，在此處即指代黑人。

「『鎮長先生，』我把耳朵貼在他的右肩胛骨下面聽了聽，然後說，『你得了非常凶險的右鎖骨羽管鍵超級炎症！』

「『老天啊！』他呻吟著說，『你能不能在上面抹點藥，或者上塊夾板，或者想點別的辦法？』

「我拿起帽子向門口走去。

「『你不能走啊，大夫！』鎮長哭嚎著說，『你不能這樣一走了之，留下我被這種可怕的鎖骨鋼管超級病給活活折磨死啊！』

「『請本著惻隱之心，哇哈大夫，』比德爾先生說，『不要拋棄一個正在受罪的同胞。』

「『是沃胡大夫，別像耕地時吆喝牛那樣哇哈哇哈地叫。』我說完後走回床邊，把一頭長髮向後一甩。

「『鎮長先生，』我說，『你還剩最後一絲希望。藥物對你沒什麼用了。藥的力量固然強大，但還有另一種更為強大的力量。』

「『那是什麼？』他說。

「『科學研究表明，』我說，『心靈的效力優於菝葜。據信，除了我們感到不適的時候產生的贅物以外，痛苦和疾病並不存在。你的心裡有鬼，得把它揭示出來。』

「『你講的是一套什麼道理啊，大夫？』鎮長說，『你不是社會主義者吧？』

「『我講的是，』我說，『關於精神投資的偉大學說——用遠距離、潛意識療法治療譫妄症和腦膜炎的啟蒙學派——以開發人體磁場而聞名的奇妙室內運動。』

「『你能做這個嗎，大夫？』鎮長問。

「『我是內心布道團的專職參事和掛名參議，』我說，『我用心靈和那些有口難言的人對話，讓那些盲目遲鈍的人變得靈光。我是個靈媒、一個花腔催眠師、一個精神操控者。最近在安娜堡舉辦的降神會上，多虧了我，已故的酸苦藥公司總裁才能重返人間，和他的妹妹簡寒暄了一番。你們看到我在街上向窮人兜售藥品，那是因為我不打算對他們施術。這些人個個低俗卑賤，我不能讓自己神聖的本領沾染凡塵。』

「『那你肯不肯對我施展一下？』鎮長問。

「『聽著，』我說，『凡我所到之處，醫療協會都沒少給我找麻煩。我不行醫，但為了救你的命，我願意給你做催眠治療，只要你以鎮長的身分擔保，不再追究執照的問題。』

「『當然可以，』他說，『現在就開始吧，大夫，疼痛又發作了。』

「『費用是兩百五十美元，治療兩次，保證治好。』我說。

「『好的，』鎮長說，『我付。我覺得我的命值這個錢。』

「我挨著床沿坐下，直視著他的眼睛。

「『現在，』我說，『別再想你的病了。你根本沒病。你沒有心臟、沒有鎖骨、沒有幽默感、沒有大腦，你什麼都沒有。你沒有任何痛苦。你的感受有誤。現在你覺得疼痛正在離你而去，對嗎？』

「『我確實覺得好一點了，大夫，』鎮長說，『不然的話可就該死了。現在，再多撒幾句謊吧，說我左邊沒有腫脹，我想我就能爬起來吃點香腸和蕎麥糕了。』

「我用手比畫了幾下。

「『好了，』我說，『炎症已經消失了。近日點的右葉[3]已經減退了。你就要睡著了。你的眼睛睜不開了。你的病暫時被抑制住了。現在，睡吧。』

「鎮長緩緩合上眼睛，打起鼾來。

「『蒂德爾先生，』我說，『你親眼見證了現代科學的奇蹟。』

「『是比德爾，』他說，『你什麼時候給叔叔做完剩下的療程啊，噗噗大夫？』

「『是沃胡，』我說，『我明天十一點鐘再來。等他醒了，給他吃八滴松節油和三磅牛排。再會。』

「第二天早上，我準時回到了那裡。『好啊，里德爾先生，』在他打開臥室門的時候，我說，『你叔叔今早情況如何？』

「『他看起來好多了。』那年輕人說。

「鎮長的氣色和脈搏都不錯。我又給他治療了一次，他說他終於從病痛中解脫了。

「『現在，』我說，『你最好臥床休息，一兩天以後就沒事了。我碰巧在費舍爾山，這是你的運氣，鎮長先生。正規醫學教育認可的所有常規療法都救不了你。現在，你已經沒有病了，也不再覺得痛了，該談些更愉快的話題了——那兩百五十美元的費用該結一結了。不收支票，不好意思，我討厭在支票背面簽名，正如我討厭在支票正面簽名一樣。』

「『我這裡有現金。』鎮長一邊說著，一邊從枕頭底下摸出一個皮夾。

「他數出五張五十美元的鈔票，捏在手裡。

「『拿收據來。』他對比德爾說。

「我簽好收據，鎮長把錢遞給我。我小心翼翼地把那些錢放進貼身的衣服口袋。

「『現在，你可以履行職責了，警官。』鎮長咧嘴笑著說，模樣完全不像個病人。

「比德爾先生伸手抓住我的手臂。

「『你被捕了，沃胡大夫，或者，還是叫你皮特斯吧，』他說，『你涉嫌違反本州法律，無照行醫。』

「『你是誰？』我問道。

「『我來告訴你他是誰，』鎮長往床上一坐，說道，『他是州醫療協會派來的偵探。他一路跟蹤你，走過了五個地方。昨天他來找我，我們一起想出了這個法子來抓你。我想，你怕是不能再在這一帶行醫了，騙子先生。你說我得了什麼病呢，大夫？』鎮長笑著說，『惡性——無論怎樣，我想，不是大腦軟化症吧？』

「『偵探。』我說。

「『沒錯，』比德爾說，『我得把你移交給治安官。』

「『你做得到嗎？』我說完，掐住了比德爾的脖子，差點把他扔出了窗外，但他拔出槍，抵在我的下巴上，我只好站著不動。接著，他給我戴上手銬，把錢從我口袋裡拿走了。

「『我作證，』他說，『這疊鈔票就是我們做過記號的那些，班克斯法官。等到了治安官的辦公室，我會把錢交給他，由他給你開具收據。這些錢將被用作本案的物證。』

3「近日點」是天文學名詞，「右葉」則是解剖學名詞，傑夫．皮特斯和鎮長的對話中滿是這種無厘頭的「複合詞」。作者以此對滿口似是而非的術語、酷愛裝神弄鬼的所謂「專家」加以辛辣的嘲諷。

「『好的，比德爾先生，』鎮長說，『沃胡大夫，你幹嘛不施展一下你的本領？你不能用牙齒把封閉磁場的瓶塞拔掉，再用法術把手銬解開嗎？』

「『走吧，警官，』我悲壯地說，『我認命了。』接著，我轉身面對老班克斯，晃了晃手銬的鏈子。

「『鎮長先生，』我說，『不用多久，你就會發現，催眠術是成功的。你還會明白，在這件事上，催眠術也是有效的。』

「我想確實如此。

「在接近大門口的時候，我說：『我們也許會遇上什麼人呢，安迪。我覺得你還是把手銬摘下來比較好，而且——』嘿？哦，對了，比德爾當然就是安迪．塔克。這是他的主意，我們就這樣弄到了合夥做生意的第一桶金。」

慈善數學講座

「我看到，教育界已經接受了超過五千萬美元的慷慨捐贈。」我說。我正在隨意地流覽晚報上的新聞，傑夫．皮特斯正把板菸絲塞進他的石楠菸斗。

「關於這個，」傑夫說，「我有大把的話題可講，我能脫稿複述一整套慈善數學的講座課程。」

「你在暗示什麼嗎？」我問道。

「正是如此，」傑夫說，「我還沒告訴過你，我跟安迪．塔克曾經做過慈善家，對嗎？那是八年之前，在亞利桑那發生的事情。安迪和我出了趟遠門，趕著一輛雙駕馬車，在基拉山脈勘探銀礦。我們一找到礦，就以兩萬五千美元的價格賣給了圖森那邊的人。我們拿他們給的支票在銀行兌了銀幣——每個袋子裡裝一千美元。我們把錢裝上車，朝東面疾馳，在恢復理智之前，已經趕了一百英里路。當你看到賓夕法尼亞鐵路公司的財務年報，或是聽到一名演員談論他的片酬的時候，會覺得兩萬五千美元好像並不多；但是，當你掀開車篷，用靴子後跟踢一踢那些袋子，聽著它們彼此碰撞所發出的銀鈴般的脆響，你會感到自己就像一家全天候營業的銀行，正敲響十二點的鐘聲。

「第三天，我們駛進了大自然或是蘭德和麥克納利公司[1]創造的最美、最整潔的小鎮。它坐落在山腳下，被綠樹繁花以及兩千個熱情懶散的居民襯得賞心悅目。那座小鎮好像叫弗洛里斯維爾，大自然還沒有用許多鐵路、跳蚤和東部來的觀光客汙染它。

「我和安迪把錢存進在埃斯皮諾薩儲蓄銀行開的皮特斯與塔克的聯名戶頭，然後在天景酒店開了一間房。晚飯之後，我們點上菸，坐在走廊裡抽著。就是那時候，我的心裡突然冒出了弄弄慈善事業的想法。我想，但凡是個騙子，遲早都會把腦筋轉到這個方向上來。

「當一個人從公眾那裡騙取的錢財累積到一定數量的時候，他就會感到不安，想吐一部分出來。如果你仔細觀察他的行善方式，就會發現他所做的，是試圖把羊毛歸還給羊。這是一個流體靜力學的題目，比如說，就以某甲為例吧。某甲把石油賣給夜以繼日地攻讀政治經濟學和企業管理的那些窮學生，賺了數百萬美元，於是，他還要把一部分錢，連帶一丁點良心返還給大學和學院。

「再說某乙，他從那些靠雙手和工具為生的普通勞工那裡搜刮財富，那麼，他該怎樣把那點懺悔基金裝回他們的工裝褲口袋裡？

「『啊哈，』某乙說，『那就打著教育的幌子來做事吧。我的確剝了勞動人民的皮，』他告訴自己，『但俗話說得好，「慈善頂得上無數張皮」[2]。』

「所以，他捐了八千萬美元，用於修建圖書館；於是，那些帶著飯盒來蓋圖書館大樓的年輕人也算分得了一些好處。

「『但書在哪裡呢？』讀者紛紛發問。

「『關我什麼事，』某乙說，『我捐了圖書館，圖書館不都在這裡了嗎？如果我捐的是鋼鐵公司的優先信託股票，你們是不是還要我把裡面的水分擠出來，裝在雕花玻璃瓶裡啊？去你的吧！』

「不過，我前面已經說過了，有了那麼多錢，讓我產生了做慈善的念頭。這是我和安迪頭一回發大財，這足以讓我們停下來思考錢從哪來。

「『安迪，』我說，『我們富裕了——沒有超出世人普遍夢想的程度，但由我們卑微的視角出發，可以說，已經跟油頭飛車黨一樣有錢了。我隱約感覺，自己應該為人類，也應該對人類做點事情。』

「『我也有同感，傑夫，』他說，『過去很長一段時間，我們用各種各樣的花招算計普羅大眾，從兜售自燃的賽璐珞衣領到在喬治亞州推廣霍克．史密斯[3]競選總統的紀念章，都做過了。就我自己而言，如果不用實地加入救世軍，去為他們敲鑼打鼓，也不必採用貝迪永系統[4]來教授聖經，那我倒是很願意把出老千贏來的籌碼丟一兩個給別人。』

「『我們要怎麼做呢？』安迪說，『給窮人發免費食物，還是寄幾千美元給喬治．科特柳[5]？』

「『都不是，』我說，『我們的錢，若是單單用來做慈善，那未免太多了，若是用來贖罪，那還遠遠不夠。所以，我們得在兩者之間找些折中的辦法。』

「第二天，在弗洛里斯維爾閒逛的時候，我們發現小山上有一座紅磚築成的大宅子，似乎無人居住。村民嚷嚷著告訴我們，那是一位礦主在幾年之前修建的。房子建起來之後，他發現自己可用於裝修

1 蘭德和麥克納利公司，是美國的一家以印製旅行地圖和風景圖片而著稱的出版機構。

2 英文中有「慈善能遮掩許多罪惡」的諺語，作者在此處對這句諺語稍加改動，將「sin（罪）」改為「skin（皮）」。

3 霍克．史密斯（一八五五—一九三一），美國政治家，曾任喬治亞州州長，並曾參與美國總統競選。

4 貝迪永系統，是法國人類學家阿方斯．貝迪永在十九世紀八〇年代提出的一套以人的面部表情識別罪犯的方法，具有很大爭議。

5 喬治．科特柳（一八六二—一九四〇），曾任美國的財政部部長。

的錢只剩下兩塊八毛了，所以，他把這點錢全部投資給了威士忌，然後登上屋頂，朝著如今埋葬了他的殘骸的位置一躍而下。

「我和安迪一看到那棟建築，心底就都升起了同一個念頭。我們可以把它維修一下，裝上電燈，買一些教具，聘幾位教授，再在草坪上擺一隻鐵鑄的狗，還有海克力斯和約翰神父的雕像，就在那裡興辦一所世上最好的免費教育機構。

「於是，我們跟弗洛里斯維爾當地的名流說了，他們個個都贊成，還在車庫裡設宴款待我們。我們作為進步和啟蒙事業的贊助人，也頭一回彬彬有禮地對人鞠躬。安迪就下埃及的灌溉問題做了一個半小時的演講，留聲機裡的旋律和餐桌上的鳳梨果凍都散發著我們的道德情愫。

「安迪和我沒有耽擱，立刻投身於慈善事業。我們把鎮上能分清錘子和梯子的人都招來修繕這棟房子，在裡面隔出大大小小的教室和講堂。我們發電報去舊金山，訂了一車的課桌、足球、算術書、筆筒、字典、給教授坐的椅子、黑板、骨骼模型、海綿、二十七件高年級學生穿的防水布學士袍和學士帽，另外還附帶了一張內容開放的清單，注明了求購所有一流大學需要配備的一應物品。我自己做主，在單子上添了『校園設計』和『課程規畫』兩項，但那個孤陋寡聞的電報員肯定是拼錯了詞，因為收貨的時候，我們在其中發現了一罐豌豆和一把馬梳[6]。

「在週報闢出專版刊登我和安迪的照片之後，我們又發電報給芝加哥的職業介紹所，要他們以離岸交貨的價格，速速裝運六名教授過來——一名教英語文學，一名教沒人使用的古文字，一名教化學，一名教政治經濟學（就是民主黨人喜歡的那套東西），一名教邏輯學，還要一名擅長繪畫、義大利語和音樂並且有公會會員證的全能人物。薪水由埃斯皮諾薩儲蓄銀行擔保發放，金額在八百美元到八百美元五十美分之間。

「好了先生，我們終於準備好了。如今，大門上方刻了這麼幾個詞：『世界大學』、『贊助人及業主：皮特斯與塔克』。當日曆上的九月一日這天被畫了一個叉之後，來者便絡繹不絕了。首先是教師下了從圖森駛來的每週三班的特快車。他們大多很年輕，戴眼鏡，紅髮，懷著複雜情緒，一半因生計而發愁，一半因野心而憧憬。安迪和我安排他們住在弗洛里斯維爾的居民家裡，然後就靜候學生上門了。

「他們成群結隊地來了。我們之前已經在各州的報紙上登過這所大學的廣告，看到全國上下如此迅速地做出回應，我們感覺好極了。總共兩百一十九名精壯青年衝著免費教育的號召而來，年紀小的只有十八歲，年紀大的滿臉鬍子拉碴。他們拆散了這座鎮子，把它裡裡外外翻了過來，給它來了個大變樣，你簡直分不清這裡到底是哈佛，還是三月開放期的採金區。

「他們在街上來來回回，揮舞著青色和藍色組成的世界大學旗幟，無疑把弗洛里斯維爾變得熱鬧了不少。安迪在天景酒店的陽臺對他們做了一番演講，全鎮萬人空巷，一片歡騰。

「只過了不到兩週，教授就解除了這幫學生的武裝，把他們趕進了教室。我不相信有任何一種快樂能與做慈善家的快樂相比。我和安迪買了高頂絲質禮帽，假裝躲避弗洛里斯維爾《公報》的兩名記者。這家報社派專人跟著我們，只要我們在街上出現就拍，而且每週都在『教育訊息』版的頭條刊登我們的照片。安迪每個星期在大學裡演講兩次，等他講完，我就會站起來說個笑話。有一回，《公報》竟把我

6「campus（校園）」和「can of peas（豌豆罐頭）」，「curriculum（課程）」和「currycomb（馬梳）」的讀音十分相近。

的照片擺在亞伯拉罕．林肯和馬歇爾．P．懷爾德[7]之間。

「安迪對慈善的熱忱和我如出一轍。我們常常半夜醒來，彼此分享振興大學的新點子。

「『安迪，』有一天我對他說，『我們都忽略了一件事。孩子應該有素色。』

「『什麼東西？』安迪問。

「『呃，當然是能在裡面睡覺的東西，』我說，『所有學校都有。』

「『哦，你指的是睡衣呀。』安迪說。

「『才不是，』我說，『我指的是素色。』但我始終沒能讓安迪理解，所以我們始終也沒有訂購。當然，我指的其實是大學裡那種學生躺成一排睡通鋪的長臥室。

「這麼說吧，先生，世界大學辦得相當成功。我們的學生來自五個州以及許多次一級的行政區，弗洛里斯維爾也隨之興旺起來。一家新的射擊場、一家當鋪和兩家新的酒館開張了，那些小子還給大學編了這樣一套口號：

來了，來了，來了，

成了，成了，成了，

皮特斯、塔克，

快活極了。

啵——喔——喔，

吼——嘿——吼，

世界大學，
呼兒嘿喲！

「學生都是大好青年，我和安迪把他們當成家人，為他們感到驕傲。

「十月末的一天，安迪來問我，對於我們銀行戶頭上的存款，我心中是否有數。我猜還剩一萬六千美元左右。『我們的結餘，』安迪說，『只有八百二十一美元六十二美分了。』

「『什麼！』我驚叫道，『你的意思是說，那幫可惡、粗野、傻裡傻氣、呆頭呆腦、狗臉兔子耳、偷人門板的小子竟害得我們花了那麼多錢？』

「『完全正確。』安迪說。

「『那就讓慈善事業見鬼去吧。』我說。

「『那也不至於，』安迪說，『慈善事業，如果經營有道的話，可算是最有賺頭的一門好買賣。我來找找訣竅，看看能不能亡羊補牢。』

「過了一個星期，我在流覽教職員工的工資單的時候，瞥見了一個新名字——詹姆斯・達恩利・麥克考克，數學講座教授；週薪一百美元。我大喊大叫，引得安迪趕緊跑了進來。

「『這是怎麼回事？』我說，『一個年薪超過五千美元的數學教授？怎麼會這樣？他是從窗戶爬進

---

7 馬歇爾・P・懷爾德（一八五九—一九一五），美國著名作家、演員。

來，然後自己聘用了自己嗎？』

「『他是我上個星期發電報去舊金山請來的，』安迪說，『在安排師資配備的時候，我們似乎忽略了數學這門學科。』

「『幸虧忽略了，』我說，『我們只付得起他兩週的薪水，之後我們的慈善事業就會跟斯基博高爾夫球場的第九洞一樣慘不忍睹。』

「『少安毋躁，』安迪說，『等一等，看事態會如何發展。我們所從事的是一項高貴的事業，可不能輕言退出。另外，我越是深入地審視慈善這門生意，就對它越有好感。此前我還沒有認真地做過市調。現在，該好好思考一下了，』安迪接著說，『就我所知，所有的慈善家都極其有錢。我早就該查一查個中玄機，弄清楚哪個是因、哪個是果。』

「我對安迪在財務方面的謀略很有信心，所以，乾脆就放牛吃草，把事情都交由他處理了。大學的氣氛十分熱烈，我和安迪的絲質禮帽依舊閃閃發亮，弗洛里斯維爾人依舊對我們尊崇備至，將我們看作百萬富翁，而不是瀕臨破產的慈善家。

「學生把這座小鎮變得欣欣向榮。有個陌生人來了，在『紅色前沿馬車行』樓上辦了一間專門玩法羅牌的賭場，開始大肆斂財。有一天晚上，我和安迪也去湊了一下熱鬧，出於社交目的，下了一兩美元的賭注。大約有五十名我們的學生坐在那裡，一邊喝蘭姆潘趣酒，一邊在莊家亮牌的時候，把一大堆花花綠綠的籌碼高高疊起。

「『哦老天，真該死，安迪，』我說，『這幫油頭粉面、土裡土氣的臭小子，比任何時候的我們兩個都要有錢，卻到免費學校來討便宜。你看看他們從槍套裡掏出來的那一捲捲鈔票吧！』

「『是的，』安迪說，『他們多數是富有的礦場主人或牧場主人的兒子。命運的眷顧就被他們以這種方式揮霍掉了，真叫人難過。』

「聖誕節一到，所有的學生都要回家度假了。我們辦了一場歡送會，安迪在會上做了名為『現代音樂與史前文學』的主題演講。每個教職人員都向我們敬酒，還把我和安迪比作企業家洛克菲勒和政治家馬可·奧勒留。我捶著桌子，嚷著要見麥克考克教授，但他似乎並未在場。我很想看看安迪認為能從即將斷炊的慈善事業中每週領一百美元的人究竟是什麼模樣。

「學生都乘夜班車離開了，小鎮安靜得像午夜時分的校園。回到旅店的時候，我看到安迪的房間亮著燈，於是推門走了進去。

「安迪和那個法羅牌莊家坐在桌邊，正在分一大疊堆了足有兩英尺高的一千美元一捆的鈔票。

「『數目沒錯，』安迪說，『每人三萬一千美元。快進來，傑夫。這是這所法人合辦、慈善性質的世界大學在第一學期結束後分給我們的利潤。你現在信了嗎？』安迪又說，『慈善事業一旦走上商業軌道，就成了一門藝術，施與受的人都一樣有福。』

「『好極了！』我心悅誠服地說，『必須承認，這一回你真是神機妙算。』

「『我們坐明早的火車走，』安迪說，『你最好收拾一下你的硬領、護袖和剪報。』

「『好極了！』我說，『我會做好準備的。但是安迪，我希望能在離開前跟詹姆斯·達恩利·麥克考克教授見一面。這個人讓我十分好奇。』

「『這還不容易？』安迪說完後，朝法羅牌莊家轉過身去。

「『吉姆，跟皮特斯先生握個手吧。』」

精確的婚姻科學

「我之前告訴過你，」傑夫．皮特斯說，「我一直不相信女人也會騙人。即使在那些最光明正大的騙局裡，作為搭檔或是同謀，她們也是不值得信任的。」

「她們應該得到表彰，」我說，「我認為，女性有資格被稱為誠實的性別。」

「是啊，她們何樂而不為呢？」傑夫說，「既然她們能支使異性替她們沒命地工作或行騙。她們其實滿能幹的，可惜總把感情和髮型看得太過重要。一旦那女人犯了這些毛病，你就想趕緊找個扁平足、黃鬍子、粗聲粗氣、有五個孩子和一棟抵押房產的男人來替換她。就拿那個和我跟安迪合作過的寡婦來說吧，她曾幫忙打理我們在伊利諾州的開羅辦的婚姻介紹所。

「當你有足夠的廣告預算的時候——我是說，當你有和馬車轅的小頭一般粗細的一捲鈔票的時候，婚介生意的前景是廣闊的。我們當時有六千美元，希望能在兩個月之內翻一番。對於我們這種沒有紐澤西州營業執照的經營者來說，兩個月差不多就是一項生意所能持續的最長時限。

「我們擬了一則宣傳語，內容如下：

迷人寡婦尋再婚對象。現年三十二歲，面容姣好，顧家戀家，有三千美元現金和價值不菲的鄉村產業。貧窮富有不論，她更喜愛重情重義的窮人，而非有錢人，只因她深知美德往往要在貧賤的生活中求索；年齡長相不論，只要誠實可靠，且有理財的能力和投資的眼光即可。來信詳詢。

深閨寂寞人

伊利諾州，開羅，由皮特斯和塔克事務所代為轉交

「『到這程度，夠要人命了，』在調好這杯文學佳釀之後，我說道，『可是，那位女士在哪裡呢？』

「安迪看了我一眼，神色平靜，目光中卻含有怒意。

「『傑夫，』他說，『你所從事的這門藝術需要拋卻現實主義的觀念，我還以為你已經做到了這一點。為什麼要有一位女士？那夥人在華爾街賣掉了那麼多兌水的股票，你難道指望過能在裡面找到一條美人魚嗎？誰說徵婚廣告非得跟一位女士扯上關係？』

「『聽著，安迪，』我說，『你知道我的規矩，我做的所有那些和法律條文相抵觸的騙錢買賣，出售的都是真的有、看得見，可以製造出來的物品。只要守住這一條，再鑽研一下列車時刻和城市法規，在我和警察之間，就不至於發生五元鈔票或一根雪茄擺平不了的麻煩。現在，為了實現這個計畫，我們必須造出一個迷人寡婦，或是與之相當的替代品，有沒有美貌、有沒有記錄在案的財產和嫁妝都行，只要日後別被治安法官抓住把柄。』

「『好吧，』安迪重新考慮了一下，又說，『也許這樣做確實保險些，省得郵局或者治安機關來調查我們的婚介所。不過，你期望去哪裡找一個寡婦，她還得願意浪費時間，參與這個沒有婚姻的婚姻計

畫？』

「我告訴安迪，我心中已有合適的人選。我的一個老朋友，叫齊克．特羅特，原先在馬戲帳篷裡賣蘇打水兼治牙痛，一年以前，他不再豪飲那種總讓他酩酊大醉的回春劑，改喝一個老醫生開的胃腸藥，結果把他的妻子變成了寡婦。我過去常在他們家落腳，我覺得我們可以拉她入夥。

「那時我們距離她生活的小鎮只有六十英里，於是我跳上火車，趕到那裡，在與過去毫無二致的那間農舍裡，在與過去毫無二致的向日葵和站在洗衣盆上的公雞之間找到了她。特羅特太太與我們在廣告裡的描述完美吻合，除了……也許在美貌、年齡和財產估值方面有些誤差吧。不過，她的模樣還算看得過去，再說，給她這份工作，也是對早逝的齊克略盡故人的本分。

「『皮特斯先生，你叫我做的是正經工作嗎？』在我講明來意之後，她問道。

「『特羅特太太，』我說，『安迪．塔克和我已經細細測算過了，看過我們的廣告之後，在這個廣闊又公平的國家裡，會有三千個男人努力博取你的青睞，以及那些有名無實的錢財和家產。如果僥倖贏得了你，作為交換，這三千人裡會還給你一個遊手好閒、唯利是圖的懶人的殘軀，會還給你一個騙子、一個生活的失敗者、一個卑劣的淘金者。』

「『我和安迪，』我說，『打算給這群在社會上走跳的禽獸好好上一課。我們好不容易才強忍著沒去成立一家「積大德懲萬惡婚姻介紹所」。對我的解釋，你還滿意嗎？』

「『可以了，皮特斯先生，』她說，『我就知道你不至於做不光彩的事情。但我的職責是什麼呢？我該當面回絕你所說的這三千個混蛋，還是把他們一打一打地丟出去？』

「『特羅特太太，』我說，『你的工作就是充當一個引人注目的擺設。到時，你只要在一家安靜的旅館裡住下就好，什麼也不用做。安迪和我全權負責所有通信和業務往來。』

「『當然，』我說，『如果能湊齊車票錢，某些比別人更頭腦發熱，更不顧後果的求婚者也許會親自到開羅來，涎著臉追你。在這種情況下，也只能勞煩你活動一下筋骨，當面把他們踢出去。食宿費用之外，我們每週再付你二十五美元。』

「『等我五分鐘，』特羅特太太說，『我得去拿粉撲，再把大門鑰匙託給鄰居保管，之後你就可以開始計算我的薪水了。』

「於是，我把特羅特太太帶到開羅，安排她在一所家庭旅館住下，那裡和我與安迪的住處距離恰到好處，既不會惹人生疑，也不至於遙不可及。然後我就把經過告訴了安迪。

「『很好，』安迪說，『現在，既然餌已經放在了觸手可及的地方，你的良心也得到了安撫，那麼我們就盡情地釣魚吧。』

「然後，我們開始在全國各地的報紙上刊登廣告。所有的廣告內容都一樣。我們也只能採用這同一個廣告版本，否則得雇一大群辦事員和燙著大波浪捲的女祕書，單是他們嚼口香糖的動靜都能驚動郵政總長。

「我們用特羅特太太的名字開戶，在銀行存了兩千美元，還把存摺交給她保管，以便萬一有人質疑婚介所的誠信和操守時，她能當面出示，打消非難。我瞭解特羅特太太的正直可靠，把錢存在她的名下很安全。

「僅那一個廣告就讓安迪和我每天都得花十二個小時寫回信。

「我們一天收到的郵件數目大約有一百封。我以前從不知道在這個國家竟有這麼多好心腸的窮苦人，樂意迎娶一位迷人的寡婦，還樂意承擔為她投資的責任。

「他們中的大多數都坦言本人其貌不揚、生計堪憂、無人賞識，但全部都認定自己懷有滿腹深情，還頗富男子氣概，絕對值得寡婦託付終身。

「每位應徵者都收到了皮特斯和塔克事務所的回信，信上通知他，寡婦對他的坦率和風趣印象深刻，請求他再來一封信，說明更多細節，如果方便的話，最好能附上一張照片。同時，皮特斯和塔克事務所也通知應徵者，把第二封信轉交給委託人的費用是兩美元，需隨信附上。

「講到這裡，你已經能夠領略這個計畫的簡潔之美了。這群沒見過世面的外地人裡，大約有百分之九十想方設法湊了錢寄過來。這就算大功告成了。只不過，因為不得不大費周折撕開信封取出鈔票，我和安迪發了不少牢騷。

「有少數幾位客戶親自來訪。我們就把他們領到特羅特太太那裡，餘下的問題由她來解決。只有三、四個人回來向我和安迪討車費。自從免郵資的鄉村信件開始大量湧入之後，安迪和我每天大約有兩百美元的收入進帳。

「一天下午，正值我們最忙碌的時光，我把一元、兩元的鈔票往雪茄盒子裡塞，安迪吹著一支名叫〈婚禮的鐘聲不會為她而鳴〉的曲子，一個看起來有些滑頭的小個子闖了進來，眼睛骨碌碌打轉，在牆上到處看，彷彿在搜尋一兩幅失蹤的英國畫家蓋恩斯伯勒的畫作。一看到他，我的心中便溢滿自豪，因為我們的生意像模像樣、無可指摘。

「『看來你們今天的郵件可真不少啊。』那人說。

「我伸手去拿帽子。

「『來吧，』我說，『我們一直在等你。我帶你去看看貨。你離開華盛頓的時候，泰迪[1]還好嗎？』

「我把他領到江邊的旅館，將他引見給特羅特太太，接著又給他看了存在她名下的那兩千美元的存摺。

「『看起來沒什麼問題。』那個聯邦密探說道。

「『當然啊，』我說，『而且如果你還沒有結婚，我會留你單獨跟這位女士談一談。那兩美元仲介費就不必提了。』

「『多謝，』他說，『如果還沒有結婚，我可能會考慮。再會啦，皮特斯先生。』

「生意做了差不多三個月，我們已經賺了超過五千美元，覺得是時候收攤走人了。我們收到了許多投訴，而且特羅特太太好像也厭倦了這份差事。太多求婚的人來這裡找她，她似乎很不開心。

「我們決定就此鳴金收兵。我去了特羅特太太住的旅館，打算把最後一星期的薪水付給她，和她道別，順帶取回那兩千美元。

「到那裡時，我發現她哭得像一個不想上學的孩子。

「『怎麼了，怎麼了，』我說，『發生什麼事了？是有人欺負你了，還是你想家了？』

「『都不是，皮特斯先生，』她說，『我乾脆告訴你吧。你一直是齊克的好友，我沒什麼好顧忌的。皮特斯先生，我戀愛了。我愛上了一個人，愛得那麼深，我已經離不開他了。他是我長久以來心心

1 泰迪，對時任美國總統狄奧多．羅斯福的暱稱。

念念的理想類型。』

「『那就嫁給他，』我說，『前提是，你們得兩情相悅。他也以同等程度的甜蜜與疼痛來回報你的滿腔深情嗎？』

「『是的，』她說，『但他也是被那則廣告招來的，除非我把那兩千美元給他，不然他不會娶我的。他的名字叫威廉．威爾金森。』說完後，她又情難自已，在浪漫的自我感動之下痛哭起來。

「『特羅特太太，』我說，『世上再沒有哪個男人比我更能與女人感同身受了。更何況，我最好的朋友曾是你的人生伴侶。如果我能做主，我會說，把這兩千美元拿去，跟你選擇的男人一起幸福地生活吧。』

「『我們負擔得起——從那些想要娶你的混蛋那裡，我們撈了不止五千美元。可是，』我說，『我還得和安迪．塔克商量一下。』

「『他是好人，但在生意上一向精打細算。他是我的合夥人，與我有不相上下的財務許可權。我要和安迪聊聊這事，』我說，『然後才能確定該怎麼做。』

「我回到旅店，一五一十地跟安迪說明了情況。

「『我早就知道會發生這種事，』安迪說，『一旦你把一個女人拉進一件涉及她的情感和喜好的事務裡，就別指望她能遵照計畫執行下去。』

「『安迪，』我說，『想到有一個女人就要因為我們而傷心，我覺得好難過。』

「『我理解，』安迪說，『讓我來告訴你我的打算吧，傑夫。你一向溫柔慷慨。而我，也許心腸太硬、太過世故，也太過多疑了。所以，我想遷就你一回。去找特羅特太太，告訴她，把那兩千美元從銀行領出來，跟她的意中人遠走高飛，去過無憂無慮的日子吧。』
「我跳了起來，握住安迪的手，搖了足有五分鐘，接著馬上趕回去通知了特羅特太太。她開心得大哭起來，哭得跟悲傷時一般厲害。
「兩天以後，我和安迪收拾行李，準備啟程上路。
「『在我們離開之前，你不打算跟特羅特太太打個照面嗎？』我問他，『她很想認識你，好當面向你表達謝意。』
「『是嗎？我想還是算了吧，』安迪說，『我們最好趕快點，去趕最近一班火車。』
「我正像往常一樣，把我們的資金往繫在腰間的腰包裡裝，安迪突然從口袋裡掏出一捲大鈔，要我收起來。
「『這是哪來的？』我問道。
「『這就是放在特羅特太太那裡的兩千美元。』安迪說。
「『怎麼會到了你的手裡？』我問道。
「『她給我的，』安迪說，『這一個月以來，我每個星期有三個晚上都去找她。』
「『那麼，你就是威廉·威爾金森囉？』我說。
「『正是本人。』安迪說。」

虎口拔牙

一聊到關於職業道德的話題，傑夫．皮特斯就顯得十分健談。

「我和安迪．塔克之間唯一一次生出隔閡的時候，」他說，「就是我們在行騙事業的道德問題上意見不一的時候。安迪有他的原則，我也有我的。對於安迪收割公眾資產的所有計畫，我不能全盤贊同，他則認為我的良心對於公司的經濟利益多有妨礙。我們時常吵得不可開交。有一次，我們一來一往，針鋒相對，到最後他竟說我讓他想起了那個石油大王洛克菲勒。

「『我懂你的意思，安迪，』我說，『我們做了這麼久的朋友，我不和你計較。等你冷靜下來，你會為你的口不擇言而後悔的，我可至今還沒有和遞送傳票的公僕握過手呢。』

「有一年夏天，我和安迪決定在肯德基山區一個名叫格拉斯代爾的美麗小鎮休養一段時間。我們自稱是馬販子，是正派的好公民，到那裡是去避夏的。格拉斯代爾人喜歡我們，我和安迪宣布結束敵對狀態，在那裡，我們沒有大量派發橡膠特許經營的招股傳單，也沒有跟人炫示巴西鑽石。

「一天，格拉斯代爾的五金業大鱷來我和安迪下榻的旅館串門子，和我們一起在側廊上抽菸、閒聊。我們跟他很熟，常在下午和他一起在法庭的院子裡玩套圈遊戲。他是個大嗓門的紅臉男人，但更讓人難忘的特徵是超乎情理的肥胖和體面。

「在談論過當天所有熱傳的醜聞之後，默奇森——這是此人的尊號——既小心又隨意地從外套口袋裡取出一封信，遞給我們看。

「『喂，你們有什麼看法？』他笑著說，『居然寄這樣一封信給我！』

「我和安迪只看了一眼就明白了，但我們假裝從頭到尾讀了一遍。這是那種早已過時、推銷假鈔的打字信件，跟你解釋怎樣用一千美元換得五千美元，還說即使專家也沒法分辨這些鈔票的真偽；接著又編了一套故事，說印鈔的電板是華盛頓財政部的雇員歷經九死一生才偷出來的。

「『想想這事，他們居然寄這樣一封信給我！』默奇森又說。

「『很多好人都收到過，』安迪說，『如果你頭一次收到的時候沒有回覆，他們就放棄了。如果你回覆了，他們會再來信，請你備好錢去做交易。』

「『但是想想啊，他們居然給我寫信！』默奇森說。

「過了沒幾天，他又來了。

「『兩位，』他說，『我知道你們都是本分人，不然也不會找你們商量了。我純粹為了好玩，給他們去了封信。他們回信了，叫我到芝加哥去。他們要我在動身前先給J．史密斯發個電報。到那裡之後，我要在某個街角等著，會有一個穿灰西裝的人走過來，把一張報紙丟在我的面前。接著，我就問他水怎麼樣了。於是乎，他也好，我也好，就會知道對方正是自己要找的人。』

「『果然，』安迪打了個哈欠，說，『還是老一套。我經常在報紙上看到這種事。他會把你領進一家旅館，有位瓊斯先生已經在那裡恭候多時了，準備把你現宰現賣。他們會拿出嶄新的真鈔給你看，提議按五比一的比例兌換你手裡的錢，你想換多少就有多少。你親眼看著他們把錢放進一個小包裡，就以為它一直都在那裡。當然啦，等事後你打開包，只能在裡面找到牛皮紙。』

「『哦，他們不可能在我面前調包，』默奇森說，『我建立了格拉斯代爾最大的企業，還沒有誰能糊弄我。塔克先生，你說，他們給你看的是真錢？』

「『我一開始總是用——我看報紙上說，他們一開始用的總是真鈔。』安迪說。

「『兩位，』默奇森說，『我有把握，那幫傢伙騙不了我。我打算把兩三千塊放在我的牛仔褲裡，然後去那裡狠狠地教訓一下他們。一旦他們在比爾·默奇森面前露出那些鈔票，就休想再把錢拿走。他們既然要用五塊換我一塊，只要我看緊他們，他們就得乖乖地照辦。比爾·默奇森就是這樣做生意的。我絕對相信自己能在芝加哥以五比一的比分取得對J·史密斯的完勝。水怎麼樣了？我覺得水實在是好得不能再好了。』

「我和安迪竭力想從默奇森的腦子裡驅除那些偏執的財務觀念，卻發現這比阻止那些傻瓜拿出自己省吃儉用摳出來的一小捲私房錢去押布萊恩[1]贏得大選還難。不行，先生；他堅持要盡公民的責任，叫那些假鈔販子掉進自己設計的陷阱裡。那樣或許能給他們一個教訓。

「默奇森走後，我和安迪坐了一會兒，反覆思索我們寂靜無聲的思想和劍走偏鋒的理性。一旦閒下來，我們總是透過推理與神遊來提升我們的高階自我。

「『傑夫，』過了許久，安迪說道，『遇上你跟我嘮叨你那套良心生意經的時候，我很少能忍住不跟你爭辯。也許，犯錯的常常是我。但在眼下這樁事情上，我想我們會達成共識。我覺得我們不該任由默奇森先生獨自去芝加哥見那些假鈔販子。那樣的話，只可能有一種結果。如果我們以某種方式插手，阻止這事發生，我們兩個的心裡都會好過一些，你認為呢？』

「我站起來握住安迪．塔克的手，握得很緊，也握得很久。

「『安迪，』我說，『過去，對於你冷酷無情的經營手法，我有過一兩句尖刻的評價，如今我把那些話收回來。你畢竟還有一顆善良的心，它讓我對你刮目相看。你說的就是我想的。默奇森已經中招了，如果我們聽任他繼續深陷下去，那很不體面、很不光彩。如果他鐵了心要去，我們就跟他一起去，防止這個騙局得逞。』

「安迪表示同意；我很高興地看到，他是真心想要破壞這一齣假鈔騙局。

「『我不認為自己是善男信女，』我說，『或是道德的偏執狂；但眼看一個憑著智慧和心血，冒著巨大風險才白手起家的人被掠奪公眾利益的不法騙子搶劫，我沒法袖手旁觀。』

「『沒錯，傑夫，』安迪說，『如果默奇森堅持要去，我們就緊跟著他，把這樁荒唐的買賣搞砸了。我跟你一樣不願看到有人以這種方式糟蹋錢。』

「於是，我們去找默奇森。

「『不，兩位，』他說，『我不能放任這來自芝加哥的塞蓮之歌在夏日微風中從我耳邊飄過。那裡已經生好了一把火，不是我被煎出油來，就是他們的鍋被燒出一個大洞。有你倆陪我一起去，我心裡更有底了。也許在以五換一的交易開始進行的時候，你們能幫上一點忙。如果你們兩位願意一起去的話，那我簡直要把這一趟當成是消遣，當成是赴宴了。』

---

1 威廉．詹寧斯．布萊恩（一八六〇—一九二五），美國政治家，曾經是歷史上最年輕的美國總統候選人，但三次代表民主黨參選美國總統都失敗了。

「默奇森在格拉斯代爾放出消息，說他要離開幾天，跟皮特斯先生與塔克先生一起去西維吉尼亞勘測鐵礦。他給瓊斯．史密斯去了一封電報，說定了踏進蛛網的日期；我們三人隨即啟程向芝加哥出發。

「一路上，默奇森以預感和事先的想像，虛構出種種快樂的回憶來取悅自己。

「『穿一身灰色西裝，』他說，『在沃巴什大道和萊克街的西南角。他丟下報紙，我就問他水怎麼樣。哦，哈哈！』接著，他笑得上氣不接下氣，足足笑了五分鐘。

「有時默奇森很嚴肅，但無論他當時想到的是什麼，苗頭才一出現，就被他用插科打諢給掩蓋過去了。

「『兩位，』他說，『即使給我一萬美元，我也不願意這事傳到格拉斯代爾。那會毀掉我的名聲。但我知道你們都是好人。我認為設法嚴懲這夥禍害大眾的強盜是每個公民的責任。我要讓他們看看水到底好不好。五塊換一塊——這是那個J．史密斯開出的價碼，如果他要和比爾．默奇森做買賣，就得信守承諾。』

「我們大約在傍晚七點鐘抵達芝加哥。默奇森要在九點半左右去和灰衣男人見面。我們在一家旅店吃了晚飯，然後去默奇森的房間等待。

「『好了，兩位，』默奇森說，『我們就來盤算一下，制定一個退敵計畫。比如，在我和那個穿灰衣服的暗樁討價還價的時候，好像完全是機緣巧合一樣，你們進來了，喊了一句：「你好啊，默奇！」然後又驚訝又熱絡地和我握手。我就把那騙子叫到一邊去，告訴他你們一個叫詹金斯，一個叫布朗，都是從格拉斯代爾來的，做的是雜貨和飼料生意，都是老實人，現在出門在外，或許想碰碰運氣。』

「『他當然會說：「叫他們也一起來吧，如果他們願意投資的話。」你們覺得這個計畫可行嗎？』

「『你認為呢，傑夫？』安迪看著我，說道。

「『好吧，我來告訴你我的計畫吧，』我說，『我的計畫不用等待，當場就可以完成。我看不出還有什麼浪費時間的必要。』我從口袋裡掏出一把點三八手槍，撥弄了幾下彈筒。

「『你這頭造孽、陰損、傷天害理的肥豬，』我對默奇森說，『把那兩千美元拿出來，放在桌子上。趕緊照辦，不然馬上就讓你好看。我寧願做個謙謙君子，不過，我時不時地也會走極端。你這種人，』在他交出錢以後，我繼續說道，『讓法庭和監獄有事可做。你來這裡見那些人，就是想搶人家的錢。因為他們想要詐你，你就有藉口了嗎？不，先生；你只不過是黑吃黑而已。你比那些假鈔販子壞十倍。你在自己的家鄉去教堂做禮拜，假裝是個正派公民，卻到芝加哥偷別人的錢，人家不斷和你今天想成為的那種跳樑小丑打交道，才勉強把生意做得有了聲色，有了規模。你怎麼不想想，那個假鈔販子可能要靠這種危險的買賣養活一大家子人？你們這群人模人樣的體面良民，整天想著怎樣不勞而獲；這個國家充斥著坑人的彩票、空頭礦山、股票交易和通信詐騙，都是拜你們所賜。要是沒有你們，他們早就關門大吉了。你打算搶劫的那個假鈔販子，也許為了學習業務，鑽研了許多年。每做一票買賣，他都得押上自己的金錢、自由，甚至生命。你卻把自己包裝得聖潔無辜，用氣派的外表和體面的通信地址來欺騙他。如果錢落在他的手裡，你可以向警察告密；如果錢落在你的手裡，他只能當掉灰西裝去買頓晚飯，什麼也不能對別人說。塔克先生和我看穿了你的把戲，所以才跟來，看看你會遭什麼報應。把錢拿過來，你這個吃草的偽君子。』

「我把那一百張二十美元面值的鈔票裝進內襯口袋。

「『現在，把你的錶拿出來，』我對默奇森說，『不，我不要。把它擺在桌上，你在那張椅子上坐著，過一個小時才能離開。要是你弄出任何動靜，或是提前哪怕一個瞬間，我們就會把你的事蹟印成傳單，貼滿格拉斯代爾的大街小巷。我猜，你在那裡的名位不止值兩千美元吧。』

「接著，我和安迪就離開了。

「在火車上，安迪沉默了良久，後來終於開腔問我：『傑夫，我能向你問個問題嗎？』

「『兩個也行，』我說，『四十個都沒問題。』

「『在我們跟默奇森一起動身的時候，』他說，『你就是這麼打算的嗎？』

「『嗯，當然啦，』我說，『不然還能怎麼樣？你不也是這麼想的嗎？』

「大約過了半小時，安迪才再次開口說話。我認為，安迪有時候無法充分理解我的倫理道德保障體系。

「『傑夫，』他說，『等你有空，我希望你能給你的良心畫一幅帶注釋的示意圖，以便我偶爾也能參考一下。』」

藝術良心

「我始終沒能讓我的搭檔安迪．塔克遵從純正的騙術行業操守。」有一天，傑夫．皮特斯對我說。

「安迪太有想像力，不可能做到誠實。他設計的斂財招數，手段夠壞，來錢夠快，與之相比，鐵路公司的回扣制度都不算太黑心了。

「至於我自己，我從來不能心安理得地拿走別人的錢，除非我也給人家一點東西——比如裹了金箔的首飾、花卉種子、治腰痛的藥水、股票債券、火爐清潔劑，或者直接給他的腦袋上留一道疤。我想我肯定有幾個新英格蘭的遠古祖先，從他們那裡繼承了頑固且強烈的對警察的恐懼。

「但安迪的家系與我的截然不同。我不認為他的血統追溯起來，能夠比一家法人團體更長久。

「某年夏天，我們在中西部，正帶著一堆家庭相冊、頭痛粉和滅蟑螂藥，在俄亥俄河谷中跋涉，安迪突發奇想，有了一個非但高妙，而且可行的生財大計。

「『傑夫，』他說，『我在想，我們應當拋棄這些蠅頭小利，把注意力轉向更營養、更豐產的領域。如果我們繼續敲詐那些小母鹿賣蛋得來的小錢，就會被歸入低級騙子之列。我們何不潛入這個國家高樓林立的堡壘內部，在一頭大公鹿的胸膛咬上一口？』

「『呃，』我說，『你知道我的脾氣。我寧可規矩一些，做些沒風險的生意，就像我們現在這樣。

我拿了人家的錢，就要在他手裡留下一些有形的物體，以轉移他的注意力，讓他不至於對我緊盯不放，哪怕只是一枚能向朋友的眼睛噴灑香水的惡作劇戒指也行。不過，要是你有了什麼新鮮主意，安迪，』我接著說，『不妨說來聽聽。我沒那麼食古不化，不會排斥更有賺頭的把戲。』

「『我想的是，』安迪說，『一場沒有號角、獵狗和照相機的狩獵行動，獵物是那些通常被稱作匹茲堡百萬富翁的邁達斯[1]美國人。』

「『在紐約嗎？』我問。

「『不，先生，』安迪說，『在匹茲堡。那裡才是他們的棲息地。他們不喜歡紐約。他們時不時去紐約，只是因為紐約希望他們去。』

「『一個匹茲堡的百萬富翁在紐約，就像一隻蒼蠅在一杯熱咖啡裡——他賺盡了口水和眼球，但並不覺得享受。紐約嘲笑他在那個滿是卑鄙之徒和勢利之輩的城市裡揮霍了那麼多錢。其實，他在那裡沒多少花費。我見過一個身價一千五百萬的匹茲堡人在「大話城」紐約的十日遊帳單。明細如下：

往返火車票	二十一美元
市內車費	二美元
住宿費（每天五美元）	五十美元
小費	五七五〇美元
合計	五八二三美元

「『聽到紐約的笑聲了嗎？』安迪繼續說道，『那座城市無非就是一個服務生領班。如果你給他太多小費，他就會跑去門口，跟管衣帽寄存的服務生一起取笑你。一個匹茲堡人真想花錢尋樂的時候會選擇待在家裡。我們就去那裡堵他。』

「好了，閒話少說。我和安迪把我們的巴黎綠和安替比林藥粉藏在一個朋友的地窖裡，然後抄近路去了匹茲堡。安迪沒有擬訂任何行使陰謀或暴力的計畫，他一向很自負，確信他那缺德的天性會自發地伺機而動。

「因為我的正直和自保意識，他不得不稍做讓步，承諾說，只要我積極參與任何我們可能開展的違法生意，不和他唱反調，那麼為了讓我的良心好受一些，那些破了財的受害者會換得一些能被視聽觸嗅等感官捕捉到的實物。那之後，我的心裡沒了芥蒂，就更愉快地投身於我們的無規則遊戲了。

「『安迪，』當我們穿過煙霧，在人稱史密斯菲爾德街的煤渣路上漫步的時候，我說，『你想好了沒有，我們怎樣打進那些焦炭大王和生鐵小鬼的圈子呢？我不是貶低自己的價值，也不是看輕自己那套廳堂禮儀，更不是對橄欖叉和派餅刀有什麼嚮往，』我接著說，『但我們想混進那些抽長雪茄的人舉辦的沙龍，恐怕比你想像的還要困難些呢。』

「『如果確有什麼在妨礙我們，』安迪說，『那大約得怪我們太有教養、太有水準了。匹茲堡的百萬富翁是一個樸實、直率、低調、民主的群體。』

1 邁達斯，是希臘神話中的弗里吉亞國王，貪財如命。

「『他們在待人接物方面很野蠻、很不文明，表面上看，似乎只是愛起哄、不知收斂，其實是骨子裡太過粗魯、太過無禮造成的。他們當中，幾乎每一個的發家路數都很可疑，』安迪又說，『而且他們將繼續生活在雲遮霧罩當中，直到這座城市以罡風勁掃予以驅散。只要我們行事簡單直接，別和沙龍的氣氛差得太遠，再像鐵路進口稅一樣持續不斷地弄出動靜來，我們在社交方面就不會遇到任何麻煩。』

「於是，安迪和我在城裡晃了三、四天，探了探底，對幾個百萬富翁的情況有了初步的瞭解。

「其中一個常把汽車停在我們住的旅館門前，叫人拿一夸脫香檳給他。侍者開瓶之後，他便就著瓶口，仰著脖子喝下去。這表明他在發跡之前是個吹玻璃的工人。

「某天晚上，安迪沒回旅館吃飯。十一點鐘左右，他來到我的房間。

「『對象確定了，傑夫，』他說，『一個身家一千兩百萬的傢伙。從事的業務範圍包含石油、軋鋼廠、房地產和天然氣。他為人很和氣，沒什麼架子，所有的財富都是最近五年賺來的。現如今，他聘了好幾位教授，在藝術、文學、服飾穿搭等方面教導他。』

「『我見到他的時候，他剛從一個鋼鐵大亨那裡贏了一萬美元，他們兩人打賭，他賭的是阿勒格尼軋鋼廠今天會有四個人自殺。所以，視線所及的每個人都跟著他去酒吧蹭酒喝了。他對我另眼相看，請我和他共進晚餐。我們去了鑽石巷的一家餐館，坐在凳子上，喝了泡沫豐富的摩澤爾葡萄酒，吃了蛤蜊巧達湯和炸蘋果餅。

「『然後，他帶我去看他在自由街的單身公寓。那是水產市場樓上的十個房間，再上一層，還有一間專用的浴室。他告訴我，為了布置這所公寓，他花了一萬八千美元，這話我相信。

「『他在其中一間房裡收藏了價值四萬美元的畫，還在另一間房裡收藏了價值兩萬美元的古玩。他叫斯卡德爾，四十五歲，正在學習鋼琴，他的油田每天產出一萬五千桶石油。』

「『好啊，』我說，『初戰告捷。可是，接下來呢？從那堆藝術廢品裡能撈到什麼好處？石油跟我們又有什麼關係？』

「『嗯，那我來解釋一下吧，』安迪坐在床上若有所思地說，『那個人可不像他的名字那麼普通。當他給我展示那些陳列藝術品的櫃子的時候，他的臉就像煉焦爐的門一樣紅得發亮。他說，如果接下來順利做成幾筆大買賣，他就能使J．P．摩根[2]收藏的那些血汗工廠生產的掛毯和緬因州奧古斯塔的那些明珠，看起來就像把鴕鳥胃囊裡的草根和小石子投在幻燈片上一樣土得掉渣。』

「『後來，他還給我看了一件小雕刻，』安迪接著說，『任誰都看得出，那是一件奇珍，據他說，有兩千年的歷史了。那是一朵蓮花，中間包裹著一張女人的臉，由一整片象牙雕琢而成。斯卡德爾在藏品目錄裡找到了它的相關介紹。西元之前的某一年，一個名叫卡夫拉的埃及雕刻匠做了兩個這玩意兒獻給拉美西斯二世[3]。另外一個已經失蹤了。骨董店和舊貨商把整個歐洲都翻了個遍，也沒有找到任何線索。斯卡德爾花了兩千美元從別人手上把它買了過來。』

「『哦，好，』我說，『對我而言，這聽起來就像潺潺流水。悅耳，但沒意義。我還以為我們是來

2 約翰．皮爾龐特．摩根（一八三七—一九一三），美國著名銀行家，摩根大通公司的創始人，被稱為「世界的債主」。
3 拉美西斯二世（約前一三〇三—前一二一三），古埃及第十九王朝的第三位法老。

教百萬富翁做買賣的，沒料到卻是來向他們學藝術的。

「『耐心點，』安迪心平氣和地說，『也許不久，我們就能在煙霧中瞥見縫隙。』

「第二天，安迪一整個上午都在外面。中午之前，我和他沒照過面。他一回來，就叫我到走廊另一頭他的房間裡去。他從口袋裡掏出一個鵝蛋大小的圓形包裹，把它拆開。裡面是一件象牙雕刻，和他所描述的那件百萬富翁的藏品模樣差不多。

「『我剛才在一家舊貨店兼典當鋪裡，』安迪說，『看到這東西被埋在一大堆舊匕首和破爛貨下面。當鋪老闆說，它在那裡躺了好幾年了，想必是某個早已沒人記得的阿拉伯人、土耳其人，或是隨便哪個國家的人從河邊帶過來，押在這裡的，現在到期未贖，成了死當。

「『我出價兩美元，但肯定露出了一副很迫切的樣子，以至於他說，如果價格談不到三百三十五美元，就等於奪走他幾個孩子嘴裡的麵包。最後的成交價是二十五美元。

「『傑夫，』安迪接著說，『這東西真的和斯卡德爾的那件雕刻一模一樣，簡直就是它的孿生兄弟。他會掏出兩千美元買下它，動作就跟用餐巾圍住下巴一樣快。無論如何，誰敢說這一定不是那個老吉普賽刻成的另一件真品？』

「『確實是這麼回事，』我說，『但我們怎樣才能逼得他心甘情願地買走它呢？』

「安迪已經做了完備的計畫，我這就來談談我們的實施步驟。

「我戴上一副藍色眼鏡，換上黑色長禮服，把頭髮揉得亂七八糟，搖身一變，成了匹克曼教授。我去了另一家旅館，登記入住後給斯卡德爾發電報，請他馬上來見我，面談一件有關藝術的事務。不到一個小時，電梯載著他來到我面前。他是個大而化之的人，嗓門洪亮，身上散發著康乃狄克紙菸和汽油的氣味。

「『你好啊，教授！』他嚷嚷著，『在忙什麼呀？』

「我把頭髮揉得更蓬更亂，透過藍色鏡片瞪著他。

「『先生，』我說，『你是賓夕法尼亞州匹茲堡的科尼利厄斯・T・斯卡德爾嗎？』

「『是我，沒錯。』他說，『出來喝一杯吧。』

「『對於這種害人的消遣，』我說，『我沒時間，也沒欲望。我從紐約來，是為了談關於生——關於藝術的事情。』

「『我聽說你有一件拉美西斯二世時期流傳下來的象牙雕刻，刻的是包裹在一朵蓮花中的伊西斯女神[4]頭像。像這樣的雕刻，世上只有兩件。其中一件已經失蹤多年。最近我在維也納一家不為人知的博物館發現了另一件，是典當品，我買了下來。我還想買下你手裡的那件。你開個價吧。』

「『啊呀，我的老天爺，教授！』斯卡德爾說，『你找到另一件了嗎？要我賣？怎麼可能！我可不覺得科尼利厄斯・斯卡德爾有必要賣掉任何他想要留下的東西。你那件雕刻有隨身帶著嗎，教授？』

「我拿出東西給斯卡德爾看。他仔細地查驗了一番。

「『是真貨，』他說，『和我那件一模一樣，每一個線條、每一個稜角都完全一樣。告訴你我的打算吧，』他繼續說道，『我不賣，但我買。我出兩千五百美元買你這件。』

---

4 伊西斯女神，古埃及神話中的生育與豐收之神。

「『既然你不賣，那我賣，』我說，『請付大鈔。我這人很乾脆。我明天要在水族館演講，今晚就得趕回紐約。』

「斯卡德爾開了一張支票，在旅館兌付了現款。他帶著那件骨董走了，我根據事先的約定，趕回安迪的旅館與他會合。

「安迪正在房間裡徘徊，時不時地看看手錶。

「『怎麼樣？』他說。

「『兩千五百美元，』我說，『是現金。』

「『我們要趕巴爾的摩至俄亥俄的西行列車，』安迪說，『還剩十一分鐘就要發車了。拎著行李，快走。』

「『這麼著急幹嘛？』我說，『這筆生意做得規規矩矩。就算那東西只是原作的仿品，他也得花些工夫才能鑒定出來。何況他好像認定了那是件真品。』

「『是真品，』安迪說，『那就是他自家的那件。昨天，在我欣賞古玩的時候，他有事離開了一會兒，我就把它弄進了口袋裡。現在，拿上箱子，趕快跟我走。』

「『可是，』我說，『你為什麼要編故事，說你在當鋪裡發現了另外一件？』

「『哦，』安迪說，『是為了照顧你的良心。走吧。』」

黃雀在後

普羅文薩諾餐廳的一角，我和傑夫．皮特斯在吃義大利麵，他利用這段時間，向我剖析了三種不同類型的騙術。

每年冬天，傑夫都會來紐約吃麵，順帶從他的灰鼠皮大衣深處探出腦袋，看一看東河上行駛的船隻，再把一批芝加哥生產的服裝囤進富爾頓街的鋪子裡。另外三個季節，你可能會在更靠西的地方發現他的蹤跡——主要在斯波坎到坦帕之間[1]。

他視他的職業為一種榮譽，還建立了一套嚴肅而獨特的哲學道理來支撐和捍衛這種榮譽。他的職業並不新奇。他本人就是一個沒有資產、不限經營範圍的股份制公司，接收他的同胞由於不安分、不明智而流失的美元。

每年一度，傑夫來這片石頭堆砌的荒野，度過他那孤獨的假期，逢人便要興高采烈地吹噓形形色色的冒險經歷，就像小男孩喜歡在日落之後去樹林裡吹口哨一樣。因此，我在日曆上標出了他到來的日

1 斯波坎和坦帕都是美國的地名，斯波坎位於華盛頓州東部，坦帕位於佛羅里達州中西部。

期，跟普羅文薩諾餐廳打好招呼，要他們在花花綠綠的橡膠植物和牆上的宮廷風格鑲框畫之間安排一個角落，留張酒漬斑斑的小桌子給我們。

「有兩類騙術，」傑夫說，「應當用法律予以剷除。我指的是竊盜和華爾街的投機。」

「滅掉其中之一，幾乎人人都會同意。」我笑著說。

「嘿，竊盜也應當要剷除。」傑夫說。我懷疑自己剛才那一笑是不是錯了。

「大約三個月之前，」傑夫說，「我有幸結交了上述兩種非法藝術的典型。我同時成了一位入室竊盜協會成員和一位金融街的約翰．D．拿破崙的座上賓。」

「真是個引人入勝的組合，」我打著呵欠說，「我跟你說過沒，上週在拉馬波斯，我只開一槍就打到了一隻鴨子和一隻地松鼠？」

我很清楚怎樣打開傑夫的話匣子。

「我先跟你說說這些寄生的爬藤是怎樣用毒眼污染了公正的源泉，又是怎樣阻塞了社會前進的車輪。」傑夫說。他的眼中閃爍著那種揭發世間醜惡的清白之光。

「我剛剛說過，三個月之前，我和壞人交上了朋友。縱觀人的一生，有兩種時刻可能遭遇這種事——身無分文的時刻和腰纏萬貫的時刻。

「最正當的生意偶爾也會時運不濟。那是在阿肯色州，我在一個十字路口轉錯了彎，不小心駛進了皮文鎮。前一年春天，我似乎已經把這地方搜刮過一遍了。我在那裡賣出了價值六百美元的果樹幼苗——有李樹、櫻桃樹、桃樹和梨樹。皮文鎮人一直瞪大眼睛緊盯著道路，盼著我能再次經過。我駕著車從緬因街一直行駛到水晶宮藥店，才發覺我和我的白馬比爾遇到了埋伏。

「鎮上的居民出其不意地拉住比爾的韁繩，逮住了我，和我談起一些並非與果樹全然無關的話題。他們的幾個負責人在我的背心袖孔上穿了一截鏈子，押著我從他們的果園和花園中走過。

「那些果樹的生長背離了標籤上的名稱。它們中的大部分變成了柿子樹和山茱萸，其間混進了一兩個櫟樹叢或楊樹叢。唯一顯示出發育跡象的是一棵可愛的小白楊，結出的果實卻是一個馬蜂窩和半件破胸衣。

「皮文鎮的居民拖著我，在這次『無果』的漫步中，來到了鎮子旁邊。他們把我的手錶和錢拿去抵債，還扣下比爾和馬車作為抵押。他們說，當山茱萸樹結出第一顆六月早桃的時候，我就可以取回我的東西。接著，他們解開了鏈子，朝著洛磯山脈的方向一指；於是我沿著路易斯和克拉克[2]走過的路線向著洶湧的激流和幽深的密林奔去。

「恢復理智之後，我發現自己走進了聖菲鐵路沿線的一座不知名小鎮。皮文鎮人掏空了我身上的口袋，只留下一塊口嚼菸草——他們不想要我的命——而這東西，能救命。我咬下一塊，坐在鐵軌旁的一堆枕木上嚼著，以喚醒我的思考力和洞察力。

「這時，有一輛貨運快車疾馳而來，經過鎮子的時候稍稍減了些速度；一個黑色的大包裹從車上掉下來，在飛揚的塵土中滾出了二十碼遠，接著站了起來，啐出些煙煤和咒罵。我這才看清楚，那是個年輕人，大餅臉，穿著考究，彷彿剛從普爾曼式客車上走下來，而不是從貨車上滾下來。儘管被弄得灰頭

---

2 梅里韋瑟・路易斯（一七七四—一八〇九）和威廉・克拉克（一七七〇—一八三八）曾奉傑弗遜總統之名，在一八〇四年至一八〇六年之間率領探險隊在美國西部地區全面考察。

土臉，好像才掃完煙囪，但他的臉上還是掛著一副愜意的笑容。

「『摔下來了？』我說。

「『不，』他說，『自己下來的。我到目的地了。這是個什麼鎮子？』

「『還沒來得及查地圖呢，』我說，『我也就只比你早到五分鐘。你覺得這裡怎麼樣？』

「『很硬，』他轉了轉一隻手臂，說道，『我覺得這邊肩膀——不，沒事。』

「他彎下腰去拍身上的塵土，從口袋裡掉出了一根竊賊專用的精緻的鋼撬棍，長達九英寸。他把它撿起來，警惕地看了我一眼，接著咧嘴一笑，向我一伸手。

「『老兄，』他說，『你好啊。去年夏天我們不是在密蘇里州南部見過面嗎？那時候你以每勺五十美分的價格賣染過色的沙子，說是放在燈裡可以防止燈油爆炸。』

「『燈油不會爆炸，』我說，『爆炸的是燈油揮發產生的氣體。』但不管怎麼說，我還是跟他握了手。

「『我叫比爾·巴西特，』他說，『如果你把這當作職業自豪，而不是自負的話，那麼我要向你宣布，你有幸遇見了在密西西比河一帶活動的頂尖竊賊。』

「於是我和這個比爾·巴西特坐在枕木上，就像兩個職業相近的藝術家常做的那樣，以自吹自擂相互致意。他似乎也是一文不名，這讓我們的關係更加緊密。他跟我解釋為何一個有能耐的賊有時也不得不搭貨車旅行，那是因為小石城的一個女僕愚弄了他，讓他只能匆忙奔逃。

「『當我想舒舒服服地弄點小錢的時候，』比爾·巴西特說，『向女人獻殷勤也是我的工作內容。愛情會把她們迷得暈頭轉向。如果讓我看到你的房子裡有可偷的東西和漂亮的女僕，那你還不如自己把銀器熔了賣掉。每幹完一票之後，我就去大吃大喝，墊下巴的餐巾沾滿了松露和酒莊裡釀的高級貨；在那一邊，警察卻一口咬定是內賊幹的，就因為老太太的侄子窮得靠給人教《聖經》為生。我先勾引屋裡的女孩，』比爾又說，『只要她放我進去，門鎖自然也會放我進去。但小石城的這女人坑了我。她看到了我和另一個女孩一起搭電車。本來說定了，我要來的那個晚上，她會敞開大門等我，而且我還配好了樓上房門的鑰匙。她一定是從裡面把門反鎖了。她簡直是一個大利拉[3]。』比爾．巴西特說。

「當時的比爾似乎不管三七二十一，掏出撬棍就想破門而入，這才惹得那女孩就像坐在狩獵馬車頂上把風的小子，爆發出一串花樣百出的叫嚷。於是，比爾不得不披荊斬棘，直奔車站。由於他沒有行李，人家便想方設法阻撓他離開，他只好爬上一輛正開出站的貨車。

「『好吧，』在我們彼此傾吐完各自過去的倒楣事之後，比爾．巴西特說，『我餓了。這個鎮子看起來不像是上了彈簧鎖的。我們犯上一點不痛不癢的罪過，弄幾個小錢花花，想必也無傷大雅。我猜你身上並沒帶著生髮油、貼金箔的錶鏈，或者其他類似的假冒偽劣產品，沒有什麼東西可以拿到廣場上推銷給腦袋進水的吝嗇鬼，對嗎？』

「『是的，』我說，『我的手提箱裡有一批名貴的巴塔哥尼亞鑽石耳環，還有其他炫目的鑲鑽首飾，都被扣在皮文鎮了。在黑桉樹上掛滿黃桃和日本李子之前，它們只能待在那兒了。我想，除非我們

3 大利拉，《聖經．舊約．士師記》中的人物。她是非利士人，卻嫁給了反抗非利士人的以色列士師參孫。趁著參孫熟睡時，她剪掉了賦予他神力的頭髮，導致他隨後被擒。

能把盧瑟．伯班克[4]找來合夥，否則是指望不上它們了。』

「『明白了，』巴西特說，『我們盡力而為就好。也許天黑之後，我可以找一位女士借枚髮夾，用來打開農牧漁業銀行的門鎖。』

「我們正聊著，一列過路的火車開進了附近的車站。一個戴著高頂禮帽的人在遠端下了車，只好沿著鐵軌跌跌撞撞地朝我們走過來。他是個矮胖子，大鼻子、老鼠眼，但穿得很體面，手上小心翼翼地拎著一個提包，彷彿裡面裝的是雞蛋或鐵路債券似的。他經過了我們，繼續沿鐵軌走著，好像根本沒覺察到小鎮的存在。

「『來。』比爾．巴西特跟我招呼了一聲，自己先跟了上去。

「『去哪裡？』我問。

「『天啊！』比爾說，『難道你忘了你已經走進荒野了？你沒看見嗎？上校就落在你眼前嗎？你沒聽見烏鴉將軍在拍打翅膀嗎？你真令我吃驚，以利亞[5]。』

「我們在樹林邊趕上了那個陌生人，那時好像太陽已經落山，那地方又十分僻靜，沒人看到我們攔住了他的去路。比爾把那人頭上的禮帽摘下來，用袖子擦了擦，又扣回他頭上。

「『先生，這是什麼意思？』那人說。

「『我戴著這種帽子的時候，如果覺得尷尬，通常都會這麼做。』比爾說，『現在我頭上沒帽子，只好借你的用用。我不知道該怎麼開口跟你解釋我們的買賣，先生，但我想我們可以先摸摸你的口袋裡有什麼。』

「比爾．巴西特摸遍了他的每一個口袋，露出一副鄙夷的神情。

「『連塊錶都沒有，』他說，『你不為自己感到羞恥嗎？你這個徒有其表的傢伙。像個領班一樣穿得人模人樣，像個伯爵一樣口袋裡一毛錢也不裝。就連交通費都沒有，你打算怎麼坐車啊？』

「那人開口聲稱自己沒有錢財或是貴重物品。但巴西特奪過他的手提包，打開了。他只從裡面翻出一些衣領和襪子，還有半張剪報。仔細讀過報紙之後，比爾向那位被我們攔路的朋友伸出了手。

「『兄弟，』他說，『你好啊！請接受朋友的歉意。我是比爾．巴西特，一個賊。皮特斯先生，你一定得跟阿爾弗雷德．E．瑞克斯先生認識一下。握個手吧。皮特斯先生，』比爾說，『在破壞和貪汙的舞臺上，瑞克斯先生扮演的角色大概位於你我之間。他搜刮錢財時，總要付出一點東西。很高興見到你，瑞克斯先生——我很高興能見到你和皮特斯先生。這是我第一次參加全國掠奪者大會——竊賊界、詐騙界和金融界的代表都到齊了。查看一下瑞克斯先生的入場證明吧，皮特斯先生。』

「比爾．巴西特遞給我的那半張報紙上刊登了這位瑞克斯先生的一幅玉照。那是一份芝加哥的報紙，其中的每個段落都把瑞克斯損得體無完膚。讀過一遍之後，我從中得知，這個叫瑞克斯的，坐在芝加哥的豪華辦公室裡，把佛羅里達州被淹在水底的大塊土地拖了出來，劃進了城鎮裡，再賣給那些所謂的無辜投資者。在賺了大約十萬美元之後，那些既沒見識又愛惹事的買主中的一個（我也遇過這種人，竟然用強酸來驗我賣給他的金錶），精打細算地去那裡旅行了一趟，打算在晚飯前好好巡視一番，看看

4 盧瑟．伯班克（一八四九—一九二六），著名園藝學家，在植物育種方面頗有建樹。

5 以利亞，《聖經．舊約》中的先知。他在荒野中隱居的時候，烏鴉早晚為他送來食物。

是不是需要給籬笆換一兩根木柵，順便趕一趟耶誕節禮的商機，收些檸檬回去賣掉。他雇了一名測量員幫他找他的地。他們經過艱難跋涉，終於找到了廣告上說的繁華小鎮天堂谷，卻是在奧基喬比湖中間距南邊四十杆十六竿[6]，再向東偏移二十七度的位置。那人的領地在三十六英尺深的水底，不但如此，由於這裡長期歸鱷魚和雀鱔管轄，他的主權看起來也很有問題。

「這人回到了芝加哥，自然要把阿爾弗雷德．E．瑞克斯放在火上烤，那股熱浪堪比氣象局預報會下雪的早晨。瑞克斯駁斥了這種說法，但無法否認鱷魚的存在。有一天，報紙用一整版曝光了這起事件，於是，瑞克斯便順著防火梯溜出了大樓。看來，當局搶先一步沒收了他用來存放戰利品的保險箱，被逼無奈，他只好在手提包裡塞了些襪子和一打十五號半的英式硬領，趕緊逃往西部。機緣巧合，他發現了幾張夾在書裡的火車里程票，剛好讓他到達這座荒野中的小鎮，與我和比爾．巴西特肩並著肩，當上了以利亞第三。而此刻，一眼望去，我們誰也看不見一隻來餵養我們的烏鴉。

「接著，這位阿爾弗雷德．E．瑞克斯也叫了起來，說他也餓，還說他已經抵不上一頓飯的價值，更別提支付一頓飯的價格了。就這樣，我、比爾和瑞克斯湊到了一起。如果畫三段拋物線作一個圖示，則我們三人分別代表勞動、貿易和資本。如今，貿易沒了資本，也就沒什麼周旋的餘地了；而資本沒了資金，更會讓牛排和洋蔥望而卻步。能仰賴的就只有帶著撬棍的勞動者了。

「『兩位綠林兄弟，』比爾．巴西特說，『我還從沒有在危難中拋棄過任何一個朋友。我好像看到在距這裡不遠的林子那邊有一座空房子。我們不如去那裡待著，等天黑再說。』

「林間有一座廢棄的舊屋子，我們三人就在那裡紮了營。天黑以後，比爾．巴西特吩咐我們等著，然後自己去外面晃了半小時。回來的時候，他抱著一大堆麵包、排骨和派。

「『這都是從瓦西塔街的一間農舍摸來的，』他說，『先來吃喝玩樂一場吧。』

「一輪皎潔的圓月正升上中天，我們席地而坐，就著月光大快朵頤。這位比爾．巴西特開始吹起了牛皮。

「『有時候，』他嘴裡塞滿了本地特產，含糊不清地說，『你們這些自認為自己的職業高我一等的傢伙，真讓我覺得不耐煩。在現在這種嚴峻的情勢下，你們要做點什麼能讓我們不至於餓死呢？你行嗎，瑞克斯？』

「『我必須承認，巴西特先生，』瑞克斯含著一塊派，聲音根本聽不清楚，他說，『在這個緊要關頭，也許，我不可能創建一家企業來穩住局面。我操辦的那種大事業，自然需要事先加以精密的籌備。我——』

「『我明白，瑞克斯，』比爾．巴西特打斷了他，『你不用再說了。你需要五百美元本金，先雇一名金髮的打字員，再買四套橡木家具，然後你還要五百美元來登廣告，再守株待兔，等上兩個星期。在這種刻不容緩的狀況下，你的解決方案就管用的程度來說，相當於透過主張把煤氣事業收歸市政管轄來挽救一個即將被劣質煤氣熏死的人。你的手段也沒快多少，皮特斯老兄。』他下結論道。

「『哦，』我說，『我還沒見到你用魔杖把什麼東西給變成金子呢，我的好仙子先生。隨便什麼人，擦一擦魔法指環，總能弄到一點殘羹剩飯。』

---

6 此處用「杆」數和「竿」數粗略表示方位，「杆」即較粗的木棍，「竿」則指較細的木棍。

「『那只是先準備好南瓜而已，』巴西特大言不慚、眉飛色舞地說，『你還沒回過神，那輛六駕馬車就要來到你家門口了，灰姑娘小姐。也許你有什麼錦囊妙計，不妨拿出來給我們大家起個頭吧。』

「『老弟，』我說，『我是比你大十五歲，可還沒老到能請領養老金的地步。我以前也有過破產的時候。那邊有個小鎮，距離這裡不到半英里，我們一眼就能望見鎮上的燈火。我師從蒙塔古．西爾弗，有史以來最偉大的街頭推銷員。這個時候，那裡有幾百個衣服沾滿油漬的人在街上走。給我一盞油燈、一箱紡織品、一塊兩美元的白色橄欖皂，切成小塊——』

「『你那兩美元從哪裡來呀？』比爾．巴西特偷笑著插嘴打斷了我的話。和這個小賊講理沒有用。

「『沒轍了，』他接著說，『你們兩個都無計可施了。金融收起了辦公桌，貿易合上了百葉窗。看來，你們都需要勞力來驅動輪子。好了。你們都認命吧。今晚，我要讓你們見識一下比爾．巴西特的能耐。』

「巴西特囑咐我們在他回來之前待在小屋裡，即使天亮也不要離開，便吹著輕佻的口哨，動身往小鎮去了。

「這位阿爾弗雷德．E．瑞克斯脫下鞋子和外套，在帽子上鋪了一塊絲綢手帕當枕頭，然後就地躺了下來。

「『我想我最好能安心地小憩一陣，』他尖聲細氣地說，『今天太累了。晚安，親愛的皮特斯先生。』

「『代我向睡神請安，』我說，『我想我還得再坐一坐。』

「根據我那塊逗留在皮文鎮的手錶來估計，大約兩點鐘，我們那位勤勞的同伴回來了。他踢醒了瑞克斯，把我們叫到小屋門口有月光照耀的地方。接著，他把五個裝有一千美元的袋子在地板上一字排開，然後就像一隻母雞對著自己下的蛋那樣，對著那些袋子咯咯大笑起來。

「『我來跟你們講講這個小鎮的一些情況，』他說，『那裡名叫石泉鎮，鎮上在建一座共濟會堂，看起來民主黨的鎮長候選人就要被一介平民弄得一敗塗地了，塔克法官的太太得了胸膜炎，現在好些了。在獲得我所需的訊息泉水的吸管之前，我不得不跟這些小人國的居民閒聊一番。鎮上有一家銀行，叫作伐木工信託基金與農民儲蓄協會。昨天歇業的時候，裡面存著兩萬三千美元的現金；今早開業的時候，裡面還剩一萬八千美元——都是銀幣——那是我好心，沒拿太多。那麼，貿易和資本，你們覺得如何？』

「『年輕的朋友啊，』阿爾弗雷德·E·瑞克斯舉起雙手，說道，『你搶銀行了嗎？天哪，哦，天哪！』

「『你怎麼能這麼說，』巴西特說，『「搶」這字眼未免太嚴重了。我只不過找了找這家銀行在哪條街上。這座小鎮極其安靜，我站在街角，都能聽到撥動密碼鎖的聲音——「左轉到四十五；左轉兩下到八十；右轉一下到六十；左轉到十五」——那聲音清晰得像耶魯橄欖球隊隊長發出的暗號指令。兄弟，』巴西特又說，『這個鎮的人醒得早。他們告訴我，居民天亮前就都起床了。我問他們幹嘛起那麼早，回答是，因為那時候早飯已經準備好了。那麼快樂的羅賓漢會怎麼做呢？肯定是趕快跑啊！一邊跑一邊演奏補鍋匠的踢哩哐啷交響曲。我給你們本錢。你要多少？快說，資本。』

「『我親愛的年輕朋友啊，』這隻名叫瑞克斯的地松鼠，後腿站立，前爪耍弄著堅果，說道，『我在丹佛有些朋友，他們願意接濟我。如果有一百美元，那我——』

「巴西特拆開一個錢袋，揀出五張二十美元的鈔票扔給了瑞克斯。

「『貿易，你要多少？』他問我。

「『收起你的錢，勞動。』我說，『我還從沒榨取過別人用勤懇勞動換得的那點來之不易的小財。我賺的錢，都是從燒掉自己口袋的蠢材和傻瓜那裡搶救下來的。我站在街頭巷尾，以三塊錢的價格把一枚純金鑽戒賣給一個笨蛋，我自己的利潤才兩塊六而已。我知道，他會把它送給一個女孩，以回報他從她那裡得到的，本該用一百二十五美元的戒指來酬謝的好處。這一來一去，他倒賺了一百二十二美元。我們兩個當中，誰才是最大的騙子？』

「『你以五十美分的價格，賣一小撮沙子給一個窮苦女人，說是能防止油燈爆炸，』巴西特說，『一噸沙子的價格是四十美分，你怎麼不算一算她的淨利是多少呢？』

「『聽著，』我說，『我叮囑她要讓油燈保持清潔，同時，油也要加足。她只要照做，燈就不會爆炸。加了沙子進去，她確信它不會爆炸，就安心了。這是一種工業基督教科學療法。她花了五十美分，就讓洛克菲勒和艾迪夫人[7]兩位一起為她服務。不是所有人都能同時請動這兩塊金字招牌為自己效勞的。』

「另一邊，阿爾弗雷德·E·瑞克斯對比爾·巴西特五體投地，就差沒去舔他的鞋子了。

「『我親愛的年輕朋友，』他說，『你的慷慨，我永誌不忘。上天會保佑你的。不過，我還是要懇求你懸崖勒馬，改邪歸正。』

「『膽小鬼，』比爾說，『鑽回你的老鼠洞，在護壁板後面窩著吧。你的教條和教誨在我聽來，就像自行車打氣筒發出的最後一個尾音。你那一整套高高在上的掠奪方法，在抬升你自己的同時，給世界帶來了什麼?赤貧和匱乏。再說皮特斯老兄，他堅持用商業貿易理論來玷汙搶劫的藝術，但也得承認自己黔驢技窮了。你倆都靠冠冕堂皇的說辭活著。皮特斯老兄，』比爾接著說，『你別客氣。最好還是從這裡選一份經過防腐處理的優質貨幣吧。』

「我再次要求比爾．巴西特把他的錢收起來。我不像某些人，我沒法對竊盜表示敬意。我只要收了錢，就得付出點什麼，即使只是一件提醒人家別再上當的微不足道的紀念品。

「在這之後，阿爾弗雷德．E．瑞克斯又對比爾歌功頌德了一番，就和我們道別了。他說他要到農戶家裡租一輛馬車，趕車去火車站，然後搭火車去丹佛。在那個可憐蟲離開之後，整屋的空氣都清新了些。他給這個國家中所有不勞而獲的行業蒙羞。如果沒有一個陌生、友善，也許還有點膽大妄為的竊賊伸出援手，任他有過多少個宏大計畫，任他的辦公室有多麼豪華，他甚至連一餐像樣的飯都弄不到。儘管想到他已經徹底淪為廢物，我心底免不了有些同情，但看到他離開，我實在很高興。手頭沒有充裕的資金，這人能幹成什麼大事?唉，阿爾弗雷德．E．瑞克斯一旦離了我們，就跟一隻四腳朝天的烏龜一樣無助。他甚至沒法從小女孩那裡騙到一截粉筆。

「只剩下我和比爾．巴西特兩個人的時候，我靈機一動，經過一番算計，最後形成了一個祕密的商業花招。我想，我得讓這位竊賊先生瞧瞧生意和勞動的區別。他對商業和貿易出言不遜，傷害了我的職業自豪感。

---

7 艾迪夫人，即瑪麗．貝克．艾迪(一八二一—一九一〇)，是所謂「基督教科學療法」的創立者，這種療法提倡以安撫心靈來治療身體疾病。

「『我不願接受你的饋贈，巴西特先生，』我對他說，『不過，如果你讓我做你的旅伴，並且支付這一路的所有費用，我會對你感激不盡。你的背德行徑給小鎮造成了財政赤字，也將這裡變得危機重重，我們得趕緊逃脫才行。』

「比爾．巴西特同意了。於是，我們先步行朝西走，準備一遇到安全的火車就上去。

「到達亞利桑那州一座名叫洛斯佩羅斯的小鎮時，我提議我們再在這種小地方碰碰運氣。那裡是我年邁的導師蒙塔古．西爾弗的家鄉。如今，他早已金盆洗手。我知道，只要我把一隻在某處盤旋的蒼蠅指給蒙蒂看，他就能為我制定一個在那裡圈錢的妙招。比爾．巴西特則說，所有的城鎮在他看來都差不多，因為他的工作主要在夜間進行。於是，我們就在洛斯佩羅斯下了車，那是位於銀礦地區的一座美麗小鎮。

「我有一點精妙又穩妥的小盤算，就作用來說，相當於一臺商業投石機，我準備用它痛擊巴西特的耳朵根子。我不會趁他熟睡時捲跑他的錢。我會留張彩票給他，這代表一個價值四千七百五十五美元的經驗教訓——我估計到我們下車時，他身上還剩這麼多錢。然而，第一次聽我隱晦地向他提及某項投資的時候，他便表示堅決反對，將後續的種種說法統統扼殺了。

「『皮特斯老兄，』他說，『像你提議的那樣，入股某一類企業，這主意不壞。我覺得沒什麼不行的。不過，只有在覺得十拿九穩的時候，我才會這麼做，除非羅伯特．E．皮爾里[8]和查理．費爾班克斯[9]也加入董事會，不然，我可不放心。』

「『我還以為你想把錢拿出來玩點投資呢。』我說。

「『我想啊，』他說，『日想夜想。總不能整夜整夜地抱著錢睡覺吧。我跟你講啊，皮特斯老兄，』他接著說，『我打算開一家紙牌賭坊。對於單調乏味的詐騙活動，比如推銷打蛋器，或者在巴納姆和貝利[10]的馬戲場裡賣那種只能撒在地上當鋸末用的早餐麥片，我似乎怎麼也提不起興致。但從利潤角度看，在偷銀器和華爾道夫－阿斯托里亞慈善市集上賣筆擦之間，開賭場算是相當不錯的折中方案。』

「『如此說來，』我說，『巴西特先生，你是不願意聽我介紹我這個小小的商業計畫囉？』

「『好了，』他說，『你要知道，在我駐地的方圓五十英里之內，你都別想玩出什麼花樣來。我們最好井水不犯河水。』

「巴西特在一家酒吧的樓上租了個房間，置辦了一批家具和彩色裝飾畫。就在同一個晚上，我去了蒙塔古．西爾弗家，從他那裡拿到了兩百美元本錢。然後，我去了洛斯佩羅斯唯一的一家賣紙牌的商店，把店裡的庫存全部買光了。第二天一早，店鋪才開門，我又把所有的紙牌都送了回去。我說，我的合夥人改變主意，反悔了，我的生意做不成了，所以，我想把紙牌再賣回給店家。

「沒錯，到那時為止，我不但一無所獲，還虧損了七十五美元。不過前一晚，拿到紙牌以後，我在每張牌的背面都做了記號。這是勞動的部分。接著就輪到商業和貿易出場了，我丟進水裡作餌的麵包開

---

8 羅伯特．E．皮爾里（一八五六—一九二〇），美國著名探險家，自一九〇二年開始，數次率領探險隊赴北極探險，並於一九〇九年四月到達北極點。

9 查理．費爾班克斯（一八五二—一九一八），著名政治家，美國第二十六任副總統。

10 巴納姆和貝利，指著名的馬戲經紀人菲尼斯．泰勒．巴納姆（一八一〇—一八九一）和詹姆斯．安東尼．貝利（一八四七—一九〇六）在一八八一年合作成立的「巴納姆與貝利馬戲世界」。

始以葡萄酒甜醬餅的形態回到我手上。

「第一批去比爾．巴西特的賭場買籌碼的人裡當然少不了我。比爾買走了鎮上僅有的幾副紙牌。我對扣在桌上的每一張牌都瞭若指掌，看到這一面，就知道另一面，比在理髮師手上的兩面鏡子裡看自己的後腦勺看得還清楚。

「賭局結束時，我手頭有了五千美元，還多出一些零頭。仍歸比爾．巴西特所有的一切只剩他的流浪癖和他買來充作吉祥物的一隻黑貓。在我離開前，他和我握了握手。

「『皮特斯老兄，』他說，『我不是做生意的料。我注定是勞碌命。當一個頂尖的竊賊想把他的撬棍換成秤桿的時候，便犯下了一個顯而易見的錯誤。你玩牌的手法真是百試百靈、天衣無縫。再見了，祝你好運。』那以後，我再也沒有見過比爾．巴西特。」

「嗯，傑夫，」當這個奧托利克斯[11]式的冒險家似乎要透露故事主旨的時候，我說道，「我希望你妥善打理這筆財產。這可是正當——我是說，等有一天，你想安定下來，做些正當生意的時候，這可是一筆相當可觀的流動資金。」

「我嗎？」傑夫得意地說，「你大可放心，我絕對會照管好這五千美元。」

說著，他喜不自勝地拍了拍自己的上衣胸口。

「金礦股票，」他解釋道，「每一分錢都投進去了。票面價格是每股一美元，一年之內肯定能翻五番，還不用繳稅。藍地鼠礦。一個月之前剛發現的。如果你手頭有閒錢，最好也投一些。」

「有時候，」我說，「這些礦不太可——」

「噢，這座礦可靠極了，」傑夫說，「已經探測到價值五萬美元的礦藏，每月有百分之十的保底利潤。」

他從口袋裡掏出一個長信封，往桌上一扔。

「我一直都隨身帶著，」他說，「這樣一來，盜賊休想染指，資本也沒法添亂。」

我看著那張印製精美的股票憑證。

「我看到了，是在科羅拉多，」我說，「對了，傑夫，我順便問一句，後來到丹佛去的那個矮個子叫什麼名字？就是你和比爾在火車站遇到的那個。」

「那隻癩蛤蟆的大名，」傑夫說，「就叫阿爾弗雷德·E·瑞克斯。」

「我看到這家礦業公司的總裁簽名，」我說，「簽的是A·L·弗雷德瑞克斯。不知道——」

「讓我看看那張憑證。」傑夫急忙插嘴，差點就要從我手上把它搶過去。

為了多少緩解一些尷尬，我招呼服務生過來，又點了一瓶巴貝拉酒。我想，這麼做總不至於有什麼問題。

---

11 奧托利克斯，是古希臘神話中的盜竊之神，《荷馬史詩》中聲稱他是英雄奧德修斯的外公。

命運之路

我在萬千道路上追尋
那些將實現的，那些將成真的。
憑誠摯堅定的心，憑愛的照耀——
難道它們不足以支撐我
去號令、躲閃、駕馭或塑造
我的命運？

——大衛・米格諾未發表的詩作

歌唱完了。歌詞是大衛寫的，旋律是鄉村風格。圍坐在酒館桌旁的酒客紛紛熱烈喝彩，只因酒帳都是年輕詩人付的。人叢中，唯有公證人帕皮諾先生微微搖了搖頭，由於他讀過些書，也由於他沒有喝不花錢的酒。

大衛出了酒館，走在鄉間小路上，夜晚的涼氣驅散了他腦中的酒意。他這才想起自己白天和伊溫妮吵了一架，以至於決定今晚就離家出走，去外面的花花世界揚名立萬。

「當我的詩歌被世人爭相傳頌的時候，」他自鳴得意地尋思著，「她也許就會明白，她今天說的那些話實在是大錯特錯。」

除了酒館裡那些個大吵大鬧的傢伙，村民都已上床入睡。他躡手躡腳地摸進父親田莊中自己的小棚屋裡，把他那一小堆衣物打包裝好，再拿一根木棍挑著包裹，轉頭上路，朝離開韋爾諾伊村的方向走去。

他從父親的羊群旁邊經過，牠們在用於夜間休憩的畜欄裡擠作一團——他每天牧羊的時候，都放任牠們到處亂跑，自己只埋頭在紙上寫詩。他看到伊溫妮的窗子裡仍亮著燈，一種無力感突然襲來，動搖了他的決心。那盞燈也許意味著她的無眠、她的悔恨、她的憤怒，明天一早，也許——但是，不！他已經決定了。韋爾諾伊村不是他的歸宿。在這裡，沒有一個人能與他交心。他的命運和他的未來都著落在這條通往外界的道路上。

這條道路綿延三里格，穿過朦朧月色籠罩的原野，筆直得像農民刨出的犁溝。村裡的人普遍相信，這路至少能直通巴黎；詩人時常一邊走著，一邊喃喃念著這個地名。此前，他從沒去過離韋爾諾伊村那麼遠的地方。

左邊的路

走出三里格之外，前方的一切就都成了謎。腳下的道路和另一條路，以及更大的第三條路兩兩相交呈直角。大衛站住了，躊躇了一會兒，然後選擇走向左邊。

在這條更為重要的公路上，剛剛駛過的車輛在黃土上留下道道車轍。再走半小時，就能看到在一座陡峭的小山腳下，有一輛笨重的馬車陷在了河溝裡，這才算給車轍找到了出處。車夫和馬童一邊吆喝，一邊拉馬籠頭。道路一側站著一位一身黑衣的高大男人和一位披著輕便長斗篷的苗條女士。

大衛看出這些僕從徒有蠻力，欠缺技巧，便默默地加入，當起了行動指揮。他命令馬夫別再對著馬叫嚷，把力氣都用在車輪上，只剩下駕車的，用馬匹熟悉的聲音繼續驅策牠們，大衛自己則用強有力的肩膀抵住馬車後部，大家協力一拉，把馬車拉上了堅實的地面。僕從都爬上車，各自找位置坐下。

大衛站在原地，愣了一會兒。那位高大的紳士揮了揮手：「你也上車吧。」他的嗓門和他的體型一樣大，但被修養和習慣變得柔和了許多。這樣的聲音使人自然而然地想要服從。僅僅過了片刻，命令又被重複了一遍，將年輕詩人本就短暫的猶豫完全擊碎了。大衛的腳踩上了步梯。在黑暗中，他隱約看見後座那位女士的身影。他打算在她對面落座，那個不容拒絕的聲音卻再次讓他屈服了。

「你坐在女士身邊。」

那位紳士把自己笨重的身軀卸在了前座。馬車開始翻山。那位女士不聲不響地縮在角落裡。大衛揣摩不出她的年紀，但她的衣物散發出一股淡雅的清香，引發了詩人的幻想，使他相信藏身於神祕背後的一定是一位可人兒。這樣的一場奇遇時常出現在他的白日夢裡。不過，它仍舊尚未實現，因為他還沒能與這些謎一般的旅伴交換過隻言片語。

一個小時之後，大衛透過窗戶往外看，發現馬車已經行駛在某個小鎮的街道上。後來，車在一座門戶緊閉、一片漆黑的房子前面停下了，一個車夫跳下車，不耐煩地擂起門來。樓上的一扇格子窗開了，探出一個戴著睡帽的腦袋。

「是誰深更半夜的還來打擾老實人的清夢？店打烊了。體面的遊客可沒有這麼晚才來投宿的。別敲門了，快走。」

「開門！」車夫高聲嚷道，「來的是波珀圖伊斯侯爵老爺。」

「啊！」上面那人喊了起來，「萬分抱歉，大人。小的不知道——這時候太晚了——我這就來開門，聽憑大人差遣。」

裡面響起鐵鍊和門閂的哐噹聲，門被猛地推開了。銀壺旅館的老闆衣衫不整，擎著一支蠟燭站在門口，因為寒冷和害怕而抖個不停。

大衛跟在那位老爺身後下了馬車。「扶女士一把。」侯爵吩咐道。詩人照辦了。牽著她下來的時候，他感覺到她的小手在顫抖。「進屋吧。」這是下一道命令。

一進門就是這家旅館的餐廳，狹長的空間幾乎給一張大橡木桌占滿了。高大的紳士在近處的椅子裡落座。那位女士則坐進了另一張靠牆的椅子，神情疲憊不堪。大衛站著沒動，尋思著不如現在就請辭，繼續上路。

「大人，」店主一揖到地，說道，「如……如果早知道有此榮……榮幸，小的早就備好一應消遣。如……如今這裡只有酒和冷雞肉，也……也許——」

「蠟燭。」侯爵以慣有的頤指氣使，攤開白胖的手掌，比畫了一下，說道。

「是……是，大人。」店主取來五、六支蠟燭，逐一點著，挨個擺在桌上。

「假如老爺有興趣，肯賞臉嘗些勃艮第酒——這就有一桶。」

「蠟燭。」老爺攤開五指說道。

「明白，明白——立刻——我馬上去，大人。」

又有一打蠟燭被點著了，餐廳裡燭火通明。侯爵肥碩的身軀從椅子裡溢了出來。他從頭到腳，除了腕部和頸部露出雪白的褶邊之外，一身全黑，甚至連佩劍的劍柄和劍鞘也都是黑的。他的表情傲慢且充滿了嘲諷的意味，翹起的鬍子尖幾乎撩到了那雙譏誚的眼睛。

那位女士一動不動地端坐著，這時，大衛發現她年輕漂亮，楚楚可憐。他久久凝視著她那淒涼的美態，直到被侯爵那炸雷般的嗓音驚醒。

「你叫什麼名字，做什麼工作？」

「大衛·米格諾。我是詩人。」

侯爵的小鬍子翹得離眼睛更近了。

「你靠什麼為生？」

「我也是一名牧羊人，為我父親看管羊群。」大衛昂著頭回答，臉頰卻紅了。

「聽著，牧羊詩人先生，你今晚走大運了。那位女士是我的侄女露西·德·瓦雷納小姐。她出身貴族，每年有一萬法郎的俸祿。至於她的樣貌，你自己觀察判斷吧。如果她的財產狀況合乎你這個牧羊人的心意，只要說句話，你就能娶她為妻。別打斷我。今晚，我把她送到了威爾莫伯爵的府邸，她本已被許配給他了。賓客都到了，牧師也候著了，她眼看就要和一個有財有勢的理想對象完婚了。在聖壇前，這個一向謙恭溫良的少女竟然像頭母豹一樣朝我撲來，指控我殘酷暴虐，還當著目瞪口呆的牧師，撕毀了我為她訂下的婚約。我當場對萬千神魔起誓，一定要把她嫁給我們離開伯爵家之後遇到的第一個男人，無論這人是王子、燒炭工，還是賊。你、牧羊人，就是這第一個。小姐今晚必須結婚。你不願意，就再找別人。給你十分鐘時間決定。別多說多問。十分鐘，牧羊人，很快就會過去。」

侯爵用白皙的手指把桌子敲得砰砰直響。他以一種隱晦不明的態度等待著，就像那些門窗緊閉、拒人於千里之外的大房子。大衛本想說點什麼，但這大塊頭的舉動讓他硬生生地剎住了舌頭。於是，他轉而站到女士的座椅旁邊，對她鞠了一躬。

「小姐，」他一開口就驚奇地發現，在如此美麗優雅的異性面前，自己的語言竟能保持流暢，「你都聽到了，我是牧羊人。有時，我幻想著自己是詩人。如果對美的崇拜與珍視是衡量詩人的準繩，那麼此刻，我的幻想便得到了加倍的肯定。我能為你效勞嗎，小姐？」

年輕的女士抬起乾澀哀傷的眼睛看著他。面對如此重大的際遇，他坦率熱情的臉龐變得嚴肅起來，他強壯挺拔的身形和清澈的藍眼睛中飽含的同情，也許還有，她迫切需要的支持和期盼已久的善意，使她突然落下淚來。

「先生，」她低聲說，「你看起來很真誠，很善良。他是我的叔叔，我父親的弟弟，我唯一的親人。他愛過我母親，因為我像她，他便恨我。他使我長期生活在恐懼之中。我看到他就害怕，從來都不敢違抗他。但今晚，他想把我嫁給一個年紀比我大兩倍的男人。給先生添麻煩了，望你能夠海涵。他想強迫你做出瘋狂的舉動，你當然會拒絕。但僅僅針對你這些慷慨的話語，我也該表示謝意。很久沒有人跟我說過話了。」

這時，除了慷慨之外，詩人的眼中又添了些別的東西。他是個如假包換的詩人，因為，舊人伊溫妮已被他拋在了腦後，這個嬌媚可愛的新人憑她的清新與優雅迷住了他。她的身上散發著微妙的香氣，他的心裡彌漫著奇異的情感。他將溫柔的目光熱情地投向她，她則如逢甘霖般汲取著它。

「我只有十分鐘，」大衛說，「去做一件也許要數年才能完成的事情。我不會說我同情你，小姐；那不是真的——真相是，我愛你。我還沒有能力贏得你的愛情，但先讓我把你從那個殘酷的男人手中解救出來吧，也許，愛情會適時出現的。我認為自己有前途，我不會一直是牧羊人。現在開始，我要全心全意地愛護你，讓你的生活遠離悲傷。你願意對我託付終身嗎，小姐？」

「啊，你會因為憐憫而犧牲自己的！」

「因為愛。時間快到了，小姐。」

「你會後悔，會嫌棄我的。」

「我活著的意義只為讓你幸福，我會努力讓自己配得上你。」

她從斗篷底下伸出美麗的小手，擱在他的手裡。

「我願把我的生命交給你，」她輕聲說，「而且——而且愛情未必像你以為的那樣遙遠。跟他說吧。一旦離開他那雙眼睛的威脅，我也許就能忘記一切。」

大衛走了過去，站在侯爵面前。那具裹在黑衣裡的身體扭動了一下，用譏誚的眼睛瞥了一眼餐廳裡的大鐘。

「還剩兩分鐘。一個牧羊人用了八分鐘時間決定是否接受一位美麗多金的新娘！說吧，牧羊人，你願意做那位小姐的丈夫嗎？」

「蒙小姐榮寵，」大衛驕傲地站著，說道，「她應允了我的請求，同意做我的妻子。」

「很好！」侯爵說，「你倒有些甜言蜜語的本事，牧羊人先生。小姐的運氣還不算太糟。現在，按照教堂和魔鬼的規矩，盡快把這事給辦了吧。」

他用劍柄重重地敲著桌子。店主過來了，膝蓋發著抖，又拿了一堆蠟燭，指望著能討得大老爺的歡喜。「找個牧師來，」侯爵說，「一個牧師，懂嗎？十分鐘之內帶個牧師過來，否則——」

店主丟下蠟燭，飛奔而去。

來了一個眼皮低垂、衣衫不整的牧師。他為大衛．米格諾和露西．德．瓦雷納證婚，使他們結為夫妻，然後把侯爵扔給他的金幣收進口袋，拖著腳步，投進了夜色。

「酒。」侯爵在店主面前攤開他那寓意不祥的手指，命令道。

「把酒杯斟滿。」酒上來之後，他又說。他站在桌子那一頭的燭光之中，像一座凶惡又自負的黑色山峰，有關舊愛的些許記憶，一旦與他的侄女交疊在一起，就在他的眼中釀成了劇毒。

「米格諾先生，」他舉起酒杯，說道，「等我說完再喝酒：你娶的妻子會把你的生活變成一件骯髒卑微的東西。她繼承的血脈裡流淌的是陰暗的謊言和殘酷的毀滅。她會給你帶來恥辱和不幸。魔鬼附身在她的眼睛、她的皮膚和她的嘴裡，她甚至墮落到用這些來引誘一個鄉巴佬的地步。詩人先生，這就是你所期許的幸福生活。來，喝酒。最後，小姐，我終於擺脫你了。」

侯爵喝掉了杯中酒。那女孩的唇間迸出一陣微弱的痛哭聲，彷彿遭受了突如其來的創傷。大衛手裡端著酒杯，朝前走了三步，面對著侯爵。他的舉止不太像牧羊人。

「現在，」他冷靜地說，「既然有幸蒙你稱呼一聲『先生』，那我是不是可以，因為與小姐聯姻，而稍稍將地位抬得距你更近一些——就算只是憑藉間接獲得的身分——讓我能在我所設想的一件小事上，跟閣下有同等的權利？」

「你可以，牧羊人。」侯爵揶揄道。

「那麼，」大衛把杯裡的酒灑在剛嘲笑過他的那雙輕侮的眼睛裡，說道，「也許你會屈尊和我決鬥。」

這位大人怒不可遏，突然爆發出一陣號角般的粗聲咒罵。他從黑色劍鞘裡拔出佩劍，對手足無措的店老闆喊道：「找一把劍來，給那個蠢貨！」他轉身面對那位小姐，發出讓她心驚膽寒的笑聲，說道：「你給我添了多少麻煩啊，小姐，看來，我必須在同一個晚上，先給你找個丈夫，再讓你成為寡婦。」

「我不會使劍。」大衛說。當著妻子的面承認這一點讓他很是羞愧。

「『我不會使劍。』」侯爵模仿他的樣子，接著又說了句，「我們要像農夫一樣用木棍打鬥嗎？喂，弗朗索瓦，拿我的手槍來！」

一名車夫去馬車裡取來槍套，掏出兩把以銀雕裝飾的大手槍。侯爵把其中一把扔在大衛手邊的桌子上。「到桌子的另一頭去，」他叫道，「即使是牧羊人，也會扣扳機。不過，有幸死在德·波珀圖伊斯手下的牧羊人可少見得很。」

牧羊人和侯爵在長桌的兩端對視。店老闆嚇得魂不守舍，手在空中亂抓一氣，結結巴巴地說：「老……老爺，看在基督的分上！別在我的店裡！——別動手啊——這樣會壞了我這裡的規矩——」他被侯爵的眼神威懾住了，舌頭失靈了。

「懦夫，」波珀圖伊斯大人叫道，「管住你的牙齒，別再讓它們打戰了。幫我們喊個口令，如果你能做到的話。」

店主雙膝一軟，跪倒在地板上。他不只說不了話了，甚至出不了聲了。不過，他仍在用手勢為他的店和他的規矩呼籲和平。

「我來喊口令。」那位小姐清楚明白地表示。她走到大衛面前，深情地吻了他。她眼中閃著光芒，臉上泛起了紅暈。接著，她走到一邊靠牆站著，隨著報數開始，兩個男人都舉起了槍。

「一——二——三！」

兩聲槍響挨得很近，以至於燭火只跳了一下。侯爵站著沒動，臉上露出了微笑，左手五指張開，摁在桌子的一端。大衛仍舊站得筆直，緩緩地轉頭，用目光搜尋著他的妻子。然後，他癱倒在地，就像一件衣服從掛鉤上滑落下來。

守寡的新娘發出短促的一聲恐懼和絕望的尖叫，跑過來俯下身看著他。她找到了他的傷口，然後帶著固有的蒼白憂鬱的神色，抬起了頭。「穿過了他的心，」她低聲道，「哦，他的心。」

「過來，」侯爵炸雷般的聲音再次響起，「出去，到馬車上去！天亮之前我就要擺脫你。今晚你就得再嫁一個活的丈夫。就看我們下一個遇到的人是誰，我的小姐，攔路的或種田的都行。如果一路都見不著人，那你就嫁給為我們開門的下人。出去，上車！」

身材魁梧、冷酷無情的侯爵，重又將自己隱入斗篷的小姐，背著武器的車夫——全都出了門，上了一直候在外面的馬車。沉重的車輪滾滾前行，回聲響徹昏睡的小鎮。在銀壺旅館的餐廳裡，六神無主的店老闆擰著雙手，低頭看著被殺害的詩人，二十四支蠟燭的火光在桌上閃爍舞蹈。

右邊的路

走出三里格之外，前方的一切就都成了謎。腳下的道路和另一條路，以及更大的第三條路兩兩相交呈直角。大衛站住了，躊躇了一會兒，然後選擇走向右邊。

他不知道它通往何處，但他決心當晚就將韋爾諾伊村遠遠甩在身後。走了一里格之後，他路過一座大別墅，從種種跡象看來，這裡不久之前曾歌舞昇平。每一扇窗都燈火通明，石門之前留有賓客乘坐的馬車在泥地上印下的一道道紋樣各異的車轍。

又走了三里格，大衛累了。他在路邊用松枝鋪了張床，睡了一小會兒。接著起身，沿著這條未知的路繼續前行。

就這樣，他在這條大道上一連走了五天，睡的是大自然的睡榻或農家的草垛，吃的是好客的人家施捨他的黑麵包，喝的水來自溪流或慷慨牧羊人的杯子。

終於，他過了一座大橋，踏進了這座以笑臉相迎的城市，這裡毀掉的和成就的詩人比世界上其他地方加起來都多。當巴黎用低音對他唱響活力盎然的迎客曲——一支由雜訊、腳步聲和車輪聲混成的曲子——他的呼吸漸漸變得急促。

大衛租下了孔蒂街一座老房子的閣樓，然後就坐在木椅子上寫起了詩。這條街道曾經為體面和顯要的市民提供蔭蔽之所，現在只能收容那些每況愈下的人。

這些房子都很高大，仍殘存著破敗的尊嚴，但其中有許多都空置著，只有灰塵和蜘蛛在裡面留宿。

一到晚上，街上就迴響著金鐵交鳴之聲和遊手好閒的人從一個酒館蕩去另一個酒館時的喧騰。曾經文雅崇禮的上流場所，如今成了腐敗淫穢的下流地方。但大衛發現，這裡的破房子和他的空錢包十分相稱。無論在日光或燭光下，他都在紙筆之間奮鬥著。

某天下午，他剛從下界地獄覓食歸來，帶回了麵包、凝乳和一瓶薄酒。在昏暗的樓梯上，他遇到了——或者不如說撞上了，因為對方正坐在樓梯上休息——一個美得甚至讓詩人的想像都暫時失靈的年輕女人。披在她身上的黑斗篷寬寬大大的，襟口敞開著，露出了穿在裡面的一件價格不菲的長袍。她的目光閃爍不定，呼應著每一朵從腦中掠過的思想浮雲。她的眼睛一會兒睜得圓滾滾的，像孩子一樣天真，一會兒瞇成長條，像吉普賽人一樣狡黠。她用一隻手拎起衣襬，露出一隻小小的高跟鞋，繫鞋的絲帶開了，鬆垂在地上。她是多麼不食人間煙火，多麼不適合躬身彎腰，多麼有資格誘惑和支使別人啊！也許她看到大衛來了，所以就等著他來幫忙。

啊，她不慎擋住了樓梯，請先生原諒，但那鞋子！那淘氣的鞋子！唉！它有些不甘束縛。唔，有勞先生了！

把兩邊的絲帶繫好的時候，詩人的手指一直在抖。她的在場對他是種威脅，他本可以逃離，但她的眼睛瞇成長條，像吉普賽人一樣狡黠，已經制服了他。他手裡緊抓著那瓶酸葡萄酒，靠在樓梯扶手上。

「你太好了，」她笑著說，「先生，你是不是住在這棟房子裡？」

「是的，小姐。我——我想是的，小姐。」

「是不是住在三樓啊？」

「不是，小姐；還要再上去。」

那位女士擺了擺手指，盡量不讓她的手勢顯出不耐煩的樣子。

「不好意思。我這樣提問太冒昧了。能否請先生原諒？隨便打聽人家的住處肯定不大得體。」

「小姐，別這麼說。我住在——」

「不，不，別告訴我。我知道自己失言了。但我還是不能打消對這棟房子和裡面一切的興趣。這裡曾是我的家。為了重溫那些美夢般快樂的日子，我常會回來。你看，我是不是也算情有可原？」

「我還是告訴你吧，你不需要請求原諒，」詩人結結巴巴地說，「我住在頂層——樓梯轉角的一間小屋裡。」

「是前屋嗎？」女士側著腦袋問道。

「是後屋，小姐。」

女士如釋重負地歎了口氣。

「那我就不再叨擾你了，先生。」她說，眼睛顯得又圓又天真，「照看好我的房子。唉，現如今，對於它，我只有回憶的分了。再會，多謝你的善意。」

她走了，只留下一個微笑和一縷甜香。大衛像夢遊似的爬上樓梯。終於，他還是醒了過來，但微笑和甜香卻一直縈繞著他，此後似乎再也沒有離開過他。這個他根本一無所知的女人促使他創作了關於眼睛的抒情詩，關於一見鍾情的香頌，關於鬈髮的頌歌和關於纖足上的便鞋的商籟。

他是個如假包換的詩人，因為，舊人伊溫妮已被他拋在了腦後，這個嬌媚可愛的新人憑她的清新與優雅迷住了他。她的身上散發著微妙的香氣，他的心裡彌漫著奇異的情感。

某天晚上，在這棟房子三樓的一間屋子裡，有三個人圍坐在桌旁。一把椅子、一張桌子，還有桌上燃著的蠟燭，就是這屋裡的全部家當。這幾人中的一個身材高大，一身黑衣，表情傲慢且充滿了嘲諷的意味，翹起的鬍子尖幾乎撩到了那雙譏誚的眼睛。另一個是年輕貌美的女士，她的眼睛可以睜得圓滾滾的，像孩子一樣天真，也可以瞇成長條，像吉普賽人一樣狡黠，但現在卻像每個陰謀家一樣，眼神銳利，野心勃勃。第三個人是一個行動派、一個戰士、一個勇敢但缺乏耐心的執行者，渾身散發著火與劍的氣息。另外兩人都叫他德斯羅爾斯上尉。

這人用拳頭擂著桌子，壓著火氣說道：「就今晚。今晚他去做子夜彌撒的時候。我厭倦了只策畫不實施的密謀。我受夠了暗號、密碼、祕密集會和故弄玄虛的切口。我們光明正大地造反吧！如果法國要擺脫他，我們就公開殺掉他，而不是用陷阱和圈套誘捕他。我說了，就今晚。我說到做到。我親自動手。就在今晚，他去做子夜彌撒的時候。」

女士用熱切的目光看了他一眼。女人，無論多麼工於心計，也始終會折服於這種不顧一切的勇氣。那個大個子捋了捋翹起的鬍鬚。

「親愛的上尉，」他用出於習慣而變得柔和的大嗓門說，「我同意你的看法。等待是等不來成果的。宮廷侍衛當中有許多我們的人，這次行動很穩妥。」

「今晚，」德斯羅爾斯上尉又擂著桌子重複了一遍，「我已經說過了，侯爵，我親自動手。」

「可是，」大個子溫和地說，「現在還有一個問題。得給我們在宮裡的內應送個口信，約定一個接頭暗號。隨侍皇家馬車的必得是我們信得過的人。現在這時間，去哪裡找個送信的，能一直摸到王宮南門去呢？利布特駐守在那裡，一旦能把信交到他手上，那就萬事大吉了。」

「我來送信。」女士說。

「你，女伯爵？」侯爵揚起眉毛，說道，「我們知道，你的忠誠很了不起，但——」

「聽著！」女士站起身，把手按在桌上解釋道，「這棟房子的頂樓住著一個鄉下來的年輕人，就跟他自己養的羊一樣純樸溫順。我和他在樓梯上碰見過一兩次。因為怕他住得離我們平常會面的房間太近，我詢問過他的情況。只要我願意，就能隨便支配他。他在他的閣樓裡寫詩，我猜，他被我迷住了。只要我說句話，他就會照做。他會把信送去宮裡的。」

侯爵從椅子上起來，鞠了一躬。「你剛才沒容我把話說完，女伯爵，」他說，「我本想說：『你的忠誠很了不起，但你的智慧和魅力更是無與倫比。』」

在陰謀家忙著籌畫的時候，大衛正在打磨獻給那位樓梯情人的幾行詩句。他聽到一陣怯生生的敲門聲，猛地跳起，打開門，看到她就站在那裡，彷彿身處困境似的喘著氣，眼睛瞪得圓滾滾的，像孩子一樣天真無邪。

「先生，」她氣喘吁吁地說，「我有事向你求助。我相信你的真誠善良，而且，我也找不到其他能幫忙的人了。我是怎樣在大搖大擺的人群中穿梭，跑過整條大街的啊！先生，我母親快要死了。我舅舅是王宮裡的警衛隊長。得有人趕快去把他叫來。可不可以——」

「小姐，」大衛打斷了她，眼中閃動著急欲為她效勞的光芒，「你的願望將成為我的翅膀。告訴我怎樣去找他。」

女士把一張用蠟封好的信紙塞進他手裡。

「去南門——是南門，注意啊——對那裡的守衛說『老鷹離巢了』，他們會放你進去，你就去王宮的南側入口。在那裡，你重複之前說的那句話，有人會回答你『他想動手就動手吧』，你把信交給他就好。這是通行口令，先生，是我舅舅告訴我的，因為現在國家不太平，有人想謀害國王，入夜以後，沒有口令誰也不能踏進宮裡一步。如果可以的話，先生，請把信送去給他，好讓我母親在臨終前見他最後一面。」

「交給我吧，」大衛熱切地說，「可是天這麼晚了，我怎麼能讓你走街過巷，獨自一個人回家呢？我——」

「不，不——快去。每分每秒都價值連城。總有一天，」女士把眼睛瞇得像吉普賽人一樣細長狡黠，說道，「我會盡我所能酬謝你的善意。」

詩人把信揣在懷裡，急忙衝下樓梯。那位女士在他離開以後回到了樓下的房間。

侯爵用會說話的眉毛向她詢問。

「他送過去了，」她說，「像他自己養的羊一樣又快又愚蠢。」

桌子又被德斯羅爾斯上尉的拳頭擂得晃個不停。

「上帝啊！」他叫道，「我把我的手槍給弄丟了。別的槍我可用不慣。」

「拿著這個，」侯爵從斗篷底下抽出一把以銀雕裝飾的閃亮大手槍，說道，「沒有比這更準的槍了。但要小心照看，這上面刻了我的紋章，而且我已經被懷疑了。今晚，我要在自己和巴黎之間插進數里格的距離。明天，我必須出現在自己的別墅裡。你先請，親愛的女伯爵。」

侯爵吹熄了蠟燭。女士裹好斗篷，兩位紳士輕輕地走下樓梯，幾個人悄無聲息地混進了在孔蒂街狹窄的人行道上閒逛的人群之中。

大衛飛跑著。在王宮的南門，一把長戟橫在他的胸前，但他僅以一句口令「老鷹離巢了」，就將它擋開了。

「走吧，兄弟，」警衛說，「快一點。」

在宮殿南邊的臺階上，他們試圖抓住他，但嚴密的防守又被同樣一句口令瓦解了。一名警衛上前說道：「他想動手就——」但這時，一件事驚動了他們，引起了騷亂。一個目光敏銳、邁著軍步的人突然從他們中間擠了過去，一把奪走了大衛手裡的信。「跟我來。」他說完，領著大衛進了大廳。他拆開信看了看，然後跟一個從他身邊經過的穿火槍手制服的人打了個招呼：「泰特羅上尉，逮捕南面入口和門邊的警衛，把他們關押起來，再換上一批效忠於國王的人。」他又對大衛說：「跟我來。」

這人領著他穿過走廊和接待室，進了一個寬敞的房間，裡面有一個憂鬱的男人，穿著深色衣服，坐在一張巨大的皮椅中沉思。把大衛領進來的人對房間裡的人說：「陛下，我早就告訴過您，王宮裡到處是叛徒和奸細，就像陰溝裡爬滿了老鼠。您還以為，陛下，那都是我的臆想。這人在他們的默許之下，闖進了您的大門。他帶來一封信，被我截獲了。我把他帶來給您瞧瞧，我想，陛下應該就不會認為我是杞人憂天了。」

「我會盤問他的。」國王在椅子上扭了扭身子，說道。他用覆了一層朦朧薄霧的睡眼遲鈍地看著大衛。詩人行了屈膝禮。

「你從哪裡來？」國王問他。

「厄爾盧瓦爾省的韋爾諾伊村，陛下。」

「在巴黎做什麼？」

「我——我想成為一個詩人，陛下。」

「你在韋爾諾伊村做什麼？」

「為我父親照看羊群。」

國王又扭了扭身子，眼中的薄霧散去了。

「哦！在田野裡？」

「是的，陛下。」

「你在田野間生活，在涼爽的清晨出門，躺在用樹籬圍起的草地上，羊群在山麓間自在漫步；你喝溪中的活水，在樹蔭下吃甘甜的黑麵包，毫無疑問，你還能聽到畫眉在林中鳴囀。是不是這樣啊，牧羊人？」

「是的，陛下，」大衛歎了口氣，答道，「還能聽到蜜蜂在花間嬉戲，也許還能聽到採葡萄的人在山上唱歌。」

「是啊，是啊，」國王急忙說道，「這些也許可以聽到；不過，畫眉是肯定可以聽到的。牠們經常在林子裡鳴叫，對不對？」

「沒有哪裡的畫眉能比厄爾盧瓦爾省的叫得更動聽了，陛下。我曾試圖用詩文來表現牠們的歌聲。」

「你能背誦那些詩句嗎？」國王熱切地問，「我很久沒聽過畫眉了。如果有一首詩能如實描述牠們的歌聲，那將是比一個王國更好的東西。到了晚上，你就把羊趕回畜欄，然後平和安詳地坐下，吃著美味的麵包。你能背誦那些詩句嗎，牧羊人？」

「是這樣幾句詩，陛下。」大衛恭敬又熱情地說：

慵懶的牧羊人，看你的小羊
在青草地上歡跳；
看樅樹在微風中擺蕩，
聽牧神潘吹奏他的蘆簫。

聽我們在樹梢發出呼哨，
看我們撲向你的羊群；
為了溫暖我們建在枝頭的窩巢，
收些羊毛——

「如果陛下不介意的話，」一個刺耳的聲音插嘴說道，「我有一兩個問題要問問這位詩人。現在情況非常緊急，如果我因為掛心您的安危而有所冒犯，陛下，懇請您寬恕我。」

「迪奧馬利公爵，」國王說，「你的忠誠毋庸置疑，談不上什麼冒犯。」說完，國王往椅子裡一靠，眼睛裡重又積起了一層薄霧。

「首先，」公爵說，「我把他帶來的信讀給您聽。」

今晚是王長子的忌辰。如果他按慣例去參加午夜彌撒，為愛子的亡靈禱告，老鷹會在埃斯布蘭納德大街的街角伏擊他。如果他確實這樣安排，務必在王宮西南角的樓上點一盞紅燈，知會老鷹。

「鄉下人，」公爵厲聲說道，「你都聽到了。是誰叫你來送信的？」

「公爵大人，」大衛誠懇地說，「我都告訴你。是一位女士叫我來的。她說她母親病重，這封信是叫她舅舅去病榻前的。我不懂信裡說的是什麼意思，但我可以發誓，她美麗而且善良。」

「形容一下那個女人的樣子，」公爵命令道，「也說說你是怎麼上了她的當的。」

「形容她！」大衛露出了溫柔的笑容，說道，「你是在要求用言語施行奇蹟。嗯，她是光與影交織的產物。她身材苗條似楊柳，動作也像楊柳一般優雅。如果你直視她的雙眼，它們就開始變幻不定，有時圓睜著，有時半閉著，就像太陽在兩片雲朵之間向外窺探。當她出現，整個天堂都隨之而來；當她離開，只餘下一片昏暗和一股山楂花的芳香。是她到孔蒂街二十九號來找我的。」

「就是我們一直監視的那棟房子，」公爵轉頭對國王說，「感謝詩人以他的舌頭為我們描摹出聲名狼藉的奎貝多女伯爵的肖像。」

「陛下，還有公爵大人，」大衛真摯地說，「希望我貧乏的詞彙沒有造成嚴重的過失。我窺見了那位女士的眼眸深處。我可以拿性命擔保，無論那封信是怎麼回事，她都是天使。」

公爵目不轉睛地盯著他。「我可以證明給你看，」他緩緩地說，「到了午夜，你就打扮成國王的樣子，乘著王家馬車去做彌撒。你願意參加這個試驗嗎？」

大衛笑了。「我窺見了她的眼眸深處，」他說，「我不需要證明。隨你安排吧。」

十一點半的時候，迪奧馬利公爵親手在王宮西南角的窗口放了一盞紅燈。十二點差十分的時候，大衛挽著他的手臂，從頭到腳都穿上國王的裝扮，頭埋在斗篷裡，緩緩從王宮走向備好的馬車。公爵扶他上車，關上了門。馬車沿著大街向教堂疾馳而去。

泰特羅上尉帶了二十個人，在埃斯布蘭納德大街轉角的一棟房子裡待命，隨時準備撲向將在這裡現身的叛亂分子。

然而，似乎出於某種原因，陰謀家稍稍調整了他們的計畫。在王家馬車到達克里斯多夫大街，距埃斯布蘭納德大街還有一個街區的時候，德斯羅爾斯上尉帶領他的刺殺小隊突然衝了出來，對馬車發起攻擊。隨車的衛兵儘管對這次提前的突襲準備不足，但還是跳下車奮勇作戰。打鬥的喧鬧招來了泰特羅上尉的人馬，他們急忙從街的另一邊趕過來救駕。與此同時，走投無路的德斯羅爾斯拉開了國王的車門，把他的槍伸進去，抵在裡面那具裹著黑衣的軀體上開了一槍。

現在，效忠國王的援兵已經到位，喊叫聲和刀劍交擊聲響徹大街，受驚的馬都跑遠了。坐墊上躺著的，是可憐的冒牌國王和詩人的屍體，波珀圖伊斯侯爵老爺槍裡的一顆子彈取走了他的性命。

中間的路

走出三里格之外，前方的一切就都成了謎。腳下的道路和另一條路，以及更大的第三條路兩兩相交呈直角。大衛站住了，躊躇了一會兒，然後在路邊坐下休息。

他不知道這些道路通向何處。每一條似乎都將把他帶往一個充滿機遇和危險的廣大世界。他坐在那裡，目光落在一顆明亮的星上，他和伊溫妮曾以他們的名字為它命名。這讓他想起了伊溫妮，他懷疑自己是否太草率了。為什麼只因為他們之間發生了幾句不理智的口角，他就要離開她、離開家呢？莫非愛情竟是如此脆弱的東西，以至於單是嫉妒——愛情的證據——就足以摧毀它嗎？夜裡發作的那點心病到了早晨總能不治而癒。現在回家還來得及，韋爾諾伊村還沉浸在夢鄉裡，沒有人會察覺這一切。他的心屬於伊溫妮；在他一直生活的地方，他也可以寫詩，也可以找到幸福。

大衛站起身，甩脫了誘惑他的不安和狂野的情緒。他面對來時的路，堅定地向回走。當他再次走進韋爾諾伊村的範圍時，雲遊的欲望已經消失。他路過羊圈，群羊隨著他遲歸的腳步發足小跑，這親切的聲音像擂鼓一般四處迴蕩，溫暖了他的心房。他悄無聲息地回到自己的小屋，躺了下來，慶幸今晚他的雙腳未曾沾染新路上的種種不幸。

他多懂女人的心意啊！第二天晚上，伊溫妮出現在路旁的水井邊，為了讓本堂神父有事可做，年輕人總是聚在那裡。她用眼角的餘光搜尋著大衛，儘管她的嘴巴緊緊抿著，看似冰冷無情。他看到了那眼睛，便有了面對那嘴巴的勇氣，接著，他從那嘴巴裡擷取了一句不計前嫌的表態，以及隨後，在結伴回家時的一個親吻。

三個月後，他們結婚了。大衛的父親精明而且富有。他為他們操辦了一場消息傳至三里格以外的婚禮。兩個年輕人在村裡都很受歡迎。大家在街上遊行慶祝，在草地舉辦舞會，還從德勒請來了木偶劇演員和雜耍戲班給客人助興。

又過了一年，大衛的父親去世了。羊群和農莊都由他繼承。而此前，他已經娶到了全村最賢慧的妻子。伊溫妮的牛奶桶和黃銅壺都被擦得鋥亮——喔哦！你從附近經過的時候，它們在太陽底下簡直會閃瞎你的眼睛。不過，你可別把目光移開她的院子，因為那花壇是如此整潔美麗，絕對可以補償你。說不定你還能聽到她的歌聲，哎，只要她展開歌喉，歌聲就能一直傳到佩雷．格魯諾鐵匠鋪的兩棵栗樹那裡。

然而有一天，大衛從一個許久沒有打開的抽屜裡取出紙張，把鉛筆的一頭放在嘴裡咬了起來。春天又到了，撩動了他的心。他是個如假包換的詩人，因為，伊溫妮已被他拋在了腦後；清新可愛的大地憑它的優雅與魔力迷住了他。樹林和草場的芳香奇妙地激發了他。往常他每天領著羊出去，到了晚上再安安穩穩地把牠們帶回來。而如今，他平躺在樹籬底下，在幾片紙頭上拼湊詞語。羊兒走散了，餓狼發現蹩腳的詩句能夠產出可口的羊肉，便抓住機會躥出樹林偷走羊兒。

大衛的詩稿越堆越高，羊群越來越少。伊溫妮的鼻子和脾氣變得尖刻，言語也漸漸生硬。她的鍋和壺失去了光澤，她的眼睛卻代替了它們，開始閃閃爍爍。她向詩人指出，他的疏忽正在使羊兒變少，給家庭帶來災禍。大衛雇了一個男孩照管羊群，自己在農舍頂上的小房間裡閉門不出，又寫了更多的詩。這個男孩本是個天生的詩人，但還不能以寫作來抒發自我，就把時間都消磨在睡覺上了。不用多久，餓狼發現睡覺和寫詩的效果相仿；於是，羊群的規模還在繼續縮減，伊溫妮的壞脾氣則以同等的速度激長。有時，她會站在院子裡，對著樓上的窗戶高聲責罵大衛。即使在佩雷．格魯諾鐵匠鋪的兩棵栗樹那裡，也能聽得到。

帕皮諾先生，這位善良、聰明、愛管閒事的老公證人看見了這些，正如他看見了他的鼻尖朝向的一切東西。他去找大衛，先用一大撮鼻煙給自己提了提神，然後說道：「米格諾朋友，我在你父親的結婚證書上蓋了章，如果還要我給他兒子的破產文件做公證，我會很難過。但你正在把這種假設變成現實。作為老朋友，我來找你談談。現在，聽好我接下來要說的話。我看得出，你把整顆心都放在寫詩上了。我在德勒有個朋友——布里爾先生，喬治．布里爾。他在他的房子裡堆滿了書，只給自己留出一小塊容身之處。他是個有學問的人，每年都去巴黎；他本人也寫書。他會告訴你地下墓穴的建造時間、星辰的命名規則是什麼，還有千鳥的嘴為什麼那麼長。他對詩歌的形式和意義瞭若指掌，不下於你對綿羊叫聲的理解。我給他寫封信，你拿著，也帶上你的詩，讓他讀一讀。這樣你就會明白，究竟該繼續寫下去，還是把注意力放回到妻子和生意上。」

「寫信吧，」大衛說，「你要是早點告訴我就好了。」

第二天日出的時候，他把那卷珍貴的詩稿夾在腋下，踏上了前往德勒的道路。時至中午，他已經站在布里爾先生的門口，蹭著腳底的塵垢。那個有學問的人拆開了帕皮諾先生的信，他透過閃閃發亮的眼鏡吮吸信的內容，就像太陽汲取池水。他領著大衛進了書房，請他坐在一個被書海環繞的小島上。

布里爾先生有一副好心腸。面對厚度有一指長，且無可救藥地捲曲糾結在一起的一堆亂七八糟的稿紙，他沒有退縮。他把紙捲抵在膝蓋上攤平，一絲不苟地讀了起來。他一頭栽進這團混沌之中，就像蟲子鑽進果殼尋覓果仁。

與此同時，大衛獨自坐在文學的驚濤駭浪之中，瑟瑟發抖。群書在他的耳邊咆哮。他的手頭沒有可用於在這片海域航行的海圖或羅盤。肯定有半個世界的人都在寫書吧，他想。

布里爾先生一直堅持到讀完詩稿的最後一頁。接著，他摘下眼鏡，用手帕擦了擦。

「我的老朋友帕皮諾還好嗎？」他問。
「身體很硬朗。」大衛說。
「你有多少隻羊啊，米格諾先生？」
「我昨天點數的時候，有三百零九隻。羊群遭了霉運。從早先的八百五十隻減到了這個數目。」
「你有家有室，生活愜意。羊群給了你富足。你伴著牠們走進山野之間，呼吸著清冽的空氣，吃著甘甜的麵包，一直吃到飽。你所要做的，無非是躺在大自然的胸脯上，聆聽林中畫眉的鳴囀，只需保持警覺就好。我這樣講沒錯吧？」
「沒錯。」大衛說。
「你的詩我都讀了。」布里爾先生繼續說著，他的眼睛在書海中巡航，彷彿想在地平線上尋找一處碼頭，「看看那邊，在窗外，米格諾先生；告訴我，你看到那棵樹上有什麼？」
「一隻烏鴉。」大衛一邊看著，一邊說道。
「在我受到蠱惑，想要逃避責任的時候，」布里爾先生說，「那隻鳥會助我迷途知返。你瞭解那種鳥，米格諾先生；牠是長翅膀的哲學家。樂天知命是牠的本性。沒有誰比這個眼神滑稽、行動古怪的傢伙更快活，更滿足了。田野將牠所需的一切拱手奉上。牠從不會因為牠的羽毛不如黃鸝鮮豔而自怨自艾。米格諾先生，你聽過自然賦予牠的歡歌吧？你認為，夜鶯會比牠更幸福嗎？」
大衛站了起來。那隻烏鴉在樹上嘶啞地叫著。
「謝謝你，布里爾先生，」他緩緩地說，「那麼，在所有這些聒噪之中，難道就找不出一聲夜鶯的啼鳴嗎？」

「如果有，我是不可能錯過的，」布里爾先生歎了口氣，說，「每個詞我都讀了。過過詩意的生活，兄弟，但不要再寫詩了。」

「謝謝你，」大衛又說，「現在，我要回去陪我的羊了。」

「不如和我一起吃頓飯，」這位飽學之士說，「忘掉痛苦，我會詳細地向你解釋緣由。」

「不必了，」詩人說，「我得回到田野裡，朝我的羊群打鳴去了。」

他腋下夾著詩稿，沿著來時的路，步履沉重地向韋爾諾伊村走去。到了村裡，他彎進了一家店鋪。店主名叫齊格勒，是一個來自亞美尼亞的猶太人，他出售一切他能弄到手的東西。

「朋友，」大衛說，「老有森林狼騷擾我放到山裡的羊。我必須購置火器來保護這些羊。你這裡有些什麼？」

「對我來說，今天不是好日子，米格諾朋友，」齊格勒兩手一攤，說道，「因為我預感到，得以不到原價十分之一的價錢出售一件武器給你。上星期，一個小販賣了滿滿 車貨給我，都是他從王室舉行的一場拍賣會上收來的。那場拍賣的是一個大官的莊園和財產——我不知道他的爵位是什麼——他因為謀反而被放逐。在那車東西裡有一些精良的火器。這把手槍——哦，一件適合給王子配備的武器！——只賣你四十法郎，米格諾朋友——這筆買賣，我乾脆自己虧十法郎好了。不過，也許你想看看火繩槍——」

「這就行了，」大衛把錢扔在櫃檯上，說道，「裝了彈藥沒有？」

「我這就裝，」齊格勒說，「加一盒火藥和子彈，要再付十法郎。」

大衛把槍收進外套，走回了他的農舍。伊溫妮不在。最近她常常喜歡去鄰居家串門子。但廚房的爐子卻生了火。大衛打開爐門，把詩稿塞進火堆。它們熊熊燃燒著，在煙道裡發出刺耳的呼嘯。

「烏鴉的歌！」詩人說。

他走上去，進了他的閣樓房間，關好門。村裡如此寂靜，以至於有二十來個人聽到了那把大手槍的轟鳴。他們蜂擁而至，看到樓上瀰漫的硝煙，意識到事態嚴重，便衝了上去。

有人把詩人的屍體抬到床上，笨拙地擺弄了幾下，好為可憐的烏鴉遮掩殘損的羽毛。女人喋喋不休，過於熱烈地表達憐憫。有幾個跑去通知了伊溫妮。

帕皮諾先生——靈敏的鼻子讓他得以躋身於首批趕來的人之中——撿起那把火器，用混合了鑒賞和哀悼的複雜神情查看鑲在上面的銀色飾物。

「這紋章，」他對一旁的牧師解釋道，「是波珀圖伊斯侯爵老爺家的。」

「言外之意」

當他走出德斯布羅賽斯街的渡口，我不由自主地對他產生了興趣。他有一種走遍天下、看盡繁華的神氣，走在紐約街上的架勢，彷彿一個闊別多年後重回自己屬地的領主。不過我認為，儘管有這種表情，他卻從未踏上過這座「有太多哈里發的城市」光滑的鵝卵石道路。他穿著一件顏色古怪、淺藍裡摻了土褐的寬大衣服，戴了一頂老式的巴拿馬圓草帽，沒有像時髦的北方人那樣刻意在帽簷上壓出凹痕，再斜著扣在頭上，把好好的涼帽給糟蹋掉。此外，他是我見過最其貌不揚的人。他的醜陋與其說令人厭惡，不如說令人吃驚——那種林肯式的粗獷不羈和奇形怪狀的外貌，會讓你驚詫慌亂，茫然失措。從漁夫的瓶子裡冒出的氣體幻化成的妖魔[1]，也不見得比他更嚇人。後來他告訴我，他的名字叫賈德森·泰特；接下來，我們就這麼稱呼他好了。他繫著一條由黃玉環扣束起來的綠絲綢領帶，拿著一根用鯊魚脊骨製作的手杖。

賈德森·泰特跟我搭話，就這座城市的街道和旅館的情況籠統而隨意地問了幾句，彷彿只是一時想

1 此處化用了阿拉伯民間故事集《一千零一夜》中的典故。

不起這些瑣碎的細節。我想不出什麼理由不稱讚我自己的那家位於市中心的清靜旅館；所以，到了後半夜，我們酒足飯飽後（帳是我付的），就在旅館大廳裡找了個僻靜的角落坐下來抽菸了。

賈德森．泰特好像心裡有事，反正，他有話想對我說。他已經把我當作他的朋友了。每說完一段話，為了表示強調，他那隻被鼻煙熏黃的、輪船大副式的大手都會在距離我鼻子不到六英寸的地方晃幾下。我看著他，暗自揣測，他對陌生人這麼容易產生情誼，是否也有可能突然對陌生人產生敵意。

這人說話的時候，我能感受到他身上的某種力量。他的聲音是專事說服的樂器，他的演奏技術雖似是而非，卻十分有效。他並不想讓你忘記他的醜陋，而是在你面前炫示它，使之成為他的演講魅力的一部分。閉上眼，你會跟著他的笛聲至少走到哈梅林的城牆邊[2]。但你還得再孩子氣一點，才會走得更遠。不過，還是讓他給他的話語配上旋律吧，如果氣氛不佳，那也該由音樂藝術來負責。

「女人，」賈德森．泰特說，「是神祕的生物。」

我的心一沉。本人可不想聽這種老掉牙的假說——不想聽這種陳腐不堪、早已破產、不值一駁、虛弱無力、不合邏輯、惡毒刻薄、眾人皆知的謬論——不想聽一個古老、無稽、可憎、粗鄙的，由女人自己炮製的陰險謊言。她們以卑鄙、詭祕和欺詐的手段，將這一謊言暗示、灌輸、推廣、傳播、巧妙散布到世人的耳朵裡，目的是佐證、提升和強化她們的魅力和狡計。

「哦，我可不懂！」我直白地說。

「你有沒有聽說過奧拉塔瑪？」他問道。

「有可能聽說過，」我答道，「我記得那好像是個踮著腳尖跳舞的演員——要不就是一座郊區建築——或者是一種香水？——反正聽這名字像是那一類的。」

「是一座城鎮，」賈德森．泰特說，「在一個你不知道，也搞不懂的國家的海岸上。這國家由獨裁者統治，卻也受到革命與抵抗運動的衝擊。有一齣偉大的生活戲劇曾在那裡上演，幾位主角包括賈德森．泰特、全美國長相最難看的人，費格斯．麥克馬漢、在史書中或是小說裡都稱得上最帥的冒險家，以及奧拉塔瑪鎮鎮長美麗的女兒安娜貝拉．薩莫拉小姐。另外還有一件事——除了烏拉圭的三十三人省以外，地球上沒有別的地方能長出一種叫楚楚拉的植物。我剛剛提到的國家主要出產貴重木材、染料、黃金、橡膠、象牙和可可。」

「我不曉得，」我說，「南美洲還產象牙呢。」

「那你就是錯上加錯了，」賈德森．泰特說，他那美妙的嗓音以至少提高了一個八度的調門往外吐出字句，「我沒有說我之前提到的國家在南美洲——我必須小心一點，親愛的朋友；你知道，我在那裡是玩政治的。但即便如此，我也可以告訴你——我和那國的總統下過棋，整副棋子都是用貘的鼻骨刻成的——貘是科迪勒拉山區特有的一種奇趾有蹄類動物——和那種會讓你一見難忘的上好象牙差不多。

「我想要跟你說的不是動物，而是浪漫、冒險，以及女人的特性。

「十五年來，我一直是那個共和國的至高統治者桑喬．貝納維德斯的幕後支配力量。你肯定在報紙上看到過他的照片——一個多愁善感的黑人，臉上的鬍鬚就像瑞士音樂盒圓筒上的花體字母，右手握著一個捲軸，那東西就跟家庭用《聖經》開頭記錄家世的紙頁一樣。在膚色有別、緯度各異的不同地區，

2 此處化用了德國童話故事《花衣吹笛人》中的典故。

這個巧克力色的領導人都算得上最吸引眼球的大人物。很難說他會升上英靈殿還是掉進火地獄。當時的美國總統是格羅弗．克利夫蘭，否則的話，這人肯定會被稱作南方大陸的羅斯福[3]。他總是連任兩屆，然後在指定了自己的臨時接任者之後，就退下去休息一下。

「但為『解放者』貝納維德斯贏得名聲的，可不是他自己。不是他，是賈德森．泰特。貝納維德斯只是被蟲子扛在背上的碎薯片。什麼時候該宣戰、什麼時候該加稅、什麼時候該穿上西褲，都得我來指點他。但我要跟你說的並不是這些。我是怎麼成為有權之人的呢？我會告訴你。自從亞當睜開眼睛，推開嗅鹽瓶，問出那句『我在哪裡』之後，我就是最擅長說話的人。

「如你所見，除了新英格蘭早期基督教科學家的相片以外，我大概是和你照過面的人裡最醜的一個了。因此，我很早就知道，必須用口才來彌補外貌上的不足。我做了我打算做的，也得到了我想得到的。作為躲在老貝納維德斯背後悄聲發號施令的人，我使得塔列朗、蓬帕杜夫人和洛布[4]這些居於幕後的大人物都跟國家杜馬中少數派的提案一樣，成了微不足道的小兒科。我能說服國家負債或償債，能用陣前演說讓軍隊在戰場上昏睡，能用寥寥數語減少叛亂、疫病、稅收、撥款或盈餘，能用同一種鳥鳴似的哨聲喚來戰爭之犬或和平之鴿。別人的風姿、肩章、捲曲的鬍鬚和希臘式的側臉一向與我無緣。人家看到我，會不寒而慄。然而，除非他們已經到了心絞痛的晚期，否則，只要我開口說話，不出十分鐘就能征服他們。無論男女——只要遇上我，都得被迷住。嗯，你大概以為女人不會愛慕長成我這副尊容的男人吧？」

「哦，不，泰特先生，」我說，「那些其貌不揚的男人給歷史增彩，讓小說相較起來都黯然失色，他們當然也能誘惑女人。似乎——」

「不好意思，」泰特打斷了我，「你好像還沒明白。還是先聽聽我的故事吧。

「費格斯．麥克馬漢是我在首都的一個朋友。說起英俊的男人，我得承認，他是貨真價實的。他相貌端正，有一頭金色的鬈髮和一雙會笑的眼睛。人家說他和那尊被他們叫作赫耳．墨斯[5]的雕像一模一樣，就是那個擺在羅馬的某座博物館裡的演講與修辭之神。一個德國的無政府主義者吧，我猜。這類人總是無所事事，高談闊論。

「但費格斯不是話多的人。他從小就被灌輸了這樣一種觀念：美貌等於成功。聽他講話，舒服得就像在快睡著的時候聽著水滴落在床頭的錫盆裡。不過，我們卻成了朋友——也許正因為我們截然不同，你不覺得嗎？在我刮鬍子的時候，看著我那張像萬聖節面具一樣的臉，對於費格斯來說，似乎是愉快的事情；而每當他的喉嚨發出被他自己稱為『說話』的微弱雜訊時，我作為一個擁有金嗓子的醜八怪，也肯定能夠獲得滿足。

「有一次我發現，有必要去濱海小鎮奧拉塔瑪平定一些政治動亂，在海關和軍事部門砍幾顆腦袋。費格斯握有那個共和國的冰塊和硫黃火柴的專賣權，他說他願意和我做伴。

「於是，我們在騾鈴聲中直奔奧拉塔瑪，正如當狄奧多．羅斯福在牡蠣灣的時候，長島海灣不屬

3 羅斯福，此處指狄奧多．羅斯福（一八五八—一九一九），美國第二十六任總統，並非二戰期間擔任總統的富蘭克林．羅斯福。

4 塔列朗，指夏爾．莫里斯．德．塔列朗—佩里戈爾（一七五四—一八三八），法國大革命時期的內閣成員。蓬帕杜夫人（一七二一—一七六四），路易十五的情婦，法國社交名媛。洛布，指威廉．洛布（一八六六—一九三七），是狄奧多．羅斯福總統的祕書，被稱為「祕書之王」。

5 赫耳．墨斯，原文為Herr Mees，係Hermes（即古希臘的神祇赫耳墨斯）之誤，故下文有「德國的無政府主義者」之說。

於日本，當我們進入這個鎮子，它就是我們的地盤了。我用了『我們』這個詞，實際指的是我。在包括四個國家、兩片大洋、一個海灣和地峽，以及五個群島的範圍之內，每個人都聽說過賈德森·泰特。人家稱我為『紳士探險家』。黃色雜誌開設了五個專欄寫我的故事，一本月刊上有四萬字的內容和我相關，《紐約時報》在第十二版整版報導了我的消息。如果我們在奧拉塔瑪所贏得的盛情歡迎，和費格斯·麥克馬漢的俊美有哪怕一點關係，我就把我這頂巴拿馬草帽的標籤吃下去。為了討好我，他們把街上裝點得花團錦簇。我不容易眼紅，我只是在陳述事實。那裡的人都是尼布甲尼撒[6]；他們在我面前啃著草地；所幸鎮上沒多少塵土，不至於髒了他們的嘴。他們對賈德森·泰特頂禮膜拜，顯然個個都知道我是桑喬·貝納維德斯的幕後推手。對他們來說，我的一句話比其他人擺在東奧羅拉[7]圖書館書架上的全部毛邊書籍加起來還重要。然而，竟有人浪費時間來修飾臉面——塗冷霜，做按摩（朝眼睛的方向揉按），用安息香酊緊緻肌肉，用電燒法除痣——目的是什麼呢？為了漂亮。真是大錯特錯！美容醫生應該在喉嚨上做做文章。詞語勝於贅疣，談吐勝於胭脂，說服勝於強力，幾句奉承勝於遍地鮮花——有留聲機就用不著相片了。不過，我還是繼續說正題吧。

「當地的頭面人物把我和費格斯安頓在蜈蚣俱樂部，那是一棟木造建築，建在海邊的一根風吹浪打的樁子上，漲潮時距離水面只有九英寸。鎮上的大小官員、三教九流都來拜見我們。哦，他們可不是衝著赫耳·墨斯來的。他們對賈德森·泰特早有耳聞。

「一天下午，我和費格斯·麥克馬漢坐在蜈蚣俱樂部面海的長廊裡，喝著冰蘭姆酒，聊著天。

「『賈德森，』費格斯說，『奧拉塔瑪有一個天使。』

「『只要不是加百列[8]就行，』我說，『怎麼你說話的樣子就跟聽到了審判號角似的？』

「『是安娜貝拉．薩莫拉小姐，』費格斯說，『她——她——她美得——美得無可救藥。』

「『哇哦！』我哈哈大笑，說道，『為了描繪你那位情人的美麗，你開發出了一個情種的口才。你讓我想起了浮士德向格蕾琴求愛的場面[9]——我指的是，如果他從舞臺的活板門下場之後還繼續追求她的話。』

「『賈德森，』費格斯說，『你知道你自己跟犀牛一樣，毫無美感可言。你沒法對女人產生興趣。我卻為了安娜貝拉小姐神魂顛倒。正因如此，我才把這件事說給你聽。』

「『哦，的的確確，』我說，『我知道我的正臉就跟在尤卡坦半島傑弗遜縣守衛不存在的寶藏的那尊阿茲特克神靈差不多。不過，我在其他方面得到了一些補償。比方說，在這個國家當中，肉眼可見的範圍內，我是立在塔尖的通天人物。另外還有，當我用口語、聲調和喉音與人交鋒的時候，我通常不會讓廉價留聲機式的胡言亂語損傷我的說服力。』

「『嗯，我知道，』費格斯親暱地說，『我不擅長閒聊。正經說話也不行。就因為這樣，我想跟你談談，想找你幫幫忙。』

「『怎麼幫忙？』我問。

---

6 尼布甲尼撒，是新巴比倫的國王，《聖經．舊約．但以理書》第四章中稱他「吃草如牛」。
7 東奧羅拉，是美國紐約州的一座城市。
8 加百列，《聖經》中傳達神訊息的使者。傳說末日審判的號角是由他吹響的。
9 在歌德的長篇詩劇《浮士德》的上部，主角浮士德愛上了美麗的少女格蕾琴，並在魔鬼梅菲斯特的幫助下得到了她。

「『我買通了安娜貝拉小姐的貼身保母弗蘭西斯卡，』費格斯說，『你在這個國家享有偉人和英雄的名聲，賈德森。』

「『沒錯，』我說，『而且我當之無愧。』

「『我呢，』費格斯說，『我是南北兩極之間最好看的男人。』

「『如果僅限於外貌和地理的話，』我說，『我百分百同意。』

「『我們應該可以，』費格斯說，『把安娜貝拉．薩莫拉小姐的心牢牢鎖在我們兩人之間。這位小姐，如你所知，出身於一個古老的西班牙家族，每個下午，都能看到她乘坐家庭馬車繞著廣場兜風，到了晚上，還能透過窗柵瞥一眼她的身影，除此之外，她就像星辰一般高不可攀。』

「『你想把她的心放在我們中的哪一個手裡？』我說。

「『當然是我，』費格斯說，『你從沒見過她。我叫弗蘭西斯卡指著我跟她說我就是你，已經有好幾回了。當她在廣場上看到我，她以為自己看到的是本國最偉大的英雄、政治家和浪漫騎士堂賈德森．泰特。把你的名聲和我的樣貌集於一身，她哪裡抵抗得了？她當然聽過你所有的驚人事蹟，再加上，她也見過我。作為女人，還能祈求什麼？』費格斯．麥克馬漢說。

「『她能把眼光放低些嗎？』我問道，『那麼，我們怎麼分別施展魅力，又怎麼分配各自的利益呢？』

「於是，費格斯將他的計畫告訴了我。

「他說，鎮長堂路易斯．薩莫拉的家裡有一個天井——是個在街邊圍出來的小院。他女兒房間的窗口就對著院中一角——那裡是你能找到的最暗的地方。你猜費格斯想要我做什麼？哈，他瞭解我的風趣、魅力和語言技巧，他叫我趁深更半夜，別人看不見我那張鬼臉的時候摸進院子，替他向她求愛——因為她以為她剛剛在廣場見過的漂亮男子就是堂賈德森．泰特。

「幹嘛不為他，不為我的朋友費格斯．麥克馬漢分憂呢？他請我幫忙，等於是在捧我，也間接承認了他自己的缺陷。

「『你這個皮膚白皙、滿頭金髮、精緻漂亮的小啞巴雕像，』我說，『我會幫你的。你安排好，把我領到她家窗外的那片黑暗當中，只要我在月光顫音的伴奏下，開始施展我的三寸不爛之舌，她就逃不出你的手掌心了。』

「『遮住你的臉，賈德，』費格斯說，『看在上帝的分上，遮好你的臉。我是你的朋友，我們倆的交情不可動搖，但這事很重要。如果我能自己講，我就不會拜託你了。好吧。把眼睛對著我，把耳朵對著你，我想不出她還有不上鉤的可能。』

「『上你的鉤？』我說。

「『我的。』費格斯說。

「接下來，費格斯和那個保母弗蘭西斯卡做了細緻的安排。某天晚上，他們給我拿來一件高領黑色長斗篷，等到半夜就領著我去了那棟房子。我到了院子裡，站在窗前，直到聽見一陣天使般溫柔甜美的低語聲透過窗柵傳了過來。我只能依稀看見裡面有一個裹著白衣的人影；我把斗篷的領子高高豎起，因為不想對費格斯食言，也因為那時正值七月雨季，夜晚寒意逼人。想到舌頭打結的費格斯，我得先憋住笑意，這才開始說話。

「好吧，先生，我對安娜貝拉小姐說了一個小時。我用的詞是『對』而不是『和』。她只偶爾說一句『哦，先生』或者『啊，你不是在騙我吧』再或者『我知道你不是那個意思』，以及諸如此類女人會對合意的追求者所說的話。我們兩人都懂英語和西班牙語，於是，我就運用這兩種語言盡力為我的朋友費格斯贏取這位小姐的芳心。若不是擋在窗外的柵欄，我用一種語言就能達到目的。一小時過後，她打發我離開，並且送了我一朵大大的紅玫瑰。回到住處，我把它轉交給了費格斯。

「一連三個星期，每隔三、四個晚上我都會去到那個小院，站在安娜貝拉小姐窗前扮演我的朋友。她承認她的心早已屬於我，還說每個下午她乘車在廣場閒逛的時候都會看到我。當然，她看到的人是費格斯，但憑口才打動她的卻是我。試想一下，假如費格斯自己到那裡去，一句話也說不出，只想用不可見的俊美有所作為，那會怎麼樣啊！

「最後那晚，她答應對我以身相許——也就是說，嫁給費格斯。她把手伸過柵欄讓我親吻。我俯身一吻，接著就給費格斯報信去了。

「『後面的事就交給我吧。』他說。

「『你今後的工作是，』我說，『不停地吻她，並且保持沉默。也許她在確認自己已經墜入愛河之後，就不會再去分辨真正的談話和你發出的那種含混不清的絮叨了。』

「這時，我還從沒看過安娜貝拉小姐的真容。第二天，費格斯邀我一起去廣場走走，參觀奧拉塔瑪社交界每日例行的散步和炫耀，其實，我對這個根本沒興趣。但我還是去了；孩子和狗一看到我，就朝香蕉林和紅樹沼澤跑。

「『她來了，』費格斯撚著鬍子說，『就是那個，穿著白衣服，坐在黑馬拉的敞篷馬車裡。』

「我看了一眼，當即感到腳下的大地在翻滾。因為安娜貝拉小姐是世上最美的女人，而且從那一刻起，對於賈德森．泰特來說，她是世上唯一美麗的女人。只憑這一眼，我就明白，我必將屬於她，她也必將屬於我，直到永遠。想到自己的臉，我差點昏過去；我又想到自己還有其他天賦，這才重新站穩腳跟。而且，我畢竟已經替另一個男人追了她三個星期！

「安娜貝拉小姐的馬車緩緩駛過，她用漆黑的眼睛長久且溫柔地瞟了瞟費格斯，這目光讓賈德森．泰特恨不得鑽進車輪底下，魂飛魄散，直升天國。但她根本就沒有看過我。而那位美男子只會站在我身邊，擺出一副風流浪子的模樣，一邊撥弄他的鬈髮，一邊傻笑。

「『你覺得她怎麼樣，賈德森？』他神氣活現地問我。

「『是這樣，』我說，『她會成為賈德森．泰特夫人。我不是那種算計朋友的人，所以先跟你打好招呼。』

「我覺得照這麼笑下去，費格斯肯定會沒命。

「『好，好，好，』他說，『你這個醜八怪！你也被迷住了，是嗎？好極了！不過，太遲了。弗蘭西斯卡告訴我，安娜貝拉日日夜夜都在談論我。當然啦，那些晚上，你在她的耳邊用語言編織音樂，我很感激。但你知道嗎，我覺得我自己去的話，結果也不會太差。』

「『賈德森．泰特夫人，』我說，『別忘記這個稱呼。你利用我的舌頭給你的樣貌增光添彩，兄弟。我不能要求你把臉借給我，但從今往後，我的舌頭得歸我自己了。「賈德森．泰特夫人」，記住這個稱呼，以後它會被印在兩英寸寬、三點五英寸長的名片上。就這樣。』

「『好吧，』費格斯又笑了，開口說道，『我跟她父親談過，鎮長同意了。明晚，他要在他的新倉庫裡辦場舞會。如果你會跳舞，賈德，我希望你到時來見一見未來的麥克馬漢夫人。』

「第二天晚上，在薩莫拉鎮長的舞會上，當音樂聲最響亮的時候，賈德森．泰特穿著嶄新的白色亞麻衣走進了房間。看神態，彷彿他是這個國家最了不起的人，事實的確如此。

「幾名樂師看到我的臉，連奏出的音符都被嚇了一跳，一兩個膽子最小的女士還發出了一兩聲尖叫。但鎮長卻連忙奔過來，向我行禮，額頭幾乎擦掉了我鞋子上的塵土。單憑一副好樣貌可沒法像我這樣，一出場就贏個滿堂彩。

「『薩莫拉先生，』我說，『對你女兒的美貌，我多有耳聞。如能有幸見識一下，我會感到十分榮幸。』

「大約有六七十把套了粉紅色椅罩的柳木搖椅靠牆擺著。安娜貝拉小姐就坐在其中一把搖椅上，穿著白色襯衫和紅色涼鞋，髮間點綴著珍珠和螢火蟲。費格斯在房間的另一頭，正試圖從兩個咖啡色小姐和一個巧克力色女郎的包圍中脫身出來。

「鎮長領我去見安娜貝拉，為我做了引介。她才看了我一眼，就嚇得扔掉了手裡的扇子，連椅子都差點掀翻了。然而，對此我早就習慣了。

「我在她身邊坐下，開始說話。一聽到我的聲音，她就跳了起來，眼睛瞪得跟鱷梨一般大。她沒法在我的語調和我的面容之間建立聯繫。不過，我繼續保持用C調發言，那是專為女人準備的調子；很快，她坐在椅子裡靜了下來，眼中流露出做夢般的神情。她上鉤了。她瞭解賈德森．泰特，知道他是多麼了不起的人，知道他做過多少了不起的事，這有利於我。當然了，她在發現我並不是被人家指認為大人物賈德森的那個美男子的時候，難免會有些震驚。接著，我改說西班牙語，在某些方面，它的效果優於英語，講這種語言，就像彈一把有一千根弦的豎琴。我的調子豐富多變，從降G一直演奏到升F。我的聲音穿梭在詩歌、藝術、浪漫、鮮花和月光之間。我重複了幾句曾在她窗前的暗影中輕聲念過的詩；溫柔的光芒突然在她眼中閃現，我知道，透過我的聲音，她認出了曾在午夜向她求愛的神祕人。

「總之，我把費格斯．麥克馬漢踢出局了。哦，毋庸置疑，聲音才是真正的藝術。話說得漂亮，才是真的漂亮。這是句經過改良的諺語[10]。

「我領著安娜貝拉小姐在檸檬樹林裡散步，與此同時，費格斯正和那個巧克力色女郎跳華爾滋，用一副愁眉苦臉毀掉了自己的俊俏。在我們返回之前，我得到了她的許可，第二天晚上又可以去那個院子，在她的窗外再多跟她聊聊。

「哦，進展十分順利。過了不到兩個星期，她就和我訂了婚，費格斯沒戲了。作為一個英俊的男人，他平靜地接受了現實，並且告訴我，他還不打算放棄。

「『談話也許確實必不可少，賈德森，』他對我說，『儘管我從不認為需要刻意培養。不過，指望著只靠說話就能讓女士青睞你這張臉，就跟指望著一個人只靠晚餐鈴就能做出豐盛的飯菜一樣可笑。』

「到這裡，我還沒有講到這個故事的正題呢。

「某天，我在烈日下騎著馬走了很久，後來沒等涼快下來，就在鎮子旁邊的潟湖裡洗了冷水澡。

「天黑之後，我去鎮長家見安娜貝拉。那陣子我每晚都去看她，我們打算再過一個月就結婚。她的

10 英文中有句諺語：「事做得漂亮，才是真的漂亮。」

模樣像一隻夜鶯、一頭瞪羚、一朵香水月季，她的眼睛明媚柔和，如同從銀河[11]裡舀出的兩夸脫奶油。她看著我粗糙的面孔，沒有一絲恐懼或厭惡的神情。事實上，我想我看到的是深深的仰慕和喜愛，和她在廣場上給予費格斯的眼神一樣。

「我坐下，開口，揀安娜貝拉喜歡的話說了起來——我說她是一個托拉斯[12]，集世間萬般可愛於一身。我張著嘴巴，湧出的卻不是通常那些洋溢著讚美和愛意的、撩人心弦的語句，只發出嬰兒得了咽喉炎之後的那種微弱的嘶聲。我吐不出一個詞——一個音節——甚至一個清晰的發音。我洗澡時不小心著了涼，把嗓子弄壞了。

「一連兩個小時，我坐著沒動，使盡渾身解數討好安娜貝拉。她也隨口說了幾句，但都是淡而無味的敷衍。我發出的聲音裡最接近語言的表達，也無非像一個貝類動物在退潮時竭力想歌唱『浪尖上的生命』而已。安娜貝拉的目光似乎並未像平常那樣頻頻落在我的身上。我也沒法吸引她的耳朵。我倆看了些照片，她偶爾撥弄幾下吉他，彈得很差。我離開的時候，她的態度很冷漠——至少是心不在焉。

「這種情況持續了五個晚上。

「第六天，她跟費格斯．麥克馬漢跑了。

「據說，他們坐著遊艇逃去了貝里斯。過了八小時之後，我坐稅務局的一條小汽艇去追他們。

「上船之前，我衝進了印第安混血藥劑師老曼紐爾．伊基多的藥房。我說不了話，只能指著自己的喉嚨，發出一種漏氣似的聲音。他開始呵欠連連。按當地的習俗，得等一個小時，他才會理我。我探身到櫃檯裡面，掐住他的喉嚨，又指了指我自己的喉嚨。他又打了個呵欠，把一個裝滿黑色液體的小瓶子塞進我手裡。

「『每兩小時喝一小勺。』他說。

「我扔給他一美元，就趕去坐汽艇了。

「我的船隻比安娜貝拉和費格斯的遊艇晚了十三秒開進貝里斯港。

「我把舢板從側舷放下水的時候，他們的平底船才剛划走，我們一前一後駛向岸邊。我想吩咐水手划得快一點，但嗓音未能出世就胎死喉中。於是，我想起老伊基多開的藥，馬上掏出瓶子喝了一大口。

「兩條小船同時靠了岸。我直直向安娜貝拉和費格斯走去。她的目光在我身上停留了片刻，就轉過去，滿懷深情和信任地投向了費格斯。我知道自己還說不了話，但我已經無計可施，只能將僅有的希望寄託在說話上。在相貌方面，我不可能和費格斯比肩，無力對他發起挑戰。沒想到，我的喉頭和會厭竟純粹自發地嘗試召喚我的思想，繼而調用我的發聲器官。

「讓我又驚又喜的是，語言滔滔不絕地湧現出來，美麗、清晰、響亮、精確，充滿力量和壓抑已久的情感。

「『安娜貝拉小姐，』我說，『我可以跟你單獨談一會兒嗎？』

「關於這個，你不想聽得那麼細了，對吧？多謝。原有的好口才回來了。我把她帶到椰子樹下，又對她施了以前施過的咒語。

---

11 銀河，英文為Milk Way，即「牛奶路」的意思。

12 托拉斯，是一個經濟學名詞，指為了壟斷市場而成立的商業組織。

「『賈德森，』她說，『當你對我說話的時候，我聽不見別的——也看不見別的——對我來說，世界上的其他人和其他事都不再存在。』

「好了，故事講得差不多了。安娜貝拉和我一起乘坐汽艇回到了奧拉塔瑪。至於費格斯後來的情況，我沒有再聽人說起過。我也沒有再見過他。安娜貝拉現在已經是賈德森．泰特夫人了。我的故事讓你覺得很煩吧？」

「沒有，」我說，「我一直都對心理研究很感興趣。人心——尤其是女人心——真是值得深思的奇妙事物。」

「是啊，」賈德森．泰特說，「人類的氣管和支氣管也是如此。還有喉嚨。你對氣管有研究嗎？」

「從來沒有，」我說，「但是我很喜歡你的故事。我可以問候一下泰特夫人嗎？她現在身體怎麼樣？人在哪裡？」

「哦，當然，」賈德森．泰特說，「我們住在澤西城的伯根大街。奧拉塔瑪的天氣不太適合泰特夫人。我猜你從來沒有解剖過會厭的杓狀軟骨吧，對不對？」

「什麼？沒有啊，」我說，「我又不是外科醫生。」

「請原諒，」賈德森．泰特說，「但是每個人都應該具備足夠的解剖和醫療知識，以便保衛自己的健康。突然著涼可能引發毛細支氣管炎或者肺泡炎症，這會對發聲器官造成嚴重影響。」

「也許是吧，」我有些不耐煩地說，「但這和你剛才講的根本無關。講到女性情感的奇特表徵，我——」

「是啊，是啊，」賈德森．泰特插嘴說，「她們的表現很獨特。不過，接下來我要告訴你的是：

回到奧拉塔瑪之後，我從曼紐爾．伊基多那裡弄清楚了他給我治療失聲的藥水的成分。我已經跟你說過，它的療效有多靈。這東西是他用楚楚拉草做成的。嘿，你瞧。」

賈德森．泰特從口袋裡掏出一個長方形的白色紙盒。

「這是世上最好的藥，」他說，「專治咳嗽、感冒、喉喑或者氣管炎這一類的病。你看，配方都印在盒子上了。每片含有甘草二格令，香脂妥魯一／一〇格令，茴香油一／二〇量滴[13]，焦油一／六〇量滴，華澄茄油樹脂一／六〇量滴，楚楚拉液態萃取物一／一〇量滴。」

「我來紐約，」賈德森．泰特繼續說，「就是想創立一家公司，經銷這款史上最了不起的咽炎藥。目前我還只是小規模地推廣一下。這個盒子裡裝了四打含片，我只賣它五十美分。如果你得了——」

我站起身，一句話也沒說就離開了。我慢慢地向旅館附近的小公園走去，留下賈德森．泰特和他的良心單獨待在一起。我感覺很受傷。他慢條斯理地給我灌輸了一個可資利用的故事。這裡面有一些生活氣息，也有一些人為的、在市場中經過精心修飾的氣氛在其中出沒。結果，它被證明是一顆巧妙地裹了虛構糖衣的商業藥丸。最糟糕的是，我沒法拋售它。廣告部和會計室看不上我。從文學角度來看，它也不夠格。因此，我和別的失意人一起坐在公園的長椅上，直到眼皮止不住地合起來。

我回到房間，照往日的習慣，翻開我喜歡的雜誌，讀了一小時故事。這是為了把我的腦筋重新用在藝術上。

---

13 格令和量滴都是重量單位，用於化學試劑調配。

我每讀一個故事，就傷心絕望地扔一本雜誌，一本接著一本，把這些雜誌都丟在了地板上。每一位作家，無一例外，都在給我的心靈塗麻醉香膏，他們歡欣雀躍地寫下的故事都像是製造汽車的特殊工序，似乎都安裝了抑制靈感的火花塞。

在扔掉最後一本雜誌的同時，我又重新振作起來。

「如果讀者能吞得下這麼些私人生產的自動機械，」我暗自思忖，「他們應該也不會受不了泰特牌神奇楚楚拉氣管炎複方含片。」

所以，如果你看到這篇故事得以發表，你就會明白，生意就是生意，如果藝術遠遠領先於商業，商業肯定會奮起直追。

為了明明白白地做個了結，我不妨再補充一句：楚楚拉草在藥店裡是買不到的。

雙料騙子

亂子出在拉雷多[1]。是利亞諾[2]小子惹的禍，他好殺人，但他應該把對象限定為墨西哥人才對。不過，「小子」已經年過二十；在格蘭德河邊境這一帶，要是到了二十歲還只殺過墨西哥人的話，實在是有些見不得人的。

事情發生在老胡斯托·瓦爾多斯的賭場裡。當時有一場牌局，玩家並不都是朋友，這是常有的事，賭客遠道而來，都想在牌桌上逮到幾個雛兒。後來，就為了一對皇后這麼點小事，就起了一場衝突；硝煙散去，人家才發現利亞諾小子闖了大禍，他的對手也犯了大錯。因為，那個不幸的鬥士不是小混混，而是出身很好的年輕人，是從一座乳牛牧場來的，和利亞諾小子年紀相仿，有很多朋友和手下。他錯就錯在沒能命中，子彈擦過「小子」的右耳，差了十六分之一英寸——不過，「小子」這個更棒的神槍手並沒有因此就顯得不那麼冒失。

1 拉雷多，美國德州南部的一座城市，位於美國和墨西哥的邊境。
2 利亞諾，出自西班牙語，意為「平原」。

利亞諾小子沒給自己配隨從，也沒有多少崇拜者和支持者——即使在邊境，他也算聲名狼藉——他認為，識時務地選擇「走為上策」，與他毋庸置疑的勇猛並非不能相容。

復仇者很快聚在一起，開始追他。三個人在火車站附近趕上了他。「小子」轉過身，咧嘴齜牙，露出在野蠻和暴力的行為時通常會有的燦爛但陰森的笑容。追捕他的人退卻了，他甚至都沒有伸手摸槍的必要。

在這樁事件中，「小子」並沒有感受到平時那種會刺激他跟人決鬥的可怕渴望。這純粹是一次偶發的爭端，起因於幾張紙牌，以及兩人互贈的某些令紳士難以容忍的粗俗綽號。利亞諾小子其實滿喜歡那個才剛成年就被他射殺的瘦削、自負的棕臉小夥子。目前，他不想再見血。他只想遠走高飛，找塊牧豆樹下的草地，用手帕蒙上臉，在陽光下好好睡一覺。當他懷有這種心情的時候，即使是墨西哥人，也能安然無恙地從他面前走過。

「小子」光明正大地登上了將在五分鐘後開走的北上客車。但在幾英里之外的韋伯站，為了接一名乘客，車臨時停下了，他只好放棄了原有的逃亡計畫。前面有幾家電報站；利亞諾小子一向見不得電或者蒸汽之類的東西。馬鞍和馬刺才是他的安全基石。

他並不認識被他射殺的那個人。不過，「小子」知道那個人屬於伊達爾戈的卡拉利托斯牧牛隊。那個牧場的牛仔，只要有其中一個受了辱或受了傷，就都會變得比肯德基那些刺頭更冷酷，更睚眥必報。所以，憑著大勇者所特有的大智慧，「小子」決定盡可能以層層疊疊的灌木叢和梨樹林將自己和卡拉利托斯那夥人隔開。

車站附近有家店，店旁的牧豆樹和榆樹之間，散落著顧客幾匹披掛整齊的馬。這些馬大多四肢無力，垂著腦袋，半睡半醒地等待著。只有一匹長腿彎脖子的雜毛馬還在那裡噴鼻刨地。利亞諾小子爬上馬背，用膝蓋一夾，拿主人的鞭子輕輕地抽了幾下。

如果說殺害一個莽撞的賭徒給「小子」善良真誠的公民身分蒙上了一層陰雲，那麼他後來的舉動更將自己的形象置於不光彩的暗影之下。在格蘭德河邊境，你取走了一個人的性命，有時候只相當於取走了一件垃圾；但如果你奪去了一個人的坐騎，就會給他造成足以導致破產的損失，你自己也得不到什麼好處——如果你被抓到的話。所以，對於利亞諾小子來說，現在已經回不了頭了。

有了胯下這匹生龍活虎的雜毛馬，他不再感到不快與不安。在疾馳了五英里之後，他放慢速度，開始像平原人那樣款步前行，向著東北方向的努埃塞斯河床而去。他對這片土地十分熟悉——條條極度曲折昏暗的小徑，穿過一片長滿灌木和梨樹的廣闊荒野，到處都是營地和偏僻的牧場，大家可以在那裡找到安全的消遣。他一心向東走，因為他從未見過大海，想把手伸向那片在更大的水域中像小馬駒一樣嬉戲的大海灣，摸一摸牠的鬃毛。

所以，三天之後，他已經站在科珀斯克里斯蒂[3]的海岸上，眺望著寧靜海面上的粼粼波光。

縱帆船「遠行號」的布恩船長站在他的小艇邊，一名船員頂著浪花在一旁守衛。準備出航的時候，他發現漏了一樣生活必需品——口嚼菸草塊。受他派遣，一名船員跑去採購這件被遺忘的貨物。與此同時，船長在沙灘上來回踱步，邊罵邊嚼著從口袋裡拿出來的最後一點存底。

3 科珀斯克里斯蒂，位於德州努埃塞斯河口的城市。

一個穿著高跟皮靴、瘦長結實的年輕人來到了海邊。他長了一張娃娃臉，卻有一種早熟的嚴峻神情，表明他已歷經滄桑。他的膚色本來就黑，加之長時間待在戶外，受風吹日曬，竟被灼成了咖啡棕。他的頭髮又黑又直，堪比印第安人；他的臉頰還沒有被剃刀翻耕過；他的藍眼睛冷靜而沉著。他的左臂稍稍抬起，和身體多少有些距離，這是因為把讓鎮上的警官頭痛的珍珠貝柄點四五手槍塞進左邊腋窩，藏在汗衫底下，總會顯得有點臃腫。他的目光越過了布恩船長，帶著中國皇帝的那種沒有任何感情色彩的威嚴，眺望著海灣。

「打算把這片海灣買下來嗎，老弟？」船長問。他剛才僥倖逃過一場沒有菸草的航行，嘴裡沒什麼好話。

「啊，不是，」利亞諾小子和氣地說，「沒這種打算。我從來沒有見過大海，只想看一看而已。你也沒打算要出售它吧，對嗎？」

「這一趟還不想賣，」船長說，「等我回到布伊納斯迭拉斯再給你寄過去吧，貨到付款。那個毛手毛腳的傻大個終於把我嚼的東西弄來了。一小時前就該起錨了。」

「那邊的那艘大船是你的嗎？」利亞諾小子問。

「唔，是的，」船長答道，「如果你想把一艘帆船叫作大船，我也不介意吹吹牛皮。不過，更確切地說，船主是米勒和岡薩雷斯，我，該死的老撒母耳·K·布恩，只是個平平無奇的船長。」

「你們要去哪裡？」逃命的人問道。

「布伊納斯迭拉斯，在南美海岸——我才去過一次，不記得他們把那個國家叫什麼了。裝的貨是木材、瓦楞鐵和砍刀。」

「是個什麼樣的國家？」利亞諾小子又問，「是熱還是冷？」

「稍稍偏暖吧，老弟。」船長說，「不過，那裡山明水秀、風景怡人，稱得上是一座塵世中的伊甸園。每天清晨，伴著長了七條紫尾巴的紅鳥的歌聲，你會在輕風吹弄玫瑰花叢的歎息中醒來。當地的居民從不工作，因為他們連床都不用下，只要伸一伸手，就能摘到大筐上好的溫室水果。那裡沒有星期天，沒有冰，沒有房租，沒有煩惱，沒有用處，甚至連『沒有』都沒有。對於寧願一邊睡大覺，一邊等著事情自行發生的人來說，這真是個偉大的國度。你們吃的香蕉、橘子、鳳梨，還有颶風都來自那裡。」

「聽起來很適合我啊！」利亞諾小子終於難掩興奮，說道，「我要怎麼樣才能坐你的船去那裡？」

「二十四美元，」布恩船長說，「船費和伙食費。二等艙。我這裡沒有頭等艙。」

「成交。」利亞諾小子掏出一個鹿皮手袋，說道。

他前往拉雷多去赴他一向樂此不疲的「聚會」時，身上帶了三百美元。瓦爾多斯賭場的決鬥使他的歡樂時節戛然而止，但還給他剩下了將近兩百美元，讓他在因傷人而必須逃亡的時候不至於沒錢用。

「好吧，老弟，」船長說，「希望你媽媽不會因為你孩子氣的亂搗蛋而責怪我。」他向船上的一名水手招呼了一聲，說道：「叫桑切斯背你上小艇，這樣你就不會弄溼鞋了。」

美國駐布伊納斯迭拉斯領事薩克還沒喝醉。才十一點鐘，直到下午過半之前，他都沒法進入他意欲求取的至樂之境——在那種狀態下，他會唱起古老的雜耍藝人的傷感小調，對著他那隻不停尖叫的鸚鵡丟香蕉皮。所以，當他聽到一聲輕咳，從吊床上抬起頭，看到「小子」站在領事館門口的時候，仍能維持一位大國代表所應有的禮貌和殷勤。「別麻煩了，」利亞諾小子親切地說，「我只是路過。他們告訴我，照規矩要先到你的營地走一趟，然後才能在鎮上到處逛。我剛坐船從德州來。」

「見到你很高興，敢問貴姓——」領事說。

「小子」笑了起來。

「斯普拉格・道爾頓，」他說，「這稱呼，我自己聽著都覺得好笑。在格蘭德河邊境一帶，人家都叫我利亞諾小子。」

「我叫薩克，」領事說，「坐在那把藤椅上吧。如果你想來這裡投資，你需要有人給你一點建議。這些邋遢傢伙，如果你不瞭解他們的做事方式，那麼連你牙齒上鍍的那點金子，他們都要刮走。來支雪茄？」

「多謝，」利亞諾小子說，「我不抽雪茄。不過，如果沒有玉米菸葉和後口袋裡的小袋子，我連一分鐘都活不下去。」他掏出他的「材料」，捲了一根菸。

「這裡的人說西班牙語，」領事說，「你需要一個翻譯。如果需要我做什麼，嗯，我很樂意幫忙。如果你想買果園，或者申請任何一種特許經營權，你都需要熟知內情的行家幫你出主意。」

「我的西班牙語，」利亞諾小子說，「大概比英語好九倍。我來之前待的那塊牧場，人人都說西班牙語。我也不去市場買任何東西。」

「你會西班牙語？」薩克目不轉睛地審視著「小子」，沉吟道。

「你長得也像個西班牙人，」他接著說，「而且你是從德州來的，看你的年紀，不會超過二十或二十一歲。不知道你夠不夠膽量？」

「你說這些，是想做點什麼交易嗎？」這個德州人憑著出人意料的精明開口詢問。

「你想插一下手嗎？」薩克說。

「就算我否認，又有什麼用呢？」利亞諾小子說，「我在拉雷多玩了一場小小的射擊遊戲，撂倒了一個白人。當時手邊沒有墨西哥人可以給我打。我到你們這個養鸚鵡和猴子的牧場來，只是為了聞一聞牽牛花和萬壽菊。現在，你明白了嗎？」

薩克站起身，關上了門。

「讓我看看你的手。」他說。

他握著「小子」的左手，湊近了察看他的手背。

「我能辦得成，」他興奮地說，「你的皮肉像木頭一樣結實，像嬰兒一樣健康。一個星期就能長好。」

「如果你想讓我用拳頭跟人打一場，」利亞諾小子說，「我寧可不賺你這個錢。讓我用槍，我就接下你這單買賣。我不能像茶會上的女人一樣，赤手空拳地跟人幹架。」

「比你想得容易多了，」薩克說，「到這邊來，好嗎？」

他指著窗外一座有著寬闊迴廊的雙層白色灰泥建築。它矗立在海邊的一座坡度和緩、樹木蔥鬱的小山上，被蒼翠的熱帶植物環繞著。

「一位可敬的卡斯提爾老紳士和他的妻子，」薩克說，「住在那棟房子裡，他們渴望能把你攬進懷裡，給你的口袋裡裝滿鈔票。他是老桑托斯·烏里克。這個國家的金礦有一半都是他的。」

「你沒吃瘋草吧？」利亞諾小子說。

「還請坐下，」薩克說，「我跟你解釋。十二年前，他們失去了一個孩子。不，他沒死——雖說這裡許多人喝了地面上的水，就得病死了。他是個野蠻的小惡魔，儘管當時他只有八歲。這是人盡皆知的事。幾個從這裡經過去勘測金礦的美國人和烏里克先生有過往來，他們很寵愛這個男孩。有關美國的許多弄虛作假的故事，由他們的舌頭灌滿了他的腦袋；大約一個月之後，他們離開了，那小孩也不見了。大家推測，他應該是偷偷地上了一艘水果船，躲在香蕉堆裡，被帶去了紐奧爾良。後來，有人聲稱曾在德州看到他，但此後，就再沒有任何有關他的音訊了。老烏里克為了找他，花掉了幾千美元。夫人尤其被傷透了心。那小傢伙是她的命根子。她到現在還穿著喪服呢。但人家都說，她從未放棄希望，而且深信總有一天，他會回到她的身邊。那孩子的左手背上文了一隻爪握長矛展翅飛翔的老鷹。那是老烏里克家的紋章，或者是他從西班牙繼承下來的某個標誌。」

利亞諾小子緩緩抬起左手，好奇地盯著它。

「就是那裡，」薩克說著，伸手到辦公桌後面，摸出一瓶走私白蘭地，「你反應不慢。我會刺青。我幹嘛要去山打根[4]做領事？直到現在我才明白。一個星期之內，我就用刀子把那隻老鷹弄到你手上去，讓你覺得你天生就長著這東西。我備了一套刺青用的針和墨，就因為料定你總有一天會來，道爾頓先生。」

「哦，該死，」利亞諾小子說，「我明明已經告訴你該怎麼稱呼我了！」

「好吧，那就叫你『小子』吧。這名字簡單多了。換成『烏里克少爺』是不是更好聽？」

「從我記事起，就沒給人當過兒子，」利亞諾小子說，「就算我有父母，那也沒什麼值得一提的，在我第一次哇哇叫的時候，他們就進了鬼門關。你有什麼計畫？」

薩克向後一仰，靠在牆上，舉起酒杯對著亮光。

「我們現在的問題是，」他說，「你願意在這件小事當中參與多深，付出多久？」

「我已經把我來這裡的原因告訴你了。」利亞諾小子乾脆地說。

「答得好，」領事說，「不過，你其實也不必投入那麼多。計畫是這樣的：我把記號文在你手上以後就去通知老烏里克。同時，我把我能搜集到的他們家族的歷史資料都交給你，這樣你就能把重點記下來，萬一談到，也不至於露餡。你長得像西班牙人，又會說西班牙語，你知道事情原委，你能說得出德州的現況，你還有刺青。當我通知他們，說家族的合法繼承人回來了，正滿心忐忑地等待收留和寬恕的時候，會發生什麼呢？他們會立馬衝到這裡來，一把抱住你的脖子，戲也就落幕了，接下來就可以去大廳享受喝茶時間了。」

「戲還沒完呢，」利亞諾小子說，「我在你的營地裡歇腳的時間還不長，朋友，以前我也從沒見過你；如果你打算謀求的只是父母的祝福，那我可看錯人了。我要說的就這些，到你了。」

「多謝，」領事說，「我很久都沒有遇見像你這樣善於條分縷析的人物了。剩下的事很簡單。只要他們肯接納你，哪怕只是暫時的，那也夠了。別給他們機會在你左肩上尋摸草莓形狀的胎記。老烏里克在家裡常備著五萬到十萬美元現金，就放在一個小保險櫃裡，你用一根鞋扣就能撬開，把錢搬走。就憑我的刺青技術，我得分一半。我們分好錢，就搭一條不定期貨船到里約熱內盧去。如果美國沒了我的服

4 山打根，一座位於馬來西亞沙巴州的港口城市。

務就維持不下去的話，那就讓它垮掉吧。怎麼樣，先生？」

「聽起來很對我的胃口！」利亞諾小子連連點頭，說道，「這渾水我蹚定了。」

「很好，那麼，」薩克說，「在我給你刺上那隻鳥之前，你得深居簡出。你可以先住在後面那間房裡。我是自己做飯的，在摳門的政府允許的費用範圍內，我一定盡量把你伺候得舒服些。」

薩克預估的時間是一個星期，但等他耐著性子將圖案文在「小子」手上，並終於對效果感到滿意的時候，已經過去兩個星期了。之後，薩克找來一名小廝，把下面這張便條交給了他打算坑害的對象：

致白房子裡的
堂桑托斯・烏里克閣下

親愛的先生：

容我向您稟告，日前有位年輕人從美國來到布伊納斯迭拉斯，現正在舍下暫住。我不想引發任何可能落空的希望，但我認為他或許是您離家多年的兒子。您不妨親自上門，來看看他。如果確是貴公子，那麼照我看，他本是想回家的，但一到這裡就失去了勇氣，因為他不確定會受到怎樣的對待。

您忠實的
湯普森・薩克

半小時過後——在布伊納斯迭拉斯，這就算相當迅速了——赤腳車夫吆喝鞭打著一隊胖胖的笨馬，將烏里克先生的復古四輪馬車趕到了領事館門前。

一個白鬍子的高個男人先下了車，然後又把一位穿黑衣、戴黑紗的女士攙下來。

兩人急匆匆地走進去，薩克迎上前，以最高的外交禮儀鞠了一躬。在他的桌旁站著一個瘦長的年輕人，有著輪廓分明的棕色面孔，一頭烏黑的頭髮梳得油光水滑。

烏里克夫人一揚手，動作飛快地掀開了厚重的面紗。她已過中年，頭頂開始沾染銀霜，但豐滿傲人的身材和清爽的橄欖色皮膚還保留著巴斯克地區特有的嫵媚。然而，一旦看到她的眼睛，理解了深邃的陰影和絕望的神情所透露的巨大哀傷，你就會明白，這個女人僅僅活在某些回憶的片段裡。

她以極度痛苦的探詢目光，久久凝望著那個年輕人。接著，她那雙大大的黑眼睛轉了轉，落在了他的左手上。然後，她抽噎了一聲，聲音不大，但彷彿震撼了整個房間，她喊道：「我的兒子！」隨之將利亞諾小子摟在懷裡。

過了一個月，「小子」收到薩克捎給他的信，應邀來到領事館。

看起來，他已經成了一個年輕的西班牙紳士。他的衣服都是進口的，珠寶商也沒在他的身上白費心思。捲紙菸的時候，一枚遠不止是氣派的鑽戒在他手上閃閃發光。

「做得怎麼樣？」薩克問道。

「沒怎麼樣，」利亞諾小子平靜地說，「今天，我有生以來第一次吃了鬣蜥肉排。就是那種大隻蜥蜴，你知道嗎？不過，我覺得，豆子和熏肉也能滿足我。你喜歡吃鬣蜥嗎，薩克？」

「我不吃蠹蜥，也不吃其他爬行動物。」薩克說。

已是下午三點，再過一小時他就能進入那種至樂之境了。

「該你大顯身手了，孩子，」他接著說，脹得通紅的臉上醜態畢露，「你對我可不太公平。你已經當了四個星期的公子哥兒，只要你願意，每頓飯都可以用金盤子裝小牛肉。現在，『小子先生』，你覺得把我晾在一邊粗茶淡飯這麼久，合適嗎？出了什麼問題？難道你不能用你這雙孝子的眼睛在白房子裡好好找找看起來像現金的東西嗎？別告訴我你做不到。誰都知道老烏里克把錢放在哪裡。還都是美國貨幣；別的錢他不收。你都做了什麼？可別說你『什麼都沒做』啊。」

「哦，當然了，」利亞諾小子一邊欣賞著他的鑽石，一邊說，「那裡有很多錢。我對那堆債券沒有概念，不過，我敢保證，有一次我看到在被我乾爹叫作保險櫃的鐵皮箱子裡有不下五萬美元的現金。有時候他把鑰匙交給我保管，就為了讓我明白，他相信我真的是多年之前消失在人海中的那個小法蘭西斯科。」

「嗯，那你還等什麼？」薩克憤憤地說，「別忘記，只要我想，我隨時都能把你的底細抖出來。如果老烏里克知道你是騙子，你會怎麼樣？嘿，你不瞭解這個國家，德州的利亞諾小子先生。這裡的法律比芥末還辣。這裡的人會把你扯得像一隻被踩扁的青蛙一樣，在廣場的每個角落上各打你五十棍，把每根棍子都打爛還嫌不夠，最後，再把你身上剩下的部分丟去餵鱷魚。」

「我還是跟你明說吧，朋友，」利亞諾小子往躺椅裡一仰，優哉游哉地說，「這事就保持目前的狀態就行了。這樣就很不錯。」

「你這是什麼意思？」薩克砰的一聲，猛地把杯子磕在桌上，問道。

「你的計畫完蛋了，」利亞諾小子說，「今後，無論何時，只要你有幸跟我說話，都得叫我堂法蘭西斯科．烏里克，我保證會答應。咱們不碰烏里克上校的錢。對你我來說，他那個小小的鐵皮保險櫃就跟拉雷多第一國民銀行裡定時上鎖的保險庫一樣牢靠。」

「這麼說，你要出賣我囉，對嗎？」領事說。

「沒錯，」利亞諾小子用愉快的口吻說，「出賣你。說對了。現在，我來告訴你為什麼。到上校家的第一個晚上，他們領我進了一間臥室。不是在地板上鋪條毯子的那種——是真正的臥室，有床、有各種家具。我睡著之前，我的假媽媽進來幫我掖好被子。『寶貝，』她說，『我親愛的小寶貝，上帝把你還給了我。我永遠讚美祂。』她就這樣拉拉雜雜瞎扯了一通。然後有一兩顆水珠落在了我的鼻子上。這樣的情形始終縈繞著我，薩克先生。從那時起，就一直這樣。從現在起，也將一直這樣。你別以為，我說這番話是為了自己的利益。別拿小人之心度君子之腹。我這輩子沒跟女人打過交道，對母親也沒什麼感覺，但咱們必須瞞過這位太太。她承受了一次打擊，再承受不了第二次了。我是一頭卑鄙的獨狼，也許是魔鬼而不是上帝，讓我走上了這條路，不過，我會走到底。好了，今後再提起我的時候，別忘了，要叫我堂法蘭西斯科．烏里克。」

「我今天就揭發你，你——你這個雙料叛徒。」薩克結結巴巴地說。

「小子」平心靜氣地站了起來，用鐵鉗似的手掐住薩克的脖子，緩緩地把他推到一個角落裡。接著，他從左邊腋下抽出那把珍珠貝柄的點四五手槍，用冰冷的槍口抵住領事的嘴巴。

「我告訴過你我為什麼會來這裡，」他臉上露出了昔日那種冷酷的笑容，說道，「如果我要離開這裡，肯定是你的緣故。千萬別忘了，朋友。喂，我叫什麼名字啊？」

「呃——堂法蘭西斯科．烏里克。」薩克喘息著。

外面傳來車輪滾動聲、人的吆喝聲，還有馬鞭的木柄敲在胖馬背上的脆響。

利亞諾小子收起槍，向門口走去，但又突然轉身，折回到瑟瑟發抖的薩克面前。他舉起左手，將手背朝著領事。

「事情必須保持現在的狀況，」他緩緩地說，「還有一個原因。我在拉雷多殺掉的那個傢伙，他的左手上也刺了一個同樣的圖案。」

外面，堂桑托斯．烏里克的復古四輪馬車咔嗒咔嗒地走到了門前。車夫的吆喝停了下來。烏里克夫人穿著一件飾有白色花邊和飄帶的華麗長袍，向前探出身子，溫柔的大眼睛裡溢滿幸福的表情。

「你在裡面嗎，親愛的兒子？」她用清脆的西班牙語喊道。

「媽媽，我來了。」年輕的堂法蘭西斯科．烏里克答道。

要線索，找女人[1]

《皮卡尤恩報》的記者羅賓斯和已經「嗡嗡」叫了接近一個世紀的法文報紙《蜜蜂》的記者杜馬斯是一對好朋友，多年來，他們的友情歷經千錘百煉。現在，兩人坐在他們平時碰面的地方——在杜梅因大街上，蒂博夫人開的常有克里奧爾人[2]出沒的小咖啡館裡。如果你到過那裡，那麼單是回憶就足以在你心裡喚起一陣快樂的悸動。店裡又小又暗，有六張擦得鋥亮的桌子，在桌旁坐下就能喝到紐奧爾良最好的咖啡，以及可與最好的薩澤拉克[3]媲美的苦艾調酒。很胖、很和氣的蒂博夫人坐在櫃檯後面收錢。她的兩個侄女，妮科萊特和梅美，穿著可愛的圍裙，把令人垂涎的飲料送到大夥兒面前。

杜馬斯以真正的克里奧爾式的奢侈作風，在煙霧繚繞之中，小口小口地啜飲苦艾酒。羅賓斯在流覽一份早間畫報，像年輕記者普遍習慣的那樣，檢閱著排版錯誤和比他自己更出色的編輯改稿的痕跡。廣告欄裡的一則消息吸引了他的目光，讓他突然情不自禁地高聲讀給他的朋友聽。

1 這是一句諺語，意思是如果某個男人的舉止很奇怪，原因總和女人有關。
2 克里奧爾人，泛指法國裔及西班牙裔的移民。
3 薩澤拉克，是一款歷史悠久的雞尾酒，在紐奧爾良尤其流行。

公開拍賣——今日下午三時，在博諾姆大街的姊妹之家，撒瑪利亞小姊妹會的全部共有財產將被售與出價最高的競拍人。拍品包括房屋、土地，以及住宅和教堂裡的所有家具，全無保留。

這則通告令兩個好友回想起兩年前發生在他們新聞生涯中的一段插曲。他們追憶往事，重提當日的種種論斷，隔著時間的天塹，由不同角度給出了一些全新的解讀。

咖啡館裡沒有其他顧客。夫人靈敏的耳朵捕捉到了他們對話的主線，她來到了兩人的桌邊——他們所提到的，不正是她丟掉的那筆錢嗎？——不正是那憑空消失的兩萬美元嗎？——之後的一切變故不都是因此而起的嗎？

這三個人撿起了那個早已被棄置的謎團，抖落一片嗆人的積塵。羅賓斯和杜馬斯曾在急切而徒勞地尋找新聞線索時，站在那個撒瑪利亞小姊妹會的小教堂裡，呆望著聖母的鍍金雕像。

「就是這樣，年輕人，」夫人總結道，「是那個壞蛋，梅林先生。誰都知道他盜用了我交給他保管的那筆錢。沒錯。反正他不知怎麼回事，就把錢給花光了。」夫人轉向杜馬斯，露出了寬厚而善解人意的微笑。「那些天，你找我事事不漏地打聽梅林先生的情況，我就明白了，杜馬斯先生。哦，是啊。我知道，多數時候，男人把錢弄丟了，你們總要說『要線索，找女人』——在某處的某個女人。但這話對梅林先生不適用。不，年輕人。他生前就像一個聖徒。杜馬斯先生，你想從一個女人那裡找到那筆錢的下落，還不如去梅林先生捐給小姊妹會的聖母像裡面找找。」

聽了蒂博夫人的最後一句話，羅賓斯微微一怔，向杜馬斯投去犀利的一瞥。這個克里奧爾人無動於衷地坐在那裡，神情恍惚地望著嫋嫋的煙霧。

這時候已經是早上九點了，再過一會兒，這兩個朋友就要分手，各辦各的事情去了。關於蒂博夫人那不翼而飛的幾萬美元，姑且作簡述如下。

紐奧爾良人時時會想起加斯帕·梅林先生之死在他們的城市所引發的一連串事件。梅林先生是法裔社區的藝術金匠和珠寶商，也是備受尊崇的人，出身於法國最古老的家族之一，在古物鑒賞和史學知識方面頗有建樹。他住在皇家街一個清靜舒適的古老旅店裡，五十歲左右，一直單身。某天早晨，人家在他自己的房間裡發現了他的屍體，死因不明。

在調查這樁案件的時候，人家發現他幾乎破產了，他的存貨和個人資產已經見底——幸好勉強能夠償還債務，才讓他免受千夫所指。後續又有消息披露，梅林家過去的管家蒂博夫人曾將她的法國親戚遺贈給她的兩萬美元交給梅林先生保管。

幾個朋友和司法當局進行了徹底搜查，但沒能弄清這筆錢的去向。它無影無蹤，而且無跡可循。梅林先生在去世的幾星期之前，把錢從銀行取了出來，都是金幣，他告訴蒂博夫人，要為她找一個穩妥的投資標的。因此，梅林先生似乎注定要在世人的記憶中留下一朵不誠信的陰雲，而且，當然也令蒂博夫人十分傷心。

之後，羅賓斯和杜馬斯就在私下裡，代表各自的刊物開始鍥而不捨地追查。近年來，新聞界熱衷於這類操作，一方面是為了提高自身的聲譽，一方面是為了滿足公眾的好奇心。

「找女人！」杜馬斯說。

「說到重點了！」羅賓斯表示贊同，「每一條道路都通往永恆的女性。我們要找出那位女主角。」

他們造訪了梅林先生住的旅館，從門童到老闆，對每一位工作人員追根究柢。他們彬彬有禮但又窮追猛打地逼問死者的親屬，凡是三代以內的血親都沒放過。他們巧妙地向已故珠寶商的雇員探口風，對他的顧客窮追不捨，想藉他們提供的訊息摸清他的習性。他們就像獵犬一樣，循著他這些年來走過的有限又單調的道路，盡量追溯有可能讓他行差踏錯的每一步。

他們窮心竭力，一直到查無可查，卻沒法不承認，梅林先生實在是一個純潔無瑕的人。在他身上根本找不出可能會成為犯罪動機的缺點，他從未偏離過正道，甚至從未表現出一絲對於女色的喜好。他的生活像僧侶一樣規律、樸實，他的習慣不張揚，也不掩飾。但凡認識他的人，無不稱讚他慷慨大方、舉止得體，堪稱楷模。

「現在怎麼辦？」羅賓斯擺弄著空白的筆記本，問道。

「找女人，」杜馬斯點了一根香菸，說，「試試貝賴爾斯女士。」

這匹母馬是本賽季的熱門。身為女性，她的步伐不太穩當，讓鎮上幾個滿心相信她的傢伙輸得很慘。兩位記者就從這方面入手打探消息。

梅林先生？絕對不會。他甚至從沒看過賽馬。他根本不是那種人。兩位先生的問話真讓人吃驚。

「要不還是放棄？」羅賓斯建議，「讓負責編謎語的部門試試看吧？」

「找女人，」杜馬斯摸出一根火柴，嘟噥道，「到那個叫什麼來著的小姊妹會去問問。」

經過調查，他們發現梅林先生對那家慈善機構特別關照。他給予小姊妹會經濟上的支持，還選擇了那裡的小教堂作為他最青睞的私人禮拜場所。據說，他每天都要去那裡做禱告。的確，在生命的最後階段，他整個身心似乎都投在了宗教事務上，這也許對他的世俗事務造成了一些損害。

羅賓斯和杜馬斯去了博諾姆大街，在得到許可後，走進了歪歪扭扭的石頭圍牆中間的那道狹窄的門廊。一個老婦人正在打掃教堂。她告訴他們，會長菲利希特姊妹正在凹室祭壇前祈禱，過一會兒就會出現。凹室被厚重的黑布簾遮住了。他們只好等著。

不久，簾子被掀開了，菲利希特姊妹走了出來。她身材高䠷，骨瘦如豺，神情肅穆，穿著黑色長袍，戴著姊妹會的那種拒人於千里之外的修女帽。

羅賓斯，這個粗放有餘、細膩不足的記者，開口說話了。

他們代表新聞界。梅林的事情，這位女士無疑已經聽說了。查清這筆失款的祕密，對於公正看待這位先生的生平至關重要。眾所周知，他常來這座小教堂。如今，任何有關他的訊息，諸如習慣、興趣、交過的朋友等等，對於他身後的名譽都有價值。

菲利希特姊妹都聽說了。她願意知無不言，但她瞭解的實在少得可憐。梅林先生是教會的好朋友，有時一出手就捐贈一百美元那麼多。姊妹會是一家獨立機構，用於慈善事業的開銷完全依靠私人捐助。小教堂裡的銀燭臺和祭壇罩都是梅林先生贈送的。他每天都來做禮拜，有時一待就是一小時。他是虔誠的天主教徒，一心侍奉神。是的，還有凹室裡的聖母像，那是梅林先生親自造模澆鑄而成，再親手送到教會來的。哦，猜疑這樣一個好人，實在有點殘忍。

羅賓斯也對這種詆毀深感痛心。但是，在弄清楚梅林先生如何處理蒂博夫人那筆錢之前，恐怕是悠悠眾口難平。有時——事實上，是經常——會有這種情況——呃——就像俗話所說的——呃——和一位女士有關。要是保證守口如瓶，那麼——是否——也許——

菲利希特姊妹用她的大眼睛嚴肅地盯著他。

「這裡確實有個女人，」她緩緩地說，「令他拜服——令他獻出了他的心。」

羅賓斯大喜過望，連忙掏出鉛筆。

「瞧那個女人！」菲利希特姊妹突然用低沉的嗓音說道。

她伸出長長的手臂，拉開了凹室的簾子。裡面有一座神龕，光芒透過一扇彩窗傾瀉下來，溫柔地籠罩著它。那是在裸露的石牆上的一處深凹，一尊純金色的聖母瑪利亞像就安放在裡面。

杜馬斯、這個傳統的天主教徒，被這戲劇性的場面懾服了。他迅速低下頭，在胸前畫了一個十字。羅賓斯有點羞愧，含混地道了歉，尷尬地退了出去。菲利希特姊妹拉好了簾子，兩位記者就告辭了。

在博諾姆大街狹窄的石頭人行道上，羅賓斯轉向杜馬斯，以不太得體的諷刺口吻說道：「那麼，接下來怎麼辦？繼續奉行找女人的金科玉律嗎？」

「我只想去找苦艾酒。」杜馬斯說。

有關那筆失款的往事就回顧到這裡，然而，若有人劍走偏鋒，很可能會猜到，蒂博夫人說過的一番話或許會讓羅賓斯靈光一現，生出某些特別的念頭。

這麼想是不是有點太瘋狂了？那位狂熱的信徒把所有財產都奉獻給了——或者，不如說，把蒂博夫人的財產都奉獻給了那個物質形式的象徵符號，以表達他的無限虔誠？世人常以信仰之名行古怪之事。那丟失的兩萬美元會不會被塑造成了那個光輝的形象？有沒有可能，那個金匠用純淨而貴重的金屬鑄成了聖母像，出於某種期望或是精神錯亂，把它擺上祭臺，想獲得聖徒的垂青，為自己的永生鋪平道路。

那天下午兩點五十五分，羅賓斯走進了撒瑪利亞小姊妹會的禮拜堂。他看到一群參加拍賣的人，也許有一百個，在昏暗的燈光下聚在一起。他們多數是教會組織的成員、牧師和神父，他們爭著來買教堂裡的器具，是為了避免它們落入俗人的手裡。其餘的都是來競購房產的生意人和代理人。一位教士模樣的兄臺自願上臺掌槌，給拍賣現場帶來了用詞不當和舉止端莊的反差氣氛。

賣掉幾樣無關緊要的小東西之後，兩名助手把聖母像抬了出來。

羅賓斯開價十美元。一個穿著牧師袍的大塊頭出十五美元。人群的另一邊，有個聲音把價格抬到了二十美元。三個人輪流出價，每次加五美元，到了五十美元的時候，大塊頭退出了。隨後，羅賓斯發動了一次奇襲，直接把報價提到一百美元。

「一百五十。」另一個聲音說。

「兩百。」羅賓斯脫口而出。

「兩百五十。」他的競爭對手立即回應。

在電光石火之間，記者有些猶豫，估算了一下能從同一辦公室的同事那裡借到多少錢，以及能否讓業務經理預支下個月的薪水給他。

「三百。」他說。

「三百五十。」另一個人高聲叫道。聲音一出，羅賓斯就突然跳了起來，鑽過人群，朝聲音發出的方向衝了過去，狠狠地揪住了聲音的主人——杜馬斯的衣領。

「你這個一根筋的白癡！」羅賓斯湊近他的耳朵，小聲嘀咕，「咱們合夥！」

「同意！」杜馬斯冷冷地說，「我把家裡翻過來也搜不出三百五十美元，但減半的話，還能承受。

你幹嘛跟我競價？」

「我還以為我是這群人裡唯一的傻瓜呢。」羅賓斯解釋道。

沒有別人出價，落槌成交，雕像按最後的報價賣給了這個辛迪加[4]。杜馬斯留下看守戰利品，羅賓斯則急忙跑出去，從兩人的資源和信譽裡榨取有待支付的拍賣款。不久，他帶著錢回來了。兩個火槍手將他們的寶貝包裹裝上馬車，去了附近的老沙特爾街，杜馬斯的住處就在那裡。他們用一塊布蓋住雕像，把它拖上樓，擱在桌子上。這東西至少重一百磅，如果他們的大膽推測沒錯的話，以每盎司材料的單價乘以重量，它應該價值兩萬美元。

羅賓斯揭下罩布，打開他的折刀。

「老天啊！」杜馬斯顫抖著抱怨道，「這可是基督的母親啊，你想幹嘛？」

「閉嘴，猶大！」羅賓斯冷冷地說，「現在可太晚了，你別想得救了。」

他用力一刀，從雕像的肩膀上削了一塊下來。切片泛著暗灰色的金屬光澤，外面覆了一層薄薄的金箔。

「鉛的！」羅賓斯把折刀丟在地上，宣布道，「鍍金的鉛！」

「真見鬼！」杜馬斯大不敬地說道，「我得去喝一杯了。」

兩人一起悶悶不樂地朝兩個街區之外的蒂博夫人咖啡館走去。

那天，夫人似乎突然想起這兩個年輕人為她出過力。

「你們別坐那張桌子了，」在他倆正打算在習慣的老位置就座的時候，她突然插了句嘴，「年輕人，我是說，別坐那裡了。請你們到這個房間來，我要把你們當最好的朋友來招待。對。我要親手為你們做一杯苦艾酒和一杯上好的皇家咖啡。啊！我喜歡款待我的朋友。對。請到這邊來。」

夫人領著他們去了後面的雅座包廂，有時她會把她特別喜歡的貴客請進去。她把他們帶到一扇面對庭院的大窗前，那裡擺了兩把舒適的扶手椅，中間夾著一張矮桌。請他們坐下之後，她就殷勤地張羅起來，著手準備方才允諾過的美味飲料。

這是兩位記者頭一回有幸獲准入此聖地。整個室內都浸泡在昏暗的暮色中，但精緻的細木家具以及克里奧爾人喜愛的拋光金屬和玻璃器皿還在揮灑閃爍的亮斑。小院裡的微型噴泉以潺潺水聲悅人入耳；大窗外的芭蕉樹以枝葉的搖曳應和時間的節拍。

作為一名天生的情報員，羅賓斯用好奇的眼光在房間裡環顧了一圈。夫人大概從某個野蠻的祖先那裡繼承了對於裝飾物的粗鄙嗜好。

牆上掛了些廉價的石版畫——迎合資產階級的趣味，以華麗的歪曲糟蹋自然風光的靜物畫——生日卡、花花綠綠的報紙夾頁，以及純粹為了襲擊視覺神經，讓人目瞪口呆而設計的藝術廣告樣張。還有一些更刺眼、更莫名其妙的東西，其中有一樣使羅賓斯大惑不解，他站起身，向前一步，想近距離審視一下。接著，他虛弱地靠在牆上，大聲叫道：

「蒂博夫人！哦，夫人！什麼時候——哦！你什麼時候養成了這種習慣，竟然把五千美元票額，年息四美分的美國黃金債券拿來糊牆？告訴我——這是格林童話吧？要不然，我真該去看眼科醫生了！」

---

4 辛迪加，是一個經濟學名詞，指同一領域的多個機構聯合，從而壟斷某個行業或某種商品定價權的聯盟形式。

聽到他的話，蒂博夫人和杜馬斯都圍了過來。

「你說什麼？」夫人興奮地說，「你說什麼呀，羅賓斯先生？太好了！是那幾張漂亮的紙片嗎？我還以為那些是你們所謂的日程表呢，就是那種可以在日期底下做標記的東西。但我搞錯了。牆上裂了好幾條縫，羅賓斯先生，我就用那幾張紙片遮住裂縫。我確實覺得它們顏色不錯，適合做壁紙。我從哪裡得來的？哦，是的，我記得很清楚。有一天，梅林先生到我家來——大約在他去世的一個月以前——也就是他答應幫我把那筆錢拿去做投資的時候。梅林先生，他把那些紙片放在桌上，說了許多關於錢的話，很難懂，我沒弄明白。那以後，我就再沒見過那些錢了。那個梅林先生可真是個壞蛋。你把那些紙片叫做什麼——羅賓斯先生？」

羅賓斯解釋道：「那就是你的兩萬美元，外加利息。」他用手指撫弄四張債券的邊緣，繼續說：「最好去找個能人，幫你把它們剝下來。梅林先生實在無可挑剔。我要出去清靜一下。」

他扯著杜馬斯的手臂往外屋去了。夫人尖聲呼喚妮科萊特和梅美，叫她們來看最善良的好人、天國的聖徒梅林先生歸還給她的財富。

「杜馬斯，」羅賓斯說，「我要好好地狂歡一下。三天之內，那份備受推崇的畫報將和我的卓越服務絕緣了。建議你也和我一起去。你現在喝的綠色飲料可不怎麼樣。它會刺激思想，而我們需要做的是清除記憶。我要把在目前的情況下，唯一能確保達成理想效果的那位女士介紹給你。她名叫『肯德基美女』，是十二年陳年波旁威士忌。咱們來它幾夸脫。你覺得這個主意怎麼樣？」

「同意！」杜馬斯說，「去找那個女人。」

黑比爾藏身記

一個瘦長精壯的紅臉漢子，長著威靈頓[1]式的鷹鉤鼻和眼神熾熱的小眼睛，多虧了淡黃色的睫毛，讓這張臉顯得柔和了一些。他坐在洛斯皮諾斯火車站的月臺上，雙腿懸空，晃來晃去。他的身邊還坐了一個悶悶不樂、無精打采的胖子，似乎是他的朋友。就他們的外表來看，生活對於他們就像是一件兩面都能穿的衣服——哪一面都不好看。

「差不多四年沒見了，哈姆，」那個無精打采的人說，「這段時間你到哪裡逍遙去了？」

「德州，」紅臉漢子說，「阿拉斯加太冷了，我受不了。德州倒真夠暖和的。我跟你講講我在那裡經歷的一段酷熱的日子。

「某天早上，我坐的那列國際鐵路公司的火車停在水塔旁加水，我下了車，讓它自己開走了。那地方是一片牧場，裡面滿是惡形惡狀的人家，比紐約市的還多。只不過，這些房子都隔著二十里地，你連他們吃什麼晚飯都聞不出來，不像紐約那樣，兩家鄰居的窗戶只有兩英寸的距離。

---

1 威靈頓，指威靈頓將軍（一七六九—一八五二），英國軍事家，在滑鐵盧徹底擊敗了拿破崙。

「一眼望去，根本看不到路，所以，我就在原野上走。草沒過了腳踝，牧豆樹連成一片，像一座桃園。那裡特別像是鄉紳的私產，每時每刻，你都感覺會有一窩鬥牛犬衝過來咬你。在看到牧場房屋之前，我絕對走了有二十英里。那是座小房子，大概有高架鐵路的車站那麼大。

「一個小個子，穿著白襯衫和棕色工裝褲，脖子上圍著一條粉紅色手帕，正在房門前的一棵樹底下捲紙菸。

「『向你問安，』我說，『有沒有吃的、喝的、幾句客氣話、幾個小錢，甚至一份工作能賞給我這個陌生人的呢？』

「『哦，進來吧，』他說，聽那語氣，還挺有教養的，『請坐那張凳子吧。我沒聽到你來時的馬蹄聲。』

「『馬還不知道在哪裡呢，』我說，『我走路來的。我不想給你添麻煩，不過，不知道你方不方便弄三、四加侖水來。』

「『你看起來確實灰頭土臉的，』他說，『但我們這裡的洗浴設備——』

「『我是拿來喝的，』我說，『塵土是身外物，根本不用在乎。』

「他從一個掛在高處的紅色陶罐裡舀了一勺水給我，繼續說著：『你想找工作做？』

「『想做一陣子，』我說，『在這村子裡，這一帶算是很安靜了，對嗎？』

「『是的，』他說，『人家告訴我，有時候一連幾個星期都沒人從這裡經過。我也才來一個月。我從一個老移民的手裡買下了這片牧場，他想繼續往西，遷到更偏遠的地方去。』

「『滿適合我的，』我說，『幽靜隱僻有時候對一個男人來說很有好處，而且我需要工作。我可以照看酒吧、採鹽礦、演講、炒股票，還練過幾天中量級拳擊，還會彈鋼琴。』

「『你會放羊嗎？』小個子牧場主人問。

「『你問我聽說過羊沒有？[2]』我說。

「『你會不會放牧——看管羊群？』他說。

「『哦，』我說，『那我懂了。你的意思是趕著牠們到處跑，像牧羊犬一樣對牠們狂吠。好吧，我也許可以。我過去確實沒放過羊，但我常看到牠們在車窗外啃雛菊，看起來，牠們也不怎麼凶。』

「『我這裡缺個放羊的，』牧場主人說，『你永遠不能指望墨西哥人。我只有兩個羊群。如果你願意，明早你就可以帶一群羊出去——總共也就八百隻。一個月能賺十二美元，包吃住。你就在草原上搭個帳篷，跟你那些羊待在一起。飯得你自己做，但柴和水都會送到你的營地去。這工作很輕鬆。』

「『我做，』我說，『就算必須像畫裡的牧羊人那樣頭頂花環，手執拐杖，穿著鬆鬆垮垮的衣服，我也要接下這件差事。』

「於是，第二天早上，小個子牧場主人幫我把羊群從圈裡一直趕到兩英里外，在草原上找了個小坡，讓牠們吃草。他一直囑咐我，什麼不要讓羊結伴離開大群啊，中午要把牠們趕去水坑那裡喝水啊，沒完沒了。

「『天黑之前，我會用馬車把你的帳篷、口糧、露營裝備都送過來。』他說。

2「放牧」的英文是「herd」，「聽說」的英文是「heard」，兩者讀音相近。

「『好，』我說，『別忘了口糧。也別忘了裝備。一定得帶上帳篷。你的名字叫佐利科佛，對嗎？』

「『我的名字，』他說，『是亨利·奧格登。』

「『哦，好，奧格登先生，』我說，『我是帕西法爾·聖克雷爾先生。』

「我在這片小牧場放了五天羊，羊毛填滿了我的靈魂。我實實在在地成了自然的一部分，簡直比魯賓遜·克盧梭[3]的山羊還要寂寞。我見過大把的人，和他們做伴總比陪著這些羊更有趣。每天晚上，我把牠們趕回去圈好，接著做玉米餅、烤羊肉、煮咖啡，然後躺在一塊桌布大小的帳篷裡，聽營地周圍的土狼和夜鶯唱歌。

「到了第五個晚上，我把那些價值不菲但話不投機的羊圈起來之後，就步行去到牧場小屋，走進了房門。

「『奧格登先生，』我說，『你我得多走動走動。羊呢，作為風景中的小點綴，確實不錯；割掉羊毛，做成八美元一套的毛料衣服，那也很好。但要和牠們在飯桌邊聊天，或是在爐火旁做伴，那簡直就是一種折磨。如果你有一副撲克牌、一套飛行棋或者作家遊戲[4]，拿出來一起玩啊，讓我們也來參加一點智力活動。我需要動動腦子，哪怕只是把某個人的腦漿敲出來也算數。』

「這個亨利·奧格登是一個特別的牧場主人。他佩戴戒指、大金錶，一絲不苟地繫了領帶，面容冷靜，夾鼻眼鏡擦得又淨又亮。有一次我在穆斯科吉見到一個因為殺了六個人而被判絞刑的亡命徒，那傢伙跟他長得一模一樣。我還認識一個阿肯色州的牧師，你會把他認作這個牧場主人的兄弟。我不是很在乎他到底是凶手還是信徒；我只想找個伴，至於跟我共度那段時光的，究竟是高潔的聖人還是迷失的罪人，那都無妨——只要跟羊撇清關係就行。

「『嗨，聖克雷爾，』他放下正在看的書，說道，『我知道，一開始你肯定會覺得寂寞。我不否認，我自己也覺得無聊透頂。你確定把羊都圈好了嗎？不會跑出來吧？』

「『羊群就像指控百萬富翁殺人的陪審團一樣，被關得牢牢的，』我說，『在牠們需要人照料之前，我早就回去了。』

「於是，奧格登翻出了一副紙牌，我們玩起了卡西諾[5]。我在牧羊營待了五天五夜，這時就像在百老匯喝酒一樣開心。拿到好牌的時候，我興奮得就跟在特里尼蒂[6]贏了一百萬似的。等亨利．奧格登放鬆下來，說起那個關於『臥鋪車廂的女士』的故事，我笑了足有五分鐘。

「這表明生活是一個相對題。一個見過大世面的人，對於喬．韋伯[7]放的一把燒掉三百萬美元的大火，或是亞得里亞海，可能都懶得轉頭去看。但你叫他放幾天羊試試，他會因為『今晚不敲宵禁鐘』而笑得岔氣，會因為能陪太太打牌而由衷地快樂。

「過了一會兒，奧格登拿出一瓶波旁威士忌，有關放羊的話題就完全被拋到九霄雲外了。

3 魯賓遜．克盧梭，是《魯賓遜漂流記》的主角。
4 作家遊戲，指一種以作家為題材的紙牌桌遊。
5 卡西諾，一種可用於賭博的紙牌遊戲，透過計算手裡撲克牌的點數可以收走桌面的牌，收牌數較多的玩家獲勝。
6 特里尼蒂，位於德州東部的重要城市。
7 喬．韋伯，指約瑟夫．韋伯（一八六七—一九四二），美國著名的喜劇演員。

「『大約一個月以前吧，報紙上登過一條新聞，你記得嗎？』他說，『在麻薩諸塞州、堪薩斯州和德州之間的火車運行路段上，一列火車被劫持了。押運員肩膀中彈，大約一萬五千美元被捲跑了。據說，是一個人單槍匹馬幹下來的。』

「『我有點印象，』我說，『不過這種事很常見，不會一直被德州人記在腦子裡的。他們追上那搶劫犯了嗎？逮捕他了嗎？』

「『他逃脫了，』奧格登說，『我今天看到報紙上說，警察一路追蹤他，追到這一帶來了。好像被劫走的錢都是埃斯皮諾薩第二國民銀行首批發行的鈔票。所以，他們就循著這裡面被花掉的那些錢，找到這邊來了。』

「奧格登給自己添了些威士忌，再把酒瓶推給我。

「『我想，』我先抿了一口杯裡的皇家酒[8]，然後說，『對於一個火車劫匪來說，跑到這裡來躲一陣子，絕對不是個蠢主意。一片養羊的牧場是最適合他的地方了，誰會想到，在小鳥、羊群和野花中間，竟能找出這麼一個狠角色呢？順便問一句，』我打量了一下亨利．奧格登，說道，『報上有提到這個獨行大盜的特徵嗎？像是什麼相貌啊，身高體重啊，有沒有補過牙齒啊，服裝式樣啊……』

「『唔，沒有，』奧格登說，『他們說，沒人看到過他的臉，因為他一直戴著面罩。但他們知道，這個火車劫匪的名字叫黑比爾。因為他一直是獨來獨往的，卻把一塊繡著自己名字的手帕掉在火車上了。』

「『好吧，』我說，『我贊成黑比爾躲在牧場裡。照我看，他們找不到他的。』

「『逮到他能領到一千美元賞金。』奧格登說。

「『我不需要那種錢，』我直視著這位牧羊人先生的眼睛說，『你每個月給我十二美元，夠用了。我需要的是休息，同時也存點錢，存夠去特克薩卡納的火車票錢。我那個守寡的母親住在那裡。如果黑比爾朝這邊來了，』我意味深長地看了看奧格登，繼續說道，『比如說，一個月之前到了這裡，還買下了一個小牧場——』

「『住口，』奧格登氣勢洶洶地從椅子上站起來，說道，『你是不是在影射——』

「『沒有，』我說，『沒有任何影射。這只是一個假想。我是說，如果黑比爾朝這邊來了，而且買下了一個牧場，還雇我給小羊唱搖籃曲，待我又寬厚又友善，就像你所做的一樣，那麼對於我，他永遠也沒什麼好擔心的。一個人不管和羊或者火車有什麼瓜葛，也還是一個人而已。現在你瞭解我的立場了吧。』

「有九秒鐘時間，奧格登的臉黑得像營地的咖啡。然後，他就被逗樂了。

「『你這人說到做到，聖克雷爾，』他說，『如果我真是黑比爾，也不會不信任你。咱們今晚玩兩把「七點」吧，我是說，如果你不介意跟火車劫匪玩牌的話。』

「『我把我的想法對你和盤托出了，』我說，『沒有任何附加條件。』

「打完第一局，我在洗牌的時候裝作漫無目的地問奧格登，他是從哪裡來的。

「『哦，』他說，『從密西西比河谷來的。』

8 皇家酒，「波旁」是法國波旁王朝的皇家姓氏，因此主人公將波旁威士忌戲稱為「皇家酒」。

「『真是好地方，』我說，『我常在那裡休息。但你是不是覺得在那裡床單總是有點溼，東西也不好吃？』我又說，『我呢，在太平洋沿岸出生長大。你去過那裡嗎？』

「『風太大了，』奧格登說，『不過，如果你到中西部去，只要報上我的名字，保管有人用暖腳的爐子和上好的咖啡招待你。』

「『這樣啊，』我說，『我可沒想套出你的私人電話號碼，或是你那個拐走了坎伯蘭長老會牧師的阿姨的名字。這都不重要。我只想讓你知道，你把自己交到你的羊倌手上，是很安全的。好了，該走黑桃的時候別出紅心，別那麼焦慮。』

「『還在胡扯，』奧格登又笑了，說道，『你怎麼不想想，如果我是黑比爾，還認為你對我起了疑心，那我幹嘛不給你來一槍，徹底醫好我的焦慮？』

「『不會的，』我說，『一個有膽量獨自劫火車的男人不會耍這種把戲的。我在外面打滾得久了，知道哪種人最講義氣。倒不是說，我已經可以自稱是你的朋友了，奧格登先生，』我又說，『我只是你的羊倌；但如果一切順利，我們也可能成為朋友。』

「『請你先把羊的事擺一邊，』奧格登說，『快點切牌。』

「大約過了四天吧。一個中午，趁著羊在水坑邊喝水的時候，我抓緊這難得的閒暇，煮了一壺咖啡。一個神祕人物穿著顯然經過精心搭配，以代表個人身分的外衣，騎著馬緩步走過草地。他的打扮介於坎薩斯城的偵探、水牛比爾[9]和巴吞魯鎮的捕狗人之間。他的下巴和眼睛並不是戰鬥型的，所以我知道，這只不過是個探路的。

「『在放羊？』他問我。

「『嗯，』我說，『對你這樣一個精明能幹的人，我可不敢說自己從事的是修復古青銅器或者給自行車鏈輪上油的工作。』

「『照我看，你的談吐和形象都不像放羊的。』他說。

「『但你的談吐和形象都符合我的猜想。』我說。

「然後他問起我的雇主是誰，我把兩英里以外丘陵旁邊的小牧場指給他看，他則告訴我，他是一個副警長。

「『有個叫黑比爾的火車劫匪應該就在這一帶的某個地方，』探路的說，『有人跟著他，一直跟到聖安東尼奧，可能還不止。過去這一個月來，你有沒有看見過或聽說過有什麼陌生人到過這附近？』

「『沒有，』我說，『只聽人講起，弗里奧河那邊的魯米斯牧場，在墨西哥人居住區裡有個新來的。』

「『你瞭解這人的情況嗎？』副警長問。

「『他是三天前出生的。』我說。

「『雇你工作的那位是個什麼樣的人？』他又問，『這地方不是老喬治·雷米的嗎？過去十年他一直在這裡養羊，但從沒發達過。』

「『那老頭把地賣了，到西部去了，』我告訴他，『大概一個月之前，另一個養羊的老闆從他手裡

9 水牛比爾，是十九世紀下半葉美國西部的傳奇牛仔，參加過南北戰爭，因為舉辦了一場以西部為主題的巡迴表演而名聲大噪，被稱為「美國西部神話的締造者」。

把買賣接了過來。』

「『是個什麼樣的人？』副警長又問了一遍。

「『哦，』我說，『是個大胖子，荷蘭人，一把長鬍子，戴一副藍色眼鏡。我覺得他連綿羊和地松鼠都分不清。我猜老喬治在這筆買賣裡狠敲了他一筆。』

「副警長又東拉西扯地問了一堆不著邊際的問題，順帶吃掉了我這頓晚飯的三分之二，然後才騎馬離開。

「那天晚上我跟奧格登提起這件事。

「『他們就像章魚一樣，用觸手纏住了黑比爾。』我說，然後就把副警長的情況告訴了他，還包括我怎樣向副警長描述他，副警長對此又說了些什麼。

「『哦，好，』奧格登說，『咱們別讓自己捲進黑比爾的麻煩裡。咱們有咱們自己的事。把碗櫃裡那瓶波旁威士忌拿出來，為他的健康乾一杯吧——除非，』他笑了兩聲，說道，『你對火車大盜有成見。』

「『我喝，』我說，『為所有把朋友當朋友的人乾杯。而且我相信，』我接著說，『黑比爾就是這種人。所以，乾了這一杯，祝黑比爾好運。』

「我倆都喝了。

「大約兩個星期以後，就到了剪羊毛的時節。得把羊趕回牧場，再叫一大幫邋裡邋遢的墨西哥人用彈簧剪刀把牠們的毛鉸個精光。所以，在這群『理髮師』到來之前的那天下午，我趕著那些還沒完全長大的小羊翻過山嶺，穿過河谷，順著蜿蜒的溪流走到牧場莊園。我把牠們關進畜欄，像每晚一樣，和牠們道別。

「我去了牧場主人的房子，發現亨利．奧格登先生躺在他的小吊床上睡著了。我猜他已經被反失眠之力征服，被不醒之症入侵，或是染上了與數羊有關的職業病。他的嘴巴和背心都敞著，呼吸的聲音像個二手的自行車打氣筒。我看著他，不由得生出一些感慨。『凱撒大帝，』我說，『閉上嘴，別讓風灌進來，這才是睡覺的正確姿勢。』

「即使是天使，看到一個熟睡的男人，也不得不流淚。他的頭腦、肌肉、神經、背景、權力、家世又能派什麼用場？他只能任由敵人擺布，對朋友更是毫不設防。他的睡姿和午夜十二點半靠在大都會歌劇院外，夢見阿拉伯平原的拉車馬一個德性。可是你知道，一個熟睡的女人就大不相同了。不管她的長相如何，在睡相方面也好過全體男人。

「我喝了一杯威士忌，又替奧格登喝了一杯，在他打盹的時候，盡可能把自己伺候舒服。他的桌上有幾本書，都是些土裡土氣的題材，像是日本啊，排水啊，體育文化啊——另外，還有些菸草，這東西就時髦多了。

「我抽了一會兒菸，聽著亨利．奧格登的呼嚕聲，有意無意地望了望窗外準備用來收割羊毛的羊圈。在那邊，有一條小路從另一條幾乎一模一樣的小路中伸出來，而這條較遠的小路又通向更遠處的一條和小路一樣曲折、一樣纖細的小河。

「我看到五人五騎正朝這邊來，每副馬鞍上都橫放著一支槍，其中就有曾在營地向我問話的那位副警長。

「他們散開隊形，給槍上了膛，小心翼翼地騎行。我用我的眼睛從這支法律與秩序的騎兵中挑出了他們的頭號人物。

「『晚安啊，各位先生，』我說，『不如先下來把馬拴好吧。』

「為首的人策馬向我靠近，抬起了手裡的槍，看起來，我的身體正面整個都暴露在他的射程之內了。

「『手放在原處不准動，』他說，『直到你把必須交代的事情對我交代清楚。』

「『我不動，』我說，『我不是聾啞人，一定做到有問必答，不會違抗你的命令。』

「『我們正在偵辦黑比爾的案子，』他說，『五月分的時候，這人劫持火車，搶走了一萬五千美元。我們正在搜查每個牧場和牧場的每個人。你叫什麼名字，在這個牧場是幹什麼的？』

「『長官，』我說，『帕西法爾．聖克雷爾是我的職業，我的名字是放羊。今晚我把我的牛群──哦，我的羊群──圈在這裡。收羊毛的人明早就來給牠們理髮──我猜，還得抹點爽膚水。』

「『牧場的主人在哪裡？』這夥人的隊長又問我。

「『且慢，長官，』我說，『要是能抓住你在開場白裡提到的那個亡命徒，是不是有什麼獎賞可以領？』

「『有一千美元賞金，』隊長說，『但要等他落網定罪之後，對於通風報信的，好像沒有這方面的條令。』

「『看來，這一兩天要下雨了。』我說，接著百無聊賴地仰望著湛藍的天空。

「『假如你知道這個黑比爾是什麼人，在什麼地方，有什麼祕密，』他聲色俱厲地甩出一通套話，『知情不報就是犯法。』

「『我聽一個修籬笆的工人說，』我結結巴巴地說，『一個墨西哥人在努埃塞斯的皮欽商店告訴一個牛仔，說他聽人說在兩週以前，有個牧羊人的表弟在馬塔莫羅斯見過黑比爾。』

「『你嘴很硬啊，我跟你講，』隊長打量著我，用討價還價的語氣說，『如果你帶我們去逮黑比爾，我自己——我們自己——掏腰包，付給你一百美元。這已經夠大方了。你沒資格提別的要求。好了，你覺得怎麼樣？』

「『立馬付現錢嗎？』我問。

「隊長和他的手下盤算了一番，他們把口袋裡的東西都掏出來算了算。這幫人總共能拿出一百零二美元三十美分，外加值三十一美元的口嚼菸草。

「『靠近點聽我講，長官。』我說。他照辦了。

「『我窮困潦倒、地位卑微，』我說，『為了每個月十二美元的工錢，我必須把一大群一心只想跑散的牲口聚在一起。儘管，』我說，『我自認要比南達科他[10]人稍好一點，但對於一個過去只知道羊肉可以吃的人來說，這就夠落魄的了。我跌進如此低谷，主因是壯志未酬、蘭姆酒，還有一種在賓夕法尼亞鐵路沿線一帶，從斯克蘭頓到辛辛那堤都會調製的雞尾酒——把琴酒、法國苦艾酒混合起來，再擠一點青檸汁和適量的苦橙汁就行。如果你有機會經過那片地方，別忘記叫人家也給你調一杯。再重申一下，』我說，『我沒有背叛過朋友。在他們風光的時候，我總是緊跟他們，在我倒楣的時候，我從沒放

10 南達科他，指南達科他州，位於美國中西部草原與洛磯山脈之間，曾為印第安人聚居地。

棄他們。』

「『但是，』我接著說，『有個朋友是例外。每月十二美元只夠結成泛泛之交。我也不認為黑豆和玉米麵包是招待朋友的食物。我是窮人，』我說，『我在特克薩卡納有個守寡的母親。你們要找黑比爾，』我說，『就去這棟屋子右手邊的房間，他就在裡面，睡在一張吊床上。從他所說起的和他所談論的來看，這人就是你們找的人。不管怎麼說，他還算是我的朋友，』我辯解道，『如果我還是過去的我，就算把整座貢朵拉金礦搬來，也不能誘使我出賣他。可是，』我說，『每個星期發一次豆子，有一半還生了蟲，營地裡的木柴也缺得要命。』

「『進去吧，最好當心點，各位先生，』我說，『他有時候似乎很暴躁，考慮到他最近的職業方向，如果突然受到刺激，他可能會魯莽行事。』

「於是，這支隊伍集體下馬拴馬，卸下槍支彈藥，躡手躡腳地進了屋子。我跟著他們，就像領著非利士人算計參孫的大利拉[11]。

「這夥人的頭頭搖醒了奧格登。他立刻跳起來，另外兩個賞金獵人也朝他撲過去。奧格登人雖瘦削，卻出奇地強壯，以寡敵眾，一時竟然未落下風，讓我大開眼界。

「『這是什麼意思？』他在被按倒之後問道。

「『你被捕了，黑比爾先生，』隊長說，『就是這個意思。』

「『簡直豈有此理。』亨利．奧格登怒氣更盛了。

「『確實，』那個衛道士說，『鐵路公司可沒惹你，再說了，法律明令禁止打郵遞包裹的主意。』

「他坐在亨利．奧格登的肚子上，有針對性地仔細搜查他的口袋。

「『我會讓你為此汗顏的，』奧格登說，但他自己倒先『汗顏』了，『我能證明我的身分。』他又說。

「『我也能證明你的身分，』隊長說著，從亨利·奧格登上衣裡面的口袋掏出一把埃斯皮諾薩第二國民銀行發行的新鈔票，『這些錢要比你每週二、週五定期使用的貴賓卡更能說明你都做過什麼，該擔什麼。現在，你可以起來跟我們走了，想想怎麼為自己的罪行辯護吧。』

「亨利·奧格登站起來，理了理他的領帶。在他們從他身上搜出那筆錢之後，他再沒說過話。

「『真是個好主意，』治安隊長欽佩地表示，『溜到這麼個地方，買一個牧場養羊，神不知鬼不覺。我頭一次見到這麼巧妙的藏身辦法。』

「然後，這夥人中的一個去了準備剪羊毛的羊圈，把另一個牧羊人，一個叫約翰·薩里斯的墨西哥人叫了過來。薩里斯給奧格登備好馬，警察坐在馬上端著槍，把他圍在中間，準備把他們的犯人押到鎮上去。

「出發前，奧格登把牧場託付給約翰·薩里斯，叮囑他關於剪羊毛的事情，還交代他去哪裡放羊，好像他算好了過幾天就會回來似的。幾個小時之後，也許會有人看到，一個叫帕西法爾·聖克雷爾的人，一個小牧場的前牧羊人，口袋裡裝著一百零九美元——工錢加上昧心錢——騎著牧場的另一匹馬朝南去了。」

---

11 這裡的典故出自《聖經·舊約·士師記》。參孫是一個猶太領袖，力大無窮，挫敗了許多非利士人的陰謀，但因為愛上了非利士的美女大利拉，終於被剪去維繫神力的長髮並被非利士人囚禁。

紅臉漢子停下來傾聽著什麼。從低矮的群山之間，遠遠地傳來了行駛中的貨運列車的汽笛聲。坐在他身邊的那個無精打采的胖子輕哼了一聲，不以為意地緩緩搖了搖亂蓬蓬的腦袋。

「怎麼了，斯奈皮？」另外一個問道，「又覺得不舒服了？」

「不，我沒有，」那無精打采的人又哼了一聲，答道，「但我不喜歡你說的這些話。你和我時聚時散，好歹也做了十五年的朋友；我還沒見過或者聽過你向官府舉報過任何人——一個也沒有。你喝了這個人的酒，還和他坐在同一張桌子旁邊玩牌——如果打卡西諾也算玩牌的話。但你竟然向官府舉報他，還領了賞錢。我說，這可不像你的為人。」

「這個亨利．奧格登，」紅臉漢子又繼續說道，「他請了一名律師，憑藉不在場證明和其他法律依據，為自己恢復了自由身，這是我後來聽說的。他沒受什麼罪。他待我不薄，我才不想陷害他呢。」

「那麼他們從他口袋裡搜出來的鈔票是怎麼回事？」那無精打采的人問。

「我放進去的，」紅臉漢子說，「他睡著的時候，我看到那隊人馬朝這邊來了，就這麼做了。我才是黑比爾。快看，斯奈皮，火車來了！趁著它取水的時候，咱們踩著保險桿爬上去。」

平均海拔問題

某年冬天，紐奧爾良的城堡歌劇團沿著墨西哥、中美洲和南美洲的海岸線，試探性地做了一次巡演。結果，那次冒險取得了前所未有的成功。熱愛音樂、敏感多情的西班牙語系美洲人用金錢與喝彩淹沒了歌劇團。經理變肥了，也變和藹了。要不是氣候不允許，他早就讓那朵象徵繁榮的奇葩（一件鑲有飾帶、綴有盤花鈕扣的華麗皮草）在他身上綻放了。他還差點被說動，打算給員工加薪。不過，他費了很大力氣，終於還是克制住了這種雖說快樂，卻全無利益可言的強烈衝動。

在委內瑞拉海岸的馬庫托，歌劇團的演出尤其大受歡迎。想像一下，把康尼島搬進西班牙語地區去，你大概就瞭解馬庫托是什麼樣了。從十一月到來年的三月，都是人頭攢動的旺季。度假的人群從拉瓜伊拉、卡拉卡斯、巴倫西亞和其他內陸城鎮蜂擁而來。等著他們的是海水浴、慶典、鬥牛和流言蜚語。遊客對音樂有一種狂熱，廣場和海濱的樂隊掀起了他們的激情，卻無法滿足他們。城堡歌劇團適時到來，在尋歡作樂的人中間引發了最大限度的熱捧。

委內瑞拉的總統和獨裁者，大名鼎鼎的古斯曼．布蘭科，與一干政府官員一起，也在馬庫托度假。這個大權在握的統治者——他自掏腰包，每年給卡拉卡斯的大歌劇團發四萬披索津貼——下令騰空一間國有庫房，改作臨時歌劇院。舞臺很快就搭好了，給觀眾準備的簡易木凳也做好了，還加設了總統和軍政要人專用的包廂。

歌劇團在馬庫托待了兩個星期。每一場演出都座無虛席，觀眾把劇院裡擠得水泄不通。瘋狂的樂迷為了爭奪門口和窗口的空間而大打出手，成百上千的人簇擁在外面。那些觀眾形成了一個色彩斑斕的方塊島嶼。從純種西班牙人的淺橄欖色到混血兒的黃色和棕色，再到加勒比人和牙買加黑人的煤炭色，都可以在這些人的臉上找到。其間還夾雜著三三兩兩的印第安人，面孔像石雕，裹著豔麗的織毯——他們是從薩莫拉、安第斯和米蘭達等山區來濱海市鎮賣金沙的。

這些內地居民著魔的樣子著實引人注目。他們被狂喜俘獲，坐著一動不動，在手舞足蹈、口沫橫飛、拚命宣洩快樂的馬庫托人之中顯得格外突出。只有一次，那幫土著任由隱晦的心花在臉頰上怒放。那是在演出《浮士德》的時候，古斯曼．布蘭科陶醉於《珍寶之歌》的動聽，將一袋金幣扔上了舞臺。其他的傑出公民見狀紛紛效仿，將隨身帶著的現錢都順手拋了出去，有幾位時髦的貴婦到了興頭上，將一兩件珠寶和鑽戒扔到了瑪格麗特腳下——根據節目單，瑪格麗特的扮演者是妮娜．吉勞德小姐。隨後，只見各式各樣駑鈍木訥的山中居民在倉庫的各個位置此起彼伏，把茶色和褐色的小袋子往臺上扔，東西落地的時候發出「噗」的一聲，就定住不動了。當吉勞德小姐在化妝間裡解開這些鹿皮小袋子，發現裡面裝的是純淨的金沙時，肯定會因為這些給予她藝術的嘉獎而快樂得兩眼放光。如果確實如此，這份快樂也是她理所應得的，因為她的演唱乾淨高亢，充滿藝術家的激情和感染力，配得上她所贏得的犒賞。

不過，城堡歌劇團的勝利並不是這篇故事的主題——只是主題賴以發展和渲染的引子。馬庫托發生了一起悲劇事件、一個無法解開的謎題，使這多彩的歡樂時節也一時為之沉寂。

某個晚上，短暫的黃昏剛過，再過一會兒，妮娜．吉勞德小姐本該像熱情似火的卡門一樣身著紅黑兩色的服裝，在音樂中賣力旋轉，但她卻讓傾注於舞臺之上的六千多雙眼睛和同樣數目的心靈落空了。隨後是一陣可想而知的騷亂，大家匆匆忙忙地到處找她。跑腿的飛也似的趕去她下榻的法國人開的小旅館。團裡的其他人則分頭去了她有可能逛逛的商店、有可能忘情以致消磨太久的海濱浴場。但所有人都遍尋無果，吉勞德小姐消失了。

半小時過去，她仍沒有現身。獨裁者不習慣名角的反覆無常，漸漸失去耐心。他派了一名副官去包廂外傳話給經理，如果不馬上開場，他就把整個歌劇團都投進監獄，儘管被迫出此下策，他會感覺十分遺憾。只要他一聲令下，馬庫托的鳥兒都得歌唱。

經理只好放棄吉勞德小姐能及時回來的指望。合唱隊的一名演員多年來一直眼巴巴地夢想著天賜良機，這會兒迅速把自己扮成了卡門，於是，歌劇演出得以繼續。

後來，失蹤的女歌手始終音訊杳然，歌劇團只得向當局求助。總統果斷調動軍隊、警察和全體市民參與搜查，但還是沒能找到有關吉勞德小姐的任何線索。城堡歌劇團只好先離開，到其他沿海城鎮履行演出合約去了。

回程時，輪船又一次停靠馬庫托，經理焦急地到處打聽，依舊沒人發現那位小姐的蹤跡。到這地步，城堡歌劇團也就無能為力了。吉勞德小姐的私人物品都存放在旅館裡，以備她將來再次出現，而歌劇團則繼續踏上前往紐奧爾良的歸途。

堂約翰尼．阿姆斯壯先生的兩頭鞍騾和四頭馱騾在海灘旁的公路上站著，耐心地等著趕騾人路易斯的皮鞭聲。那將預示著另一趟前往山區的長途跋涉就此開始。馱騾背上扛著種類繁多的五金器具。堂約翰尼要用這些東西換取金沙。內地的印第安人在安第斯山的溪流中洗好這些金沙，再儲存進羽毛管和小袋子裡，等著他來做交易。這種買賣利潤頗豐，阿姆斯壯先生有望在近期存夠資金，買下他夢寐以求的咖啡種植園。

阿姆斯壯站在狹窄的人行道上，一邊和老佩拉爾托講著篡改過的西班牙語，一邊和拉克講著刪減過的英語。老佩拉爾托是當地的富商，剛以原價的四倍賣了六打鑄鐵斧頭給阿姆斯壯；拉克是個小個子德國人，在這裡當美國領事。

「先生，」佩拉爾托說，「願諸聖徒保佑你一路順風。」

「最好試試奎寧，」拉克透過嘴裡的菸斗發出咆哮，「每晚吃兩粒。別去得太久了，約翰尼，我們需要你。梅爾維爾的惠斯特牌打得糟糕透頂，又找不到替代的人。再會。騎騾子從懸崖邊經過的時候，眼睛要盯著騾子的兩耳中間。」

路易斯騎的那頭騾子的鈴鐺聲一起，整個騾隊便隨之魚貫而去。阿姆斯壯跟在隊伍的末尾，向身後揮手作別。他們拐進了狹窄的街道，經過英格爾斯旅館的二樓小木屋。艾夫斯、道森和理查茲以及另外幾個人正在寬敞的走廊上偷懶，翻看著一個星期之前的舊報紙。他們紛紛擁到欄杆前，喊著親切的、聰明的，或愚蠢的話語，向他道別。穿過廣場時，他們在古斯曼·布蘭科的銅像前小跑而過——有人用從革命黨那裡繳獲的上刺刀的步槍在銅像周圍圍了一圈籬笆。騾隊從兩排擠滿了赤身裸體的馬庫托小孩的茅草屋中間穿過，一路出了城，鑽進一片潮溼陰涼的香蕉林，終於來到一條波光瀲灩的溪流邊。衣不蔽體的棕臉女人像報仇似的在石頭上捶洗衣服。騾隊蹚過了河，再攀上一道陡坡，就和這片海岸所承載的文明說再見了。

一連幾個星期，阿姆斯壯由路易斯領著，沿著他在這片山區裡慣常採用的常規路線行進。在收集了一阿羅瓦[1]的貴金屬，賺了大約五千美元之後，這些減輕了負重的騾子才掉頭折返。在瓜里科河的源頭，水流從山側的一個大缺口中湧出，路易斯在那裡喝停了騾隊。

「先生，再有半天的路程，」他說，「就到一個叫塔庫札馬的村子了。我們還沒有去過，我覺得可以去一下，想必能換到不少金子。值得試試。」

阿姆斯壯表示同意。他們再次調轉方向，朝塔庫札馬去了。這是一條陡峭的山路，要穿過一片茂密的森林。黑暗陰沉的夜幕徐徐降下，路易斯又停了下來。一道幽暗的裂谷橫亙在他們前方，將道路攔腰斬斷。他們這一邊與對面相隔甚遠，沒法看清前方的狀況。

路易斯從騾背上跨了下來。「這裡本來有一座橋。」他喊了一句，然後沿著崖邊跑了一段。「就在這裡。」他嚷嚷著，又騎上騾子，繼續帶路。過了一會兒，阿姆斯壯聽到從黑暗中傳出一陣擂鼓般的響聲。原來，有人用木棍綁著堅韌的獸皮，在裂谷上空搭了一座便橋，騾蹄敲擊皮革的足音在山谷中迴響，有如雷鳴。再往前走半英里，就到塔庫札馬了。村子在一片隱蔽的樹林深處，由岩石和泥土造的小屋聚落而成。他們騎馬進村，眼中所見只有一片沉鬱的孤寂，耳中卻飄進一陣與氣氛毫不相稱的聲音。在距離他們越來越近的一間狹長低矮的泥屋裡，一個華麗的女聲正放歌高唱。歌詞是英語，旋律在阿姆

1 阿羅瓦，一種西班牙語國家使用的重量單位，一阿羅瓦約等於十一公斤。

斯壯的記憶中引發共鳴，但他貧乏的音樂知識卻無法辨認它。

他從騾背上滑下來，悄悄摸到房子一頭的窄窗前。他小心謹慎地朝裡窺探了一眼，看見一個絕色美人，就站在離他不到三英尺遠處，穿著一件華麗的豹皮寬袍子。小屋裡擠滿了蹲坐的印第安人，只給她留出了一小塊立足之地。

女人唱完後挨著小窗坐下，彷彿醉心於透窗而入的清新空氣。她才剛收聲，就有幾個聽眾站了起來，把一些小袋子扔到她腳邊，袋子悶聲落地。之後，在陰鬱的人群裡響起了一陣刺耳的低語聲──這無疑是野蠻人在喝彩和議論。

阿姆斯壯一向果斷，善於把握時機。在這片喧嘩聲的掩護之下，他用壓得很低但足以聽清楚的聲音呼喚那個女人：「別把頭轉過來，聽著就好。我是美國人。如果你需要幫助，告訴我該怎麼做。回答得盡量簡明扼要一些。」

那女人沒有辜負他的冒險。那張蒼白的臉突然一紅，這便算對他表明，她已經理解了他的意思。接著，她說話了，嘴唇幾乎沒有動。

「我被這群印第安人囚禁起來了。上帝知道我有多麼需要幫助。兩個小時後，到離這裡二十碼遠的那座山腳下的小屋去。那屋裡有一盞燈和一面紅窗簾。門口一直有個人把守，你得制服他才行。看在老天的分上，千萬要來啊。」

這個故事似乎在回避歷險、營救和神祕。對於勇往直前的急性子說書人而言，故事的主題太過溫吞，太過斯文。但它是如此古老，可以回溯到時間的源頭。它被命名為「環境」，其實這個詞十分乏力，不足以表達人與自然之間那種難以言喻的親緣關係──那是一種奇特的情誼，令草木山石、雲霧江海都能使我們心潮澎湃。為什麼高聳的山地會讓莊嚴和崇高的感受油然而生?為什麼毗連成林的參天大樹會讓我們陷入嚴肅的沉思?為什麼浪花湧上沙灘會讓我們失去矜持,像猴子般胡鬧起來?是不是原生質——算了,討論到此為止。化學家正在研究這一問題,用不了多久,他們就會把所有生命活動都列在一張符號表裡。

接下來,為了把故事限定在合理的範圍內,我們簡短地做個交代:約翰尼.阿姆斯壯走進了小屋,捂住印第安衛兵的嘴,放倒了他,救出了吉勞德小姐。除了人以外,還帶走了幾磅重的金沙,這些都是她被迫在塔庫札馬駐演的六個月時間裡存下來的。在赤道和紐奧爾良的法蘭西歌劇院之間,卡拉波波印第安人無疑是最狂熱的音樂愛好者。同時,他們也堅定地篤信作家愛默生的諫言:「哦,不滿的人啊,拿走你最想要的東西,並且付出你應付的代價。」他們中有幾個人曾在馬庫托看過城堡歌劇團的演出,對吉勞德小姐的風格和技巧深感滿意。他們想要她,於是在某天晚上,他們悄無聲息地劫走了她。他們對她體貼入微,一天只要她唱一首歌。她很慶幸能被阿姆斯壯先生救出。好了,神祕和歷險就講到這裡,下面再說回原生質的理論。

約翰尼.阿姆斯壯和吉勞德小姐在安第斯山脈的群峰間騎行,沉浸在偉大與崇高的氛圍裡。在自然的大家庭中,最強大、與家人相隔最遠的那位成員又重新認識到自己與親屬之間的聯繫。在那些史前時代就隆起的龐然大物之中,在那些恢宏的寂靜和綿延的空曠之中,人的渺小暴露無遺,就像一種化學品在另一種化學品中析出的沉澱物。他們如同在廟裡一般,一舉一動都必恭必敬。他們的靈魂被抬升到與雄偉的山巒相同的高度。他們在一個莊嚴祥和的地帶悠然前行。

在阿姆斯壯看來,這個女人近乎一件聖物。她仍然沐浴在這番受難所帶來的潔白寧靜的威儀之中,受難淨化了她的塵世之美，給予她一種超凡脫俗的魅力光環。在兩人共處的最初幾個小時裡，她從他那裡得到的愛慕，一半是人間的眷戀，另一半是對臨凡女神的崇拜。

自獲救以來，她還沒有笑過。因為山上的氣溫很低，她始終在裙子外面裹著那件豹皮長袍，模樣就像那片荒涼可畏的高地孕育的一位非凡公主。這個地區的精神和她十分相稱。她的眼睛總是望向那些陰森的峭壁、幽藍的山谷和積雪覆蓋的峰頂，眼神蘊含著與這些事物相同的崇高和憂鬱。在旅途中，她不時唱起動人心魄的讚美詩和禱告曲，激起群山的陣陣應和，以至於他們的整個行程彷彿是在大教堂的通道中莊嚴前進。這得救的人寡言少語，她安寧的心境融於周遭大自然的靜謐。阿姆斯壯將她看作一位天使。他不能褻瀆神明，像追求別的女人那樣去追求她。

第三天，他們開始下行，進入了氣候溫和的臺地和山麓。山脈在他們身後漸漸隱去，但仍巍峨聳立，赫然將令人敬畏的頭顱陳列在地平線上。這裡已經有了些人跡。他們看見咖啡種植園的白房子在空地的另一邊閃著微光。走到大路上，他們遇見了旅人和馱騾。牲口在山坡上吃草。經過一個小村莊時，眼睛圓滾滾的孩子一看到他們就尖叫著跟他們打招呼。

吉勞德小姐脫掉了豹皮袍子。在山裡穿袍子顯得很合適，也很自然，現在就有些不太搭調了。如果阿姆斯壯沒有搞錯的話，在減掉衣物的同時，她也減掉了幾分高貴的舉止。所到之處，人口越來越稠密，生活條件越來越優越，他很開心地看到安第斯山尊貴的公主和女祭司正在逐漸變成一個女人——一個凡間的女人，但迷人的程度絲毫未損。她那大理石般的臉頰上浮出了一些血色。脫去長袍之後，考慮到別人對她的萬般關注，她整了整身上那件樣式比較符合常規的連衣裙，還仔細地梳了梳久未打理的一頭亂髮。在山地苦行的肅殺氣氛之下沉潛已久的世俗的興致，如今又在她的眼中有所流露。

眼見神性在她身上冰消瓦解，他的心為之悸動不已。一個北極歸來的探險家如果遠遠地望見綠色的原野和汩汩的流水，大概也會同樣振奮。現在，他們處在地球和生活的低海拔區域，漸漸屈從於它獨特微妙的影響。他們呼吸的不再是崇山峻嶺中的稀薄空氣。彌漫在他們周圍的是果實、穀物和住家房屋的氣息，是炊煙和溫暖的土地散發的芬芳，是人類橫加在自己和與他們出自同一把塵土的兄弟之間的慰藉物。穿越那些令人望而生畏的山峰時，吉勞德小姐似乎被它們虔誠持重的精神束縛住了。眼下這個女人活潑好動、熱情奔放、充滿渴求，洋溢著生命力和魅惑力，連小指尖都散發著女人味，她和之前那個女人還是同一個嗎？一念及此事，阿姆斯壯就陷入了疑惑。他希望能和這個正經歷轉變的人一起留在這裡，不再下山。這裡的海拔和環境似乎與她的個性相得益彰。他害怕繼續往下，會走到完全由人主宰的高度。到了他們正前往的那片人造地帶，她的精神是不是還會進一步地屈服？

現在，他們從一個小高地上望見海水在綠色低地的邊緣熠熠閃光。吉勞德小姐輕輕地歎了口氣。

「看啊，阿姆斯壯先生，那不是海嗎？多美啊！我早已厭倦了這些山。」她嫌棄地聳了聳嬌俏的肩膀，「那些可怕的印第安人！想想我都遭遇了些什麼！儘管我覺得自己已經實現了成為明星的抱負，但我可不願再被這樣邀約了。多虧了你把我救出來，你真是大好人。告訴我，阿姆斯壯先生——說老實話——我的樣子是不是很嚇人？你知道的，我有好幾個月沒照過鏡子了。」

阿姆斯壯依據自己的情緒變化做出了回答。他還把手放在她擱在馬鞍邊的那隻手上。路易斯在騾隊的前頭帶路，看不見他們。她默許了他的行為，眼中含著笑意，坦然地直視著他。

日落時分，他們的高度已經降至棕櫚樹和檸檬樹掩映的海岸，身處熱帶地區的翠綠、猩紅和赭石色之間。他們進入了馬庫托，看到一群洗海水浴的人在海浪中嬉戲，這些人的活性太高，似乎隨時可能揮發掉。山已經很遠了。

吉勞德小姐的眼睛閃動著喜悅的光芒，這種光芒在群山環伺之下絕不可能出現。有許多其他精靈在召喚她——柑橘林中的寧芙仙女，在海浪中喋喋不休的小妖精，從音樂、香水、色彩和大家的奉承中誕生的小鬼。她突然想到了什麼，開始盡情地放聲大笑。

「會不會引起轟動啊？」她向著阿姆斯壯喊道，「我多麼希望現在就來一個演出合約啊！新聞記者該有多興奮啊！『歌喉曼妙，野蠻人因愛成癡；鋌而走險，原住民囚禁偶像』——這標題是不是很棒啊？不過，我想我沒必要再為錢費心了——這袋在額外加演期間存下的金沙得值好幾千美元，你覺得呢？」

他在她過去下榻的那家甜夢旅館門口和她分了手。兩小時之後，他又回來，站在小會客室兼咖啡館敞開的門外朝裡面張望。

五、六個馬庫托官場和社交圈的風雲人物散坐在房間的各個位置。富有的橡膠專營商維拉布蘭卡先生用肥碩的身體占滿了兩把椅子，巧克力色的臉上露出了軟綿綿的媚笑。法國礦業工程師吉伯特透過擦得晶亮的夾鼻眼鏡色瞇瞇地拋著媚眼。政府軍的門德斯上校穿著繡有金色飾帶的制服，傻呵呵地咧著嘴，正擺弄著香檳酒的瓶塞。另外還有幾個馬庫托的花花公子，也在裝模作樣、搔首弄姿。煙霧瀰漫在空氣中，酒水潑灑在地板上。

吉勞德小姐像枝頭的百靈，棲坐在房間中央的一張桌子上，擺出一副高高在上的架勢。一身別致的配有櫻桃色緞帶的白色麻布衣服代替了旅行時的裝束。蕾絲和褶邊隱約可見，手工刺繡的粉色襪子也恰到好處地露出一點。她的膝上擱著一把吉他，臉上閃耀著復活的光輝，那是鳳凰經受烈火和苦難後抵達極樂之境的安逸。她正和著輕佻的伴奏，唱著一首歌：

你可見一輪又大又圓的月亮
像一個氣球，直往天上飛；
你可見一個又黑又蠢的小鬼
蹦蹦跳跳，想找情人親個嘴。

這時，唱歌的人看到了阿姆斯壯。

「嗨，約翰，快過來，」她叫道，「我等了你一個小時了。你怎麼才來？嘿嘿！不過啊，這群被煙熏黑的傢伙都是你從沒見過的慢郎中。他們根本還沒開始熱鬧呢。來吧，我叫那個戴金色肩章的咖啡色老朋友給你開一瓶冰鎮香檳。」

「謝謝，」阿姆斯壯說，「但現在還不行。我有幾件事要辦。」

他走出去，沿著街逛，碰見了正從領事館朝這邊來的拉克。

「跟你打一局桌球吧，」阿姆斯壯說，「我得做點什麼事，把海平面的味道從嘴裡趕跑。」

紅酋長的贖金

這個主意看起來十分可行，不過還是有點耐心，等我細細道來。我們——比爾．德里斯科爾和我——遊蕩到南部的阿拉巴馬州，突然起了搞綁票的念頭。後來比爾把這叫作「一時的鬼迷心竅」，但要等一切過去，我們才會得出這個結論。

那裡有個小鎮，地勢平得像塊烙餅，名字呢，當然要起得「高一些」，所以叫「頂峰」。這裡棲居著一個和過去簇擁在五月柱[1]周圍的那群人一樣健康自足的農民階層。

比爾和我總共有大約六百美元的資金，只需要再多湊兩千美元，我們就可以在西部的伊利諾州運作一個騙人的城鎮集資籌建計畫。在旅館前的臺階上，我們認真討論了一下。我們認為，在這種半農業社區，居民對子女特別在意，再加上這地方又不在報紙的發行範圍之內，要執行一起綁架，自有別處比不了的優勢。要知道，報紙會派記者喬裝打扮去跟蹤炒作這類話題，給我們平添很多麻煩。我們知道，頂峰鎮拿不出什麼有力的措施來對付我們，無非是派幾名巡警，可能還有幾隻懶洋洋的獵犬，最多再在《農民經濟週報》上登一兩篇洩憤的文章。所以，這主意似乎可行。

我們選中的受害者是本地名流埃比尼澤．多塞特的獨子。他的父親為人正派，但不大方，喜歡把錢拿去放貸，遇到教堂募捐，總是能省則省，能免則免。那孩子十歲，臉上有淺浮雕似的雀斑，頭髮的顏色和你趕火車時在月臺報攤上買的雜誌封面一個樣。比爾和我估計埃比尼澤會乖乖地交出兩千美元贖金，一塊錢也不敢少給。不過，且等我細細道來。

距離頂峰鎮約莫兩英里的地方有一座小山，山上長滿了茂密的雪松，山的背面有一個岩洞。我們在洞裡囤了些口糧。

一天傍晚，太陽剛下山，我們駕著一輛輕便馬車，從老多塞特家經過。那孩子在街上，正朝對面籬笆牆上的一隻小貓扔石頭。

「嘿，小孩！」比爾說，「你想不想來一袋糖果，再坐車兜一會兒風？」

那孩子丟過來一塊碎磚頭，不偏不倚，正中比爾的眼睛。

「就憑這一下，那老頭就得多付五百美元。」比爾嘴上還在說著，人就下了車。

那孩子打起架來像一頭次中量級的棕熊，但最後，我們還是把他塞進車廂底部，趕車跑路了。我們把他抬進山洞，我又在雪松林裡拴好馬。天黑以後，我把馬車趕回三英里外租車的村子，然後步行回到山上。

比爾正往臉上被抓破和打傷的地方貼膏藥。山洞入口的大石頭後面有一堆篝火，男孩在那裡守著一壺沸騰的咖啡，紅頭髮上插了兩根禿鷹的尾羽。待我走近，他用一根木棍指著我說：「哈！該死的白人，你竟敢進入平原魔王紅酋長的營地？」

1 五月柱，是以鮮花和彩帶等加以裝飾的一段粗壯的樹幹，主要在西方傳統節日「五朔節」慶典上做祭祀用。農民會圍繞著五月柱載歌載舞，慶祝穀物豐收、牲畜豐產，並向農牧神祈禱下一季的風調雨順。

「他現在好極了，」比爾一邊說著，一邊捲起褲腿，查看小腿上的瘀傷，「我們在扮演印第安人。『水牛比爾』的演出跟我們一比，就像市政廳裡放的巴勒斯坦幻燈片一樣無聊。我是獵人老漢克、紅酋長的俘虜，天一破曉就要被剝掉頭皮了。我的天！這小子踢人真夠狠的。」

是啊，先生，那孩子似乎有生以來就沒這麼開心過。在山洞露營的樂趣使他忘記了自己才是俘虜。他立刻給我起好了名字，叫密探蛇眼，還宣布，等他手下的勇士征戰歸來以後，就要在太陽升起時把我綁在火刑柱上燒死。

接著，我們吃了晚飯；他嘴裡塞滿了熏肉、麵包和肉汁，卻還要開口說話。這番席間演講的大致內容如下：

「我很喜歡這樣。我以前從沒有在外面露營過；但我養過一隻負鼠。我上回過生日時剛滿九歲。我討厭上學。吉米．塔爾博特阿姨的花斑母雞下的蛋被老鼠吃掉了十六個。這些林子裡有真正的印第安人嗎？我還想再來點肉汁。是樹動了才颳風的，對嗎？我家有五隻小狗。你的鼻子怎麼那麼紅啊，漢克？我爸爸很有錢。星星很燙嗎？星期六，我揍了埃德．沃克兩頓。我不喜歡女孩。不用繩子別想抓住蟾蜍。牛會叫嗎？橘子為什麼是圓的？這個山洞裡有睡覺的床嗎？阿莫斯．默里有六根腳趾。鸚鵡會說話，猴子和魚不會。幾乘幾等於十二？」

每過幾分鐘，他就會想起，自己是一個可恨的印第安人，於是抄起他的木棍來福槍，踮起腳尖走到洞口，伸著脖子查看有沒有可恨的白人前來窺探。他還時不時地發出兩聲戰吼，唬得獵人老漢克直發抖。那孩子打一開始就把比爾嚇壞了。

「紅酋長，」我對小孩說，「你想回家嗎？」

「啊，為什麼要回家？」他說，「家裡一點也不好玩。我討厭上學。我喜歡露營。你不會又把我送回家去吧，蛇眼？」

「暫時不會，」我說，「咱們要在這山洞裡住一陣子。」

「好啊！」他說，「那可太好了。我這輩子還沒有這麼開心過。」

我們大約十一點睡的覺。我和比爾在地上鋪了幾條寬大的毯子被子，讓紅酋長睡在我們中間。我們不擔心他會逃走。他總是不一會兒就跳起來，伸手抓來福槍，還在我和比爾的耳邊尖叫：「噓！兄弟。」害得我們過了三個小時還沒睡著。因為在他幼稚的幻想中，不法集團在祕密接近這裡時踩到了樹枝和樹葉，弄出實際並不存在的劈啪聲和沙沙聲。最後，我頭昏腦脹地睡了過去，夢見我被一個凶惡的紅髮海盜綁架，還被他綁在一棵樹上。

天剛破曉，我就被比爾發出的一連串可怕的尖叫給嚇醒了。那不是你想像的那種男性發聲器官所製造的吼叫、嚎叫、喊叫，或是驚呼、狂呼，而只是不雅、駭人、可恥的尖叫，就像女人遇見鬼或者毛毛蟲時一樣。天還沒亮就聽到一個強壯但絕望的胖子在不顧一切地尖叫，這實在太可怕了。

我跳起來想看看究竟怎麼回事。只見紅酋長騎在比爾的胸口，一隻手揪住比爾的頭髮，另一隻手握著我們用來切熏肉的鋒利餐刀。根據前一晚做出的判決，他是誠心實意地想剝掉比爾的頭皮。

我奪下小孩手裡的刀子，叫他再躺下睡覺。然而，從那時候開始，比爾就被嚇破了膽。他還躺在他本來躺的那一邊，但只要那孩子跟我們在一起，他就再也沒合過眼。我打了一個盹，但在日出的時候，我想起紅酋長說過，太陽升起就要把我綁在火刑柱上燒死。我並不緊張或害怕，但我還是坐起來，靠在一塊石頭上，點著了菸斗。

「你怎麼起得這麼早，山姆？」比爾問。

「我嗎？」我說，「哦，我的肩膀有點痛。我想坐著讓它放鬆一下。」

「你撒謊！」比爾說，「你害怕。日出的時候你要被燒死的，你害怕他真幹得出來。他也的確幹得出來，只要他能找到火柴。真恐怖，對嗎，山姆？你認為會有人願意花錢把這麼個小鬼贖回家嗎？」

「當然有，」我說，「這種搗蛋鬼才是家長最寵愛的。現在，你跟酋長起來做早飯，我去山頂偵察一下。」

我登上山頂，環顧四周。本來，我以為朝頂峰鎮那邊眺望，能看到村裡那些強壯的農夫拿著鐮刀和乾草叉，在田間地頭戳戳打打，搜索卑鄙的綁匪。但我只看到一派祥和寧靜，視野中只出現了一個人，正趕著一匹暗褐色的騾子犁地。不見有人在小溪裡蹚水查找，也不見傳信的東奔西跑，給心急如焚的父母帶去沒有消息的消息。阿拉巴馬州將一部分地表袒露在我的眼前，上面瀰漫著森林和農田常有的那種矇矇矓矓的睡意。「也許，」我對自己說，「他們還沒發現羊欄裡的羊兒已經給狼叼走了。願上帝保佑狼。」然後我就下山吃早飯去了。

回到山洞時，我發現比爾背靠著山壁，大口喘氣，那孩子還拿著一塊有半個椰子那麼大的石頭，威脅說要砸他。

「他把一個滾燙的燉馬鈴薯塞進我的衣領，」比爾解釋說，「然後用腳把它踩爛。我就打了他一耳光。你身上帶槍了嗎，山姆？」

我搶走男孩手裡的石頭，好不容易才平息了他們的糾紛。「我會收拾你的，」那孩子對比爾說，「所有襲擊過紅酋長的人，最後都要付出代價。你最好小心點！」

早飯之後，那孩子從口袋裡拿出一塊纏了繩子的皮革，走到山洞外面，把它解開。

「他現在又想幹嘛？」比爾焦躁地說，「你說他是不是想逃啊，山姆？」

「這個不用擔心，」我說，「他似乎不是多麼戀家的人。不過，我們也得針對贖金的事做個安排了。他的失蹤好像沒有在頂峰鎮造成多大轟動，也許他們還不知道他被拐跑了。他的家人可能以為他在簡姑姑或者某個鄰居的家裡過夜了。不管怎麼說，今天會有人想起他來的。到了晚上，咱們就得給他父親捎個信，讓他拿兩千美元來贖人。」

這時，我們聽到了戰吼聲，就像大衛打倒鬥士歌利亞時有可能會發出的吶喊。紅酋長從口袋裡掏出的是一個投石器，他正把它舉在頭頂揮舞著。

我一閃身，聽到沉重的一聲「砰」，比爾發出一聲歎息，你給一匹馬卸掉鞍具時，牠也會這樣長出一口氣。一塊雞蛋大小的黑石頭命中了比爾的左耳根。他的身體一軟，撲進還架在火上的煎鍋裡——鍋裡還盛著準備用來洗碗的熱水。我把他拖出來，往他頭上潑涼水，折騰了半個小時。

比爾悠悠醒轉，坐了起來，摸著耳後說：「山姆，你知道我最喜歡《聖經》裡的哪個人物嗎？」

「放輕鬆一點，」我說，「你很快就會清醒過來的。」

「希律王。」他說，「你不會自己走開，把我一個人留在這裡吧，山姆？」

我出去抓住那孩子猛搖了一陣，搖得他臉上的雀斑都咔嚓咔嚓響。

「你要是再亂來，」我說，「我就直接送你回家。現在，你能規矩點嗎？能還是不能？」

「我只是在鬧著玩，」他悶悶不樂地說，「我不是有意要傷害老漢克。但他幹嘛要打我？蛇眼，如果你不把我送回去，今天還准我扮成『黑偵察員』，那我就規規矩矩的。」

「你的遊戲，我不會玩，」我說，「你和比爾先生商量著決定。他才是你今天的玩伴。我要離開一會兒，去辦點事。你現在進來跟他和好，為你弄傷人家好好道歉，不然馬上就把你送回家。」

我讓他跟比爾握了握手，然後把比爾拉過一邊，告訴他我要到離山洞三英里遠的小村白楊灣去，盡量打聽清楚這起綁架案到底在頂峰鎮引起了什麼迴響。我還想當天就給老多塞特去一封措辭強硬的信，要他交付贖金，並且向他指明怎麼交付。

「你知道的，山姆，」比爾說，「遇到地震、火災、洪水——或者開牌局、放炸彈、躲警察、劫火車，哪怕是衝進颶風裡，我都會堅定地和你站在一起，絕不含糊。我從來沒有失掉勇氣，直到咱們綁架了這個兩條腿的沖天炮。他搞得我心驚肉跳。你不會讓我和他在一起待很久吧，山姆？」

「我下午就回來，」我說，「在我回來之前，你得把這孩子哄得又開心又安靜。現在，咱們給老多塞特寫信吧。」

比爾和我拿出紙和筆，開始寫信。紅酋長身上裹著一條毯子，昂首闊步地走來走去，在洞口守衛。比爾含著淚求我把贖金從兩千美元下調到一千五百美元。「我並不想貶低父母關愛孩子的倫理價值，」他說，「但咱們是在跟人打交道，誰要是拿兩千美元來贖這個四十磅重的雀斑野貓，那就不是人了。我寧願要一千五試試看，你少賺的那份差額可以由我來補上。」

為了讓比爾安心，我同意了，於是我們合作寫了下面這封信：

埃比尼澤・多塞特先生：

我們把你兒子藏在一個離頂峰鎮很遠的地方。你，或者最高明的偵探都休想找到他。若想讓他回到你身邊，你必須無條件地滿足以下要求：

你要給我們一千五百美元作為贖金，都要大鈔；今天午夜，你要把錢放在你放回信的同一個地點和同一個盒子裡——下文會詳細說明。如果你答應這些要求，今晚八點半派一個人單獨來送回信。先過貓頭鷹河，再在前往白楊灣的路上，緊挨著右邊麥田籬笆的地方，找三棵跨距大約一百碼的大樹。在第三棵大樹對面的籬笆樁子底下有一個小紙盒。

送信的把回信放進盒子之後要立即返回頂峰鎮。

如果你敢玩花樣，或者違背上面的要求，你就再也見不到你兒子了。

只要你如約付錢，他會在三個小時之內平安回到你身邊。這些條件均已無庸置疑，如不同意，以後再沒有進一步溝通的餘地。

兩個亡命之徒

我在信封上寫好多塞特的地址，把信裝進口袋。就在我打算動身的時候，那孩子來找我，說：

「喂，蛇眼，你說等你走了我就可以扮『黑偵察員』是嗎？」

「當然可以，」我說，「比爾先生會陪你玩的。這遊戲怎麼玩啊？」

「我來當黑偵察員，」紅酋長說，「我必須騎馬去寨子裡警告居民有印第安人來犯。我不想自己扮印第安人了。我想做黑偵察員。」

「好吧。」我說，「聽起來對我沒什麼壞處。我想比爾先生會幫你挫敗那些惹麻煩的野蠻人。」

「我要怎麼做？」比爾狐疑地盯著那孩子，問道。

「你來當馬，」黑偵察員說，「趴在地上，跪下來。沒有馬，我怎麼騎馬去寨子？」

「你最好別掃他的興，」我說，「配合到計畫啟動以後吧。放鬆一點。」

比爾四肢著地，眼神就像掉進陷阱的兔子。

「離寨子還有多遠，孩子？」他嘶聲問道。

「九十英里，」黑偵察員說，「你得加把勁，準時趕到那裡。嚯，走囉！」

黑偵察員跳到比爾背上，用腳後跟踹他的腰。

「看在老天的分上，」比爾說，「快點回來，山姆，越快越好。咱們開的贖金要是沒超過一千就好了。喂，你別踢我了，不然我就起來狠狠地修理你一頓。」

我走到白楊灣，在郵局兼商店裡面坐了一會兒，跟進來買東西的鄉巴佬聊天。一個長著絡腮鬍的人提起他聽說老埃比尼澤．多塞特的兒子是跑了或是丟了，把整個頂峰鎮鬧得沸沸揚揚。這正是我想打聽的。我買了些菸草，隨口問了問黑豌豆的價格，偷偷地投了信就走了。郵政局局長說過，不到一個小時之後，郵差就會來取送往頂峰鎮的信件。

我回到山洞時，比爾和那孩子都不見了。我在山洞附近搜了一遍，還冒險吆喝了一兩聲，但沒有人回應。

我只好坐在長滿青苔的河岸上，點燃菸斗，等著看後面會發生什麼。

過了大約半小時，我聽到灌木叢發出沙沙聲響，隨後比爾搖搖晃晃地走到洞前的一小塊空地上。孩子像偵察員那樣躡手躡腳地跟著他，開心極了。比爾停下來，摘掉帽子，用一塊紅手帕擦了擦臉。那小孩在他身後大約八英尺遠的地方站住了。

「山姆，」比爾說，「我猜你可能覺得我是叛徒，但我真沒辦法。我是個成年男人，有雄性的稟賦和自衛的本能，但總有些時候，這套維護自我和掌控局面的系統會完全失靈。那男孩走了。我把他送回家了。都結束了。古時候有些殉道者，寧死也不願放棄他們喜愛的某種事業。但他們之中，誰也沒有經受過我所經受的非人折磨。我很想遵從我們的強盜守則，但也得有個限度。」

「出了什麼事，比爾？」我問道。

「我被騎著，」比爾說，「跑了九十英里到寨子去，一英寸也不能少。接著，居民得救了，我得到了『燕麥』，沙子可不是什麼美味的替代品。然後我還得再花一個小時跟他解釋空洞為什麼是空的，路怎麼能往兩個方向延伸，草是怎麼變綠的。我跟你說，山姆，只要是人，總有受不了的時候。我揪住他的衣領，把他拖下了山。一路上，他把我的小腿踢得青一塊紫一塊的，我的拇指和手掌還被他咬了兩三口，現在還火辣辣的。

「好在他終於走了，」比爾接著說，「回家去了。我把去頂峰鎮的路指給他看，一腳把他朝那邊踢了八英尺遠。咱們拿不到贖金了，我很抱歉，但如果不這樣做，比爾．德里斯科爾就要進精神病院了。」

比爾還在喘個不停，但紅撲撲的臉上卻現出難以言喻的寧靜和逐漸滋長的滿足。

「比爾，」我說，「你的家族沒有心臟病史吧？」

「沒有，」比爾說，「有得瘧疾的，有意外橫死的，但沒有人有慢性病。問這個幹嘛？」

「那你現在可以轉過去，」我說，「往身後看一眼。」

比爾回過頭，看到了那孩子，嚇得面無人色，一屁股坐倒在地，開始胡亂地扯起手邊的小草和樹枝來。我為他的精神狀態擔心了足有一小時。之後我告訴他，我的計畫是速戰速決，只要老多塞特接受我們的條件，午夜時分我們就能拿到贖金，遠走高飛。於是比爾強打精神，對那小孩擠出一個虛弱的微笑，答應等感覺好一點的時候，陪他玩日俄戰爭的遊戲，由自己來扮俄國人。

我有一個安全收取贖金而絕不會被誘捕的辦法，理應拿出來跟職業綁匪共同參詳。先是在底下放回信，之後還要在底下放錢的那棵大樹緊鄰著路邊的籬笆，四周是大片光禿禿的原野。如果有警察蹲守，想逮住取信的人，那他們從老遠就能看見他走在路上或穿過田野。但這不會發生，先生！八點半我就爬到了樹上，像一隻樹蛙一樣躲好，等著送信的人來。

時候一到，一個半大孩子騎著自行車過來了，他找到了籬笆樁子底下的紙盒，把一張疊好的紙塞進去，就又蹬著車回頂峰鎮去了。

我等了一個小時，確認沒有什麼問題才下樹取信，之後就順著籬笆一直跑進樹林，再過半小時就回到了山洞。我打開紙條，湊近燈光，讀給比爾聽。上面的筆跡很潦草，內容也簡單明瞭，詳細如下：

兩位亡命之徒先生：

今天收到你們寄來的信，信中提出要我以贖金贖回兒子。我認為你們的要求稍稍有些高。故在此，我要向你們提一點反對意見，我猜你們大概會接受。你們送約翰尼回家，並且付我兩百五十美元，我就同意從你們手裡接管他。最好晚上來，因為鄰居都以為他走丟了，若是他們看見有人送他回來，很難說會幹出什麼事情，我可不負責。

埃比尼澤．多塞特謹上

「彭贊斯[2]的大海盜！」我說，「簡直無恥到了極點——」

但我瞟了比爾一眼，又遲疑了。他的眼中有我在不會說話和會說話的牲口臉上看見過的最可憐表情。

「山姆，」他說，「兩百五十美元算得了什麼呀？我們出得起啊。再跟這小孩睡一晚，我就得去精神病院給自己找張床了。我認為，多塞特先生開出這麼慷慨的條件，不但是個十足的君子，而且稱得上是揮金如土了。你也不想錯過這個機會，對嗎？」

「老實跟你講，比爾，」我說，「這小子也把我煩死了。咱們送他回家，付了贖金，早點溜之大吉。」

當晚我們就把他送回了家。我們告訴他，他爸爸給他買了一支銀柄的來福槍、一雙鹿皮鞋，還說第二天我們要一起去獵熊，這才說動他。

我們敲響埃比尼澤家的前門時，正好是十二點鐘。按照原計畫，我本來該在這個時間取出盒子裡的一千五百美元，而現在，比爾卻數出兩百五十美元，遞到了多塞特手裡。

那孩子發現我們要把他留在家裡，便像汽笛似的乾號起來，像水蛭似的牢牢扒在比爾腿上。他父親就像剝一塊石膏一樣，慢慢地把他剝了下來。

2 彭贊斯，是英國一座古老的沿海城鎮，位於英格蘭西南部的康沃爾郡。

「你能撐多久？」比爾問道。

「我的身體沒有以前硬朗了，」老多塞特說，「不過，我想我可以為你們爭取十分鐘時間。」

「夠了，」比爾說，「我要用這十分鐘穿越中部、南部和中西部各州，朝著加拿大邊境飛奔。」

儘管天那麼黑、儘管比爾那麼胖、儘管我跑得那麼快，但等我趕上比爾的時候，他已經在距離頂峰鎮一英里半的地方了。

生活的波瀾

治安官貝納加．威達普坐在辦公室門口抽著他的舊菸斗。坎伯蘭山脈直插雲霄，在午後的薄霧中化為一片藍灰色的陰影。一隻花斑母雞昂首闊步地走在居留地的大街上，傻乎乎地咯咯叫著。

路上傳來車軸的吱呀聲響，接著升起一股塵煙，一輛牛車出現了，坐在車上的是蘭西．比爾布羅和他的妻子。車停在治安官的門前，兩人下了車。蘭西是個身高六英尺的瘦長男子，皮膚是蠟黃色，頭髮是金黃色。大山的靜默像一副甲胄箍在他身上。那女人穿著花布衣裳，面容稜角分明，淡褐色的頭髮梳得很整齊，有一種不抱希望、不感興趣的表情。透過這一切，隱約閃現出一種對年少無知時枉費青春的抗議。

治安官為了保持威嚴，偷偷把腳伸進鞋子，然後挪了挪地方，請他們進屋。

「我們兩個，」女人說話的聲音像風從松枝間掠過，「要離婚。」她瞟了蘭西一眼，想看看他是否從她對他們的事所做的陳述中挑出了什麼缺漏、歧義、含混、偏頗或某種自我袒護之處。

「要離婚，」蘭西鄭重地點點頭，重複了一遍，「我們不可能繼續廝守在一起。一個男人和一個女人住在山裡，本來就夠寂寞了。何況她在家裡不是像野貓一樣喋喋不休，就是像夜梟一樣死氣沉沉，男人沒法跟她過日子。」

「何況？何況他是個沒出息的流氓，」女人說，「一點人情味也沒有，整天跟無賴和酒販子鬼混，灌過了玉米酒就攤在床上；何況他還養了一群餓狗，自己丟著不管，麻煩別人來替他餵！」

「她總是扔鍋蓋打人，」蘭西反唇相稽，「還往坎伯蘭最好的獵兔犬身上潑開水，不肯幫她的男人煮飯，還整夜潑婦罵街，讓他睡不了覺。」

「他總是拒交稅金，還跟人家大打出手，在山裡得了個『鐵公雞』的綽號，這樣的人夜裡怎麼睡得好覺？」

治安官十分審慎地著手履行職責。他把他唯一的椅子和一張木凳搬給訴訟人坐，然後打開桌上的法律章程，查看索引。沒過一會兒，他擦了擦眼鏡，動了動墨水瓶。

「法律和規定，」他說，「述及本庭的管轄範圍時，沒有提到離婚的問題。不過，根據公平原則、憲法和黃金法則[1]，買賣不能只進不出。如果治安官能為一對新人辦理結婚手續，那他顯然也能給他們處理離婚事宜。本庭將發放離婚判決書給你們，並為它徵求最高法院認可的法律效力。」

蘭西．比爾布羅從褲子口袋裡掏出一個小菸袋，從裡面抖摟出一張五美元鈔票，讓它落在桌子上。「我賣掉了一張熊皮和兩張狐皮，」他說，「我們只有這麼多錢了。」

「本庭受理離婚案件的正常收費，」治安官說，「就是五美元。」他裝出若無其事的樣子，把鈔票塞進土布背心的口袋裡。他在體力和腦力方面都使了很大的力氣，終於在半張大頁紙上寫出一份離婚判決書，再在另外半張上面照抄一遍。然後，蘭西．比爾布羅和他的妻子便一起聽他讀這份將給他們帶去自由的文件：

本文書旨在周知所有民眾，蘭西．比爾布羅及其妻阿里艾拉．比爾布羅今日親赴本庭，當面商定他們將來無論是好是壞，無論富裕貧窮，都不再相敬相愛，不再彼此服從。訂立協定時，雙方神志清醒，身體健全，並已按治安條令和國法規定，接受過離婚調解。本文書持續有效，天地可鑒。

田納西州，皮埃蒙特縣
治安官貝納加．威達普

治安官正要把其中一份文件遞給蘭西，阿里艾拉突然出聲制止。他們一起轉頭看著她。兩個男人的遲鈍天性與女人身上某種突如其來的難以預期特質碰撞了。

「法官，先別把那張紙給他。事情不能就這麼結束。我得先主張我的權利。我得先拿到我的贍養費。一個男人要跟他的老婆離婚，可別想一分錢都不付給她。我打算去豬背山投奔我哥哥埃德。我得弄一雙鞋子、一些鼻煙，還有別的東西。蘭西既然有錢離婚，那就叫他給我贍養費。」

蘭西．比爾布羅驚得目瞪口呆。贍養費的事之前從未被提及過。女人總會拋出一些讓人猝不及防的問題。

治安官貝納加．威達普認為這一主張需要司法裁決。當局沒有頒布關於贍養費的明文規定。然而，

1 黃金法則，指用同一標準對待自己和他人的原則，在各種文化系統中均有類似表述，大意類似於《論語》中的「己所不欲，勿施於人」。

那女人打著赤腳，去豬背山的道路卻不但陡峭，還滿是堅硬的石頭。

「阿里艾拉．比爾布羅，」他用公事公辦的語氣問道，「在本案中，你認為需要多少贍養費才足夠，才合適？」

「我認為，」她說，「要買鞋，還要其他那麼多東西，怎麼也要五美元吧。作為贍養費，這錢可不多，不過我估計也夠我去埃德哥哥那裡了。」

「這個數目，」治安官說，「不可謂不合理。蘭西．比爾布羅，在發布離婚判決之前，本庭命你付給原告五美元。」

「我沒錢了，」蘭西心情沉重地低聲說道，「我把所有的錢都給你了。」

「你不付的話，」治安官從眼鏡上方盯著他，嚴厲地說，「就是在藐視法庭。」

「我想，如果能寬限到明天，」丈夫懇求道，「我或許能到處湊一湊。我從不知道還有贍養費這回事。」

「本案暫時休庭，」貝納加．威達普說，「明天再審。你們倆都要準時到庭候審，離婚判決之後會發布。」他在門口坐下，開始解鞋帶。

「我們還是去齊亞叔叔家過夜吧。」蘭西決定了。他爬上牛車，阿里艾拉也從另一邊爬了上去。轡繩一抖，那頭小紅牛順從地邁起步子，調轉方向，牛車便在輪下升起的陣陣塵土中緩緩走遠了。

治安官貝納加．威達普又繼續抽他的舊菸斗。將近傍晚，他拿到了週報，就一直看報，看到暮色漸漸融解了字跡。接著，他點燃了桌上的牛油蠟燭，又看到月亮升起。該是晚餐時間了。他家是一座分成兩間房的木屋，建在山坡上一棵剝過皮的白楊樹旁邊。回家吃飯要越過一條被月桂樹叢掩蔽的小岔道。

從月桂樹叢裡走出來一道黑魆魆的身影，將一支來福槍抵在治安官的胸口。他的帽子拉得很低，臉也用什麼東西遮去了一大半。

「我要你的錢，」那人說，「別說廢話。我很緊張，我的手指在扳機上發抖呢。」

「我只有五——五美元。」治安官一邊說著，一邊從背心裡掏出錢來。

「捲起來，」那人命令道，「把錢塞進槍口。」

鈔票又新又脆。手指雖說十分笨拙，還發著抖，但還是輕而易舉地把它捲了起來，往來福槍裡塞的時候倒是稍微有些波折。

「現在，你可以走了。」強盜說。

治安官忙不迭地跑遠了。

第二天，小紅牛又拉著車子來到辦公室門前。治安官貝納加．威達普知道會有人到訪，早就穿好了鞋子。蘭西．比爾布羅當著他的面給了妻子五美元。治安官盯著那張鈔票，目光像一把殺人的利刃。看它的樣子，好像曾經被捲起來，塞進過槍口似的。但治安官強忍著沒有吭聲。別的鈔票確實也有可能會捲曲的。他把離婚判決書分發給他們。兩人都尷尬地默不作聲，慢慢地折起那張自由的擔保書。女人極力抑制著感情，怯生生地向蘭西投去一瞥。

「我想你得趕著牛車回家去了，」她說，「麵包在架子上的鐵盒子裡。我怕狗偷吃，就把熏肉放在燉鍋裡了。今晚別忘了給鬧鐘上發條。」

「你要去你埃德哥哥那裡嗎？」蘭西假裝不經意地問道。

「我打算在天黑以前趕到目的地。倒不是說我覺得他們會多麼積極地來歡迎我。只不過，我實在沒有別的去處。還有很長的路要走，我想我最好早點動身。我要跟你道別了，蘭西——如果你願意道別的話。」

「要是有誰連道別都不肯，那他不止算不上人，簡直連狗都不如，」蘭西語帶悲涼地說，「除非你急著趕路，不願聽我囉唆。」

阿里艾拉沉默不語。她小心翼翼地折好那張五美元的鈔票，還有她的那份判決書，把這兩個東西放進懷裡。貝納加．威達普透過眼鏡，用悲傷的目光看著那五美元消失在他面前。

接下來他要說的話（此刻正在他的思緒中醞釀），得把他抬高到既能與世上富有同情心的一大群人並提，也能與富有經濟頭腦的一小群人比肩。

「今晚的老屋該有多寂寞啊，蘭西。」她說。

蘭西．比爾布羅凝望著遠處，此刻，坎伯蘭山脈被陽光染得一片湛藍。他沒有看阿里艾拉。

「我知道也許會寂寞，」他說，「但如果有人怒氣沖沖地只想離婚，想留也是留不住的。」

「是人家提出要離婚，」阿里艾拉對著木凳說道，「何況根本沒有誰想要留住誰。」

「沒有人說過不留啊。」

「也沒有人說要留啊。我想我還是現在就動身去埃德哥哥家吧。」

「沒有人會給那個舊鐘上發條。」

「想讓我上車陪你回去給鬧鐘上發條嗎，蘭西？」

那個山地人臉上不動聲色，他的一隻大手卻伸出去捉住了阿里艾拉瘦小的褐色手掌。她的靈魂在看似冷漠的臉上閃現了一下，給它鍍上了一層聖潔的光輝。

「那些獵狗不會再給你惹事了，」蘭西說，「我覺得我真是太差勁了。還是你幫那個鬧鐘上發條吧，阿里艾拉。」

「我的心老是記掛著那間木屋，蘭西，」她低聲說，「老是記掛著你。我再也不亂發脾氣了。我們出發吧，蘭西，這樣就能在太陽下山前到家了。」

治安官貝納加·威達普眼見他們就要動身往外走，就好像已經忘記他的存在一樣，便插嘴發話了。

「以田納西州的名義，」他說，「我不許你們藐視本州的法律和條令。本庭看到兩顆相愛的心撥開了誤解與不睦的陰雲，不但十分樂意，而且萬分高興。但本庭有責任維護本州的道德風氣和誠信氛圍。本庭提醒你們，你們已經不再是夫妻關係，離婚申請已經得到正式裁決，這種情況意味著，你們沒有資格享有一切婚姻狀態下可享有的權益。」

阿里艾拉抓緊了蘭西的手臂。這話的意思難道是說，他們剛剛才從生活中吸取了教訓，她就必定得要失去他嗎？

「不過本庭已有所準備，」治安官接著說，「可以消除離婚判決造成的不便。本庭可以當場主持莊嚴的結婚儀式，從而解決問題，使當事人如願恢復光明正大的婚姻狀態。依本案的情況而定，儀式的處理費用共計五美元。」

阿里艾拉從他的話中捕捉到一絲希望的光芒。她的手立刻探進了懷裡。鈔票像著陸的鴿子，無拘無束地飄落在治安官的桌子上。當她和蘭西手牽著手，站著聆聽那些使他們重新結合的語句時，她焦黃的臉頰終於有了幾分血色。

蘭西扶她上了車，然後自己也爬上去坐在旁邊。那頭小紅牛又掉轉了一次方向，他們十指緊扣，往山裡去了。

治安官貝納加．威達普在門口坐下來，脫掉了鞋子。他又一次用手指按了按收在背心口袋裡的鈔票，又一次抽起了他的舊菸斗。而那隻花斑母雞也又一次在居留地的大街上昂首闊步地走動起來，傻乎乎地咯咯叫著。

小熊約翰·湯姆的返祖現象

我見紅門藥店樓上傑夫·皮特斯的房間亮著燈，便連忙趕去，因為我此前不知道傑夫·皮特斯回城了。他就像那些徒步朝聖者一樣見多識廣，從事過不下一百種職業，只要他願意，對其中的每一種職業，他都有故事可講。

我發現傑夫又在收拾行裝了，說是要去佛羅里達看一看一個月以前他用育空的採礦權換得的一片橘樹林。他踢過來一把椅子給我坐，那張飽經風霜的臉上仍舊掛著那副幽默、深邃的微笑。我們上回見面距今已有八個月了，但他跟我打招呼的方式和朝夕相處的人沒什麼兩樣。時間是傑夫的僕從，遼闊的美洲大陸被他走過的道路切成了無數巴掌大的小塊。

我們東拉西扯了好一陣子，盡在爭論一些不著邊際的話題，最後還談到了菲律賓的動盪局勢。

「所有的熱帶賽馬會，」傑夫說，「如果由他們自己的騎手來駕馭，都會跑出好成績。熱帶人知道自己要什麼。他想要的一切不過是看鬥雞的月票和一雙西聯電報公司的工人用的爬杆鞋——有了這東西，他就能很輕鬆地爬麵包果樹了。盎格魯－撒克遜人想要讓他學習動詞變化，還想讓他穿吊帶褲。其實，照自己的習慣生活才是最幸福的。」

我十分震驚。

「兄弟，教育是關鍵，」我說，「他們遲早也會達到我們的文明標準。看看教育對印第安人發揮了多大的作用。」

「喔唷！」傑夫點燃菸斗（這是好兆頭），抬高了嗓門，「是啊，印第安人！我看著呢。我巴不得看到紅種人當上進步的旗手。但有色人種其實都一樣。你不可能把他變成一個盎格魯—撒克遜人。我有沒有跟你提起過我的朋友小熊約翰．湯姆？有一回，他咬掉了文化教育的右耳，把時間的陀螺轉回了哥倫布還是小男孩的年代，我告訴過你沒有？

「小熊約翰．湯姆是一個受過教育的切羅基印第安人，也是我在邊疆一帶活動時結交的老朋友。他畢業於東部的一所橄欖球學校，那類學校讓印第安人學會了把生肉放在烤架上烤熟，而不再把活人綁在火刑柱上燒死。若把他看作一名盎格魯—撒克遜人，約翰．湯姆的身上有太多古銅色的雀斑。若把他看作一名印第安人，他又是我認識的最白淨的人之一。雖說是切羅基人，但他在紳士評選的第一輪投票中就能順利當選。雖說也是這個國家的一員，但他想通過最初級的選舉都很困難。

「約翰．湯姆和我一拍即合，想一起做做製藥生意——我們謀畫的是合理合法的高級騙局，實行起來要不露痕跡，免得招來警察的愚蠢干預和大企業的眼紅妒忌。我們一共湊了五百美元，像所有受人敬仰的資本家一樣，我們渴望資產增值。

「所以，我們想了一個主意，看起來就跟金礦招股書一樣光鮮氣派，就跟教堂義賣一樣利潤豐厚。不到三十天之後，我們趕著兩匹矯健的駿馬和一輛紅色的歐式大篷車衝進了堪薩斯州。約翰．湯姆是『只想賺大錢』一族的酋長，是著名的印第安巫醫和七大撒瑪利亞人﹣部落的首領。皮特斯先生是他的經紀人和企業合夥人。我們還需要第三個人加入，於是四處物色，後來就找到了靠在招聘訊息張貼欄上的J．康寧漢姆．賓克利。這個賓克利對莎士比亞戲劇的角色有種病態的癡迷，幻想著能在紐約的舞臺上連續演出兩百個晚上。但他承認，他沒有本事靠演莎劇賺到抹不完的奶油，只好跟著賣藥的小車趕去兩百英里以外，賺些不那麼可口的麵包來填飽肚子。除了扮演理查三世，他還會唱二十七首黑人歌曲，班卓琴彈得很棒，而且願意做飯和照看馬匹。我們有一連串相當有效的斂財手段。其一是魔法香皂，能去掉衣服上的油漬和口袋裡的硬幣。其二是松瓦達，一種以採自大草原的仙草提煉的了不起的印第安神藥，偉大的神靈托夢給他寵愛的巫醫麥克加利蒂大酋長和芝加哥的裝瓶商西伯思坦，透露了這個不可思議的配方。此外，還有一套掏空堪薩斯人口袋的無聊話術，百貨公司跟它比起來，簡直是小巫見大巫。瞧一瞧，看一看啊！一雙吊帶絲襪、一本解夢書、一打晾衣夾、一顆金牙、一本《花樣騎士》[2]，全都包在一塊如假包換的日本蠶絲手絹裡，這位美麗的太太，只要區區五十美分，皮特斯先生就把這些好東西全都給你，再讓賓克利教授在一旁演奏三分鐘班卓琴為我們助興。

「這套把戲，我們耍得非常精彩。我們未動刀兵便血洗了這個州，一心要打消世人對於『流血的堪薩斯』何以得名的一切懷疑。小熊約翰．湯姆穿齊了全套印第安酋長的行頭，引走了眾人對飛行棋聯誼會和業主權益座談會的關注。他在那所東部橄欖球學校的課業中習得了大量修辭手法、肢體表達和詭辯技巧，當他站在那輛紅色馬車上，滔滔不絕地對那些農夫解釋凍瘡和顱骨過敏的時候，傑夫總嫌自己把

---

1 撒瑪利亞人，在《聖經．新約》中，耶穌曾以「好撒瑪利亞人」的寓言表明各民族應平等相待的觀念。撒瑪利亞是非洲的一個古老民族。

2《花樣騎士》，出版於一八九八年，是由美國作家查爾斯．梅傑創作的冒險小說。

印第安神藥遞給觀眾的速度實在不夠快。

「一天晚上，我們在薩利納[3]西面的一個小鎮旁紮營。出於習慣，我們總是把帳篷支在水邊。有時，我們的神藥意外售罄，神靈就會來到『只想賺大錢』酋長的夢裡，命令他就近補貨，再灌上幾瓶松瓦達。大約十點左右，我們演完了街頭話劇，回到營地。我在帳篷裡打了燈籠，好計算這一天的收益。約翰·湯姆還沒脫下印第安人的裝束，正坐在篝火邊，守著煎鍋裡那塊為教授準備的上等沙朗牛排，等著他拴好那兩匹上躥下跳的大馬，結束驚險萬狀的表演。

「突然，漆黑的灌木叢中爆出一聲鞭炮似的脆響，約翰·湯姆哼了一聲，從胸前挖出一顆被他的鎖骨撞扁的子彈。他朝放槍的方向衝了過去，回來的時候，手裡拎著一個小男孩的衣領。這孩子大約九歲或十歲，穿著一套平絨衣服，拿著一支鍍鎳的小來福槍，槍管只有鋼筆那麼粗。

「『嘿，你這個小東西，』約翰·湯姆說，『你想用這門榴彈炮炸誰？打到別人眼睛可怎麼辦？傑夫，你出來看著牛排，別讓它烤焦了。我要審一審這個射豆子的小鬼。』

「『紅皮懦夫，』小孩說，他的話好像出自一個很受歡迎的小說家，『你膽敢把我綁在火刑柱上燒死，白人就會把你們從大草原上趕盡殺絕，就像——就像隨便什麼東西。喂，快放我走，不然我就告訴媽媽。』

「約翰·湯姆把小孩放在折疊椅上，自己也靠著他坐了下來。『好了，告訴酋長，』他說，『為什麼朝你約翰大叔的身上開槍？你不知道子彈已經上了膛？』

「『你是印第安人嗎？』小孩抬頭看著約翰·湯姆的鹿皮衣服和老鷹羽毛，一臉天真地問道，那模樣要多可愛就有多可愛。『是的。』約翰·湯姆說。『那就對了。就為這個。』小孩晃盪著雙腿，說道。我看著那小傢伙天不怕地不怕的樣子，差點讓牛排烤焦了。

「『哦呵！』約翰．湯姆說，『我懂了。你是復仇小子。你發誓要把這片大陸上的印第安野蠻人消滅乾淨。是不是這樣，小朋友？』

「小孩不情不願地點了點頭。他有些悶悶不樂。還沒有一名勇士成為他的槍下亡魂，他卻被人套出了藏在心底的祕密，這讓他感到屈辱。

「『好了，告訴我們你家在哪裡？小朋友，』約翰．湯姆說，『你住在哪裡？你這麼晚還沒回家，你媽媽會擔心的。告訴我，我送你回去。』

「小孩咧嘴一笑。『恐怕不行，』他說，『我住的地方離這裡有幾千英里——不，還得再加幾千英里。』他把手轉過去指著地平線。『我坐火車來的，』他說，『自己一個人。在這裡下車是因為售票員說我的車票作廢了。』他突然狐疑地盯著約翰．湯姆。『我敢打賭，你不是印第安人，』他說，『你看起來像印第安人，但說話不像，印第安人只會說「好極了」和「白人去死」。我看你像是在街上賣藥的冒牌印第安人。這種傢伙，我在昆西見過一個。』

「『不管我是雪茄店招牌，還是漫畫裡的塔曼尼[4]，』約翰．湯姆說，『都用不著你操心。我們的委員會要研究的是該拿你怎麼辦的問題。你離家出走了。你讀過不少豪威爾斯的小說。你企圖槍殺一

---

3 薩利納，位於堪薩斯州中部的一座城市。

4 塔曼尼，是十七世紀的一個印第安酋長，曾參與美國獨立戰爭。

個馴服的印第安人，卻沒說過：「去死吧，印第安狗！你觸到復仇小子的霉頭，已經有十九次那麼多了。」你到底是怎麼回事？』

「小孩思索了一陣。『我想我搞錯了，』他說，『我應該再往西邊去。要走得更遠才能找到真正的野蠻人。』他向約翰・湯姆伸出手。這個小賴皮。『我向你開槍了，』他說，『請原諒，先生。希望沒傷到你。但你也該謹慎一些。一個偵察兵看到一個戰士打扮的印第安人，肯定要用槍子兒來說話的。』小熊發出一陣大笑，笑完還吆喝了一聲，把小孩甩到空中，足有十英尺高，再讓他騎在自己的肩膀上，而那個逃家的小鬼抓住披風的流蘇和老鷹的羽毛，開心得忘乎所以，十足像一個踩在低等人種頭上作威作福的白人。誰都看得出，從那一刻起，小熊和小孩成了知交好友。那個小叛徒已經鳴金收兵，要和野蠻人把酒言歡了，從他的眼神可以看出，他正在打戰斧和鹿皮鞋的主意，當然，尺寸得要小一點。

「我們在帳篷裡吃了晚飯。在那個小傢伙看來，我和教授只是普通戰士，甚至只是營地布景當中的兩件道具。他坐在一箱松瓦達上，脖子剛好伸到桌子邊，嘴裡塞滿了牛肉。小熊問他叫什麼名字。『羅伊。』小孩用一種被沙朗牛排篩過的聲音回答。但再問他姓什麼、住哪裡時，他搖了搖頭。『我不說，』他說，『你們會把我送回去的。我想跟你們一起。我喜歡野營。在家那邊，我們一群小孩也在後院野營。他們都叫我「紅狼羅伊」。就這麼稱呼我吧。請再給我一片牛排。』

「我們不得不收留這孩子。我們知道，他的離開肯定在某地引發了一場騷亂，媽媽、哈利叔叔、簡阿姨和警察局局長，個個都在心急如焚地尋找線索，但他什麼也不願告訴我們。兩天不到，他就成了我們這個大藥房的吉祥物，我們暗地裡都希望再也沒有物歸原主的一天。在紅色大篷車開張營業的時候，他就坐在裡面，給皮特斯先生遞藥瓶，像一個王子為了身家百萬的女暴發戶而放棄了只值兩百美元的王冠，模樣驕傲又滿足。有一回，約翰．湯姆向他問起他的父親。『我沒有爸爸，』他說，『他丟下我們跑了。他把媽媽弄哭了。露西阿姨說他是個怪胎。』『是個什麼？』有人問了句。『怪胎，』小孩說，『什麼怪胎呢——我想想看——對了，一個喪盡天良的怪胎。我不懂這是什麼意思。』約翰．湯姆想用貝殼串和玻璃珠把他打扮成一個小酋長，將他變成我們的活招牌，但被我否決了。『照我看，有人丟了孩子，可能還想再要回去。待我略施小計，探探他的口風，看看能不能讓他自報家門。』

「於是那天晚上，我走到篝火旁的羅伊．未知先生身邊，輕蔑地盯著他。『斯尼肯威策爾！』我說，彷彿這個姓實在讓我噁心，『斯尼肯威策爾！呸！要是有誰這麼叫我，我得覺得多丟臉啊！』

「『你怎麼了，傑夫？』小孩瞪大眼睛問道。

「『斯尼肯威策爾！』我重複了一遍，又啐了一口，『今天我碰見一個從你們鎮上來的人，他把你的姓告訴我了。怪不得你自己沒臉說出來。斯尼肯威策爾！嘀！』

「『喂，你聽我說，』小男孩氣得渾身發抖，『你怎麼搞的？我才不姓那個呢，我姓科尼爾斯。你怎麼搞的？』

「『這還不是最糟的，』不等他反應過來，我趕緊趁熱打鐵，『我們還以為你是小康家庭出身呢。這裡的小熊先生是切羅基酋長，有權在節慶時披的毯子上掛九條水獺尾巴；賓克利教授會演莎士比亞戲劇，會彈班卓琴；我呢，在車上那個黑鐵盒子裡存了好幾百美元。我們對同伴的資格審查是很嚴謹的。那個人跟我說，你家住在又遠又小又破的雞窩巷，那裡連條人行道都沒有，山羊都跟你們同桌吃飯。』

「那孩子眼看就要哭出來了。『才不是這樣，』他氣急敗壞地說，『他——他在胡說八道。我們住在白楊大街，我不跟山羊玩的。你怎麼搞的？』

「『白楊，還大街，』我挖苦道，『什麼白楊大街！那就是一條住了幾個人的小路！穿過兩片街區，就掉進懸崖裡了。你站在這一頭，能把一桶釘子丟到那一頭。別跟我說什麼白楊大街！』

「『它有——有好幾英里長，』小孩說，『我們的門牌是八六二號，後面還有好多房子呢。你怎麼搞的？傑夫，哎呀，你弄得我好煩啊。』

「『好啦，好啦，』我說，『我想那人肯定搞錯了。也許他說的是另一個小孩。下次再讓我撞見他，我得教訓他一頓，看他還敢不敢說人壞話。』晚飯過後，我去了鎮上，給家住伊利諾州昆西市白楊大街八六二號的科尼爾斯太太發了一封電報，告訴她孩子在我們這裡，一切平安，接下來如何處理，請她回覆告知。不到兩小時就有了回信，她叫我們看緊他，說她會搭下一班火車來接他。

「那班車第二天下午六點抵達，我和約翰．湯姆帶著孩子去了車站。不過這時，就算你找遍整個平原，也見不到『只想賺大錢』酋長的影子。取而代之的是一副盎格魯－撒克遜派頭的小熊先生，他的皮鞋是專利款，領帶是名牌。約翰．湯姆在求學期間除了研習形而上學和低位防守鏟球技術，也把這些東西移植到自己身上。若不是略微發黃的膚色和又黑又直的亂髮，你會以為你看見的是一個從城市通訊錄裡走出來的普通人——這些人訂閱雜誌，傍晚時分穿著長袖襯衫在院裡推割草機。

「火車進站了。下來一個穿灰衣服、頭髮光可鑑人的嬌小女子，腳一著地就焦急地四下張望。復仇小子一見她就喊『媽媽』，她也立刻應了聲『啊』，於是兩人抱成了一團。現在，討嫌的印第安人不用再怕紅狼羅伊的來福槍了，總算可以爬出山洞，走進平原了。科尼爾斯太太來向我和約翰．湯姆道謝，舉手投足完全沒有一般女人身上常見的慌張和拘束。她的話不多，但說出的那些足以使人信服，而且，雖然沒有管弦樂隊的伴奏，但也十分動聽。我在炫弄言辭技巧的時候，犯了幾個低級錯誤，那位女士只報以友善的微笑，彷彿一個星期之前就認識我了。小熊先生則慌慌張張地用各種各樣的方言習語來活絡氣氛，說的都是曾經被教育抹掉的詞句。我看得出來，孩子的母親對約翰．湯姆有些不以為意，但她似乎對他的鄉音也略通一二，而且還順著他的話頭，有一搭沒一搭地和他談了幾句。

「小孩把我們介紹給他媽媽，還加了一些注腳和說明，比運用修辭學雄辯上一個禮拜還要清楚明瞭。他蹦蹦跳跳，捶我們的脊背，還想爬到約翰．湯姆的腿上去。『他叫約翰．湯姆，媽媽，』他說，『是個印第安人。他在一輛紅馬車上賣藥。我開槍打了他，他都沒發火。另一個是傑夫，也是個四海為家的人。跟我來，去看看我們住的營地，好嗎，媽媽？』

「很明顯，那個女人的生命之所繫，就在小男孩的身上。從重新找回他的那一刻起，她就一直把他摟在懷裡，這足以說明問題。只要能讓他開心，她沒有不願意做的事情。她猶豫了八分之一秒，又對這幾個男人瞟了兩眼。我猜想，關於約翰．湯姆，她在心底做了如下總結：『頭髮不捲，但像個紳士。』對於皮特斯先生的評價則是這樣的：『不是一個討女人喜歡的男人，但是一個懂女人的男人。』

「於是，我們慢吞吞地走到了營地，彼此友善得像是剛結束守靈，正一起去參加葬禮。她參觀了馬車，拍了拍孩子睡覺的地方，用手帕輕輕地抹了抹眼角。賓克利教授用班卓琴上的一根單弦為我們演奏《遊唱詩人》，正想順勢轉入哈姆雷特的獨白，一匹馬被繩子纏住了，他不得不去處理，只好嘟噥兩句『又來打岔』之類的話。

「天黑了，我和約翰．湯姆回到穀物交易所旅館，我們四個人在那裡吃了晚飯。我想，麻煩就是從那頓飯開始的，因為小熊先生就是在那時乘上了智力的氣球，升了天。我抓住桌布，聽著他口沫橫飛地在高空翱翔。這個紅種人，如果我的判斷不錯，很有學習的天賦。他掌握了語言，然後就像羅馬人做通心粉一樣，使它花樣百出。他的口語都經過了美妙的潤色，滿是文雅得近乎深奧的動詞和前綴詞。他的音節平順流暢，恰到好處地串聯了他的思想。我原以為我聽過他講話，但我曾經聽過的與現在他所講的根本都不一樣。區別不在於詞句的數量，而在於表達的方式；而且，這也與話題無關，因為他說的都是很常見的事物，諸如教堂、足球、詩歌、傷風、靈魂、運費和雕塑等。科尼爾斯太太能聽懂他的話音，也能領會在其間流轉的優雅回聲。傑夫．皮特斯只偶爾插進兩句毫無營養的陳詞濫調，像是『請傳一下奶油』，或是『再來個雞腿』什麼的。

「是的，小熊約翰．湯姆顯然對科尼爾斯太太大為心動。她屬於那種討人喜歡的類型。模樣好看，而且不只是好看而已，聽我跟你說。你見過大商場裡那些披著風衣的服裝模特兒吧？它們給你留下的印象完全是非個性化的。它們存在的目的就是悅人眼目，為了這個，它們以三圍、膚色和散播錯覺的藝術，讓人誤以為那件海豹皮大衣穿在滿臉疣子但錢包鼓鼓的女人身上也一樣美觀。好，假如這些模特兒中的一個退休了，你把它帶回家了，要是你拿手指戳一戳它，它就會在桌旁坐下，叫你一聲『查理』，那麼，你也就有了一樣跟科尼爾斯太太相類似的東西。我看得出來，對於這個白種女人，約翰．湯姆是無論如何也不可能厭棄的。

「那位太太和孩子住在旅館。他們說明天一早就動身回家。我和小熊是八點離開的，之後在政府廣場賣印第安神藥，一直賣到九點。他讓我和教授趕車回營地，他自己要留在鎮上。我對這一安排並不買帳，因為這表明約翰．湯姆已是魂不守舍，會去喝酒，還會招惹麻煩、造成損失。『只想賺大錢』酋長並不經常貪杯，但只要他喝多了，就免不了在那些穿著藍制服、揮舞著警棍的白人治下的地區掀起一場風雨。

「九點半，賓克利教授已經裹著被子，用沒有詞的無韻詩打呼了。我坐在篝火邊聽蛙鳴。小熊先生悄悄地溜回營地，靠著一棵樹坐了下來，不像是喝過酒的樣子。

「『傑夫，』過了很久，他才說話，『一個小男孩到西部來捕獵印第安人。』

「『嗯，然後呢？』我有些不明所以。

「『他獵到了一個，』約翰．湯姆說，『但靠的不是槍。這個人啊，這輩子從沒穿過平絨衣服。』這下我算是有些頭緒了。

「『我明白了，』我說，『你說的這個人，他的頭像被印在情人節卡片上了，我來跟你賭一把，猜猜這個傻瓜是白人還是印第安人。』

「『是印第安人，你贏了，』約翰．湯姆平靜地說，『傑夫，你覺得我用多少匹馬才能把科尼爾斯太太買下來？』

「『一派胡言！』我回了句，『白人可沒有這種習俗。』約翰．湯姆哈哈大笑，咬掉了一截雪茄。『確實沒有，』他答道，『我的話是粗野了些，但白人結婚成家也需要花錢啊。哦，我知道，在種族之間，橫著一道推不倒的牆。傑夫，如果我能辦得到，我要去每一所接收紅種人入學的白人學校放一把火。為什麼你們要來打擾我們，』他說，『不讓我們按自己的意思，跳鬼魂舞，吃狗肉宴？不讓我們的糟糠妻給我們煮蚱蜢湯，補鹿皮鞋？』

「『什麼？你不是對長盛不衰的教育之花有什麼不敬吧？』我憤憤不平地說，『我把這朵花戴在智慧襯衫的胸口。我受過教育，』我說，『它從沒給我帶來任何損害。』

「『你們用繩索套住我們，』小熊沒有理會我無聊的多嘴，繼續說道，『教我們理解文學和生活之美，教我們欣賞男人與女人的優點。你們對我做了什麼啊？』他說，『你們把我變成了一個切羅基族中的摩西。你們教我憎恨簡陋的棚屋，教我愛上白人的生活方式。我可以遠遠地眺望應許之地，可以看看在那裡的科尼爾斯太太。但我自己的位置，只能固定在印第安保留地。』

「小熊還是一身酋長的裝束，他站起身，又一次哈哈大笑。『不過，白人傑夫啊，』他接著說，『白人也提供了一項救贖。雖說很短暫，但畢竟能讓人放鬆一下。這東西名叫威士忌。』說罷，他直接向鎮上走去。『唉，』我在心裡自言自語，『但願神靈今晚只准他犯些可以保釋的事件。』因為我知道，約翰．湯姆打算用白人的安慰劑來解脫自己。

「大約十點半，我正坐著抽菸，只聽得小路上傳來啪嗒啪嗒的腳步聲，科尼爾斯太太朝這邊跑了過來，頭髮亂得不成樣子，臉上的表情錯綜複雜，像是被賊偷了、被老鼠嚇了，又被麵粉迷了眼睛。『哦，皮特斯先生，』她難以自持地叫道。『哎，哎，』我當機立斷，直接指出問題的癥結所在，『我和那個印第安人親如兄弟，用不了兩分鐘我就能讓他乖乖聽話，如果——』

「『不，不是，』她說，慌亂之間把手指關節捏得劈啪直響，『我沒有見到小熊先生。是——是我丈夫。他把我兒子搶走了。啊，』她說，『我才剛把他找回來啊！那個沒良心的惡棍！他讓我嘗盡了每一種生活的苦楚！我可憐的小羊兒啊，他本該躺在溫暖的床上，卻被那個惡魔搶走了！』

「『怎麼回事？』我問道，『跟我說說事情的經過。』

「『當時我正在給兒子鋪床，』她解釋道，『羅伊在旅館的門廊上玩。他駕車來到臺階前。我聽到羅伊的尖叫聲，趕緊跑出去。我丈夫已經把他按在了馬車裡，我求他把孩子還給我，他只給了我這個，』她把臉轉向燈光，在面頰和嘴角之間，有一道深紅色的痕跡，『是他用鞭子抽的。』她說。

「『先回旅館，』我說，『我們想想該怎麼辦。』

「她在路上跟我講了講來龍去脈。他拿鞭子打她的時候告訴她，他發現她要接兒子，就搭同一班火車來了。科尼爾斯太太和她哥哥住在一起，他們一直對孩子嚴加看管，就因為她丈夫以前也曾想把孩子拐跑。照我看，他比鐵路公司的街頭宣傳員還要卑劣。他揮霍她的錢，毆打她，弄死了她的金絲雀，還到處跟人家說是她辜負了他。

「到了旅館，我們發現那裡聚集了五個憤怒的市民，正一邊嚼著菸草，一邊譴責這種暴行。鎮上多數人在晚上十點左右就睡了。我小聲告訴那位太太，我打算坐一點鐘的火車到東邊四十英里外的下一個城鎮去。因為可敬的科尼爾斯先生很可能駕著馬車去那裡搭火車。『我不是不知道他有什麼合法權利，』我對她說，『但只要我找到他，我會照著他的眼睛先來一記非法的左直拳，然後把他捆起來，讓他安分一兩天再說。不管怎麼說，是他破壞了和平守則。』

「科尼爾斯太太進屋去和旅館的老闆娘一起流淚，老闆娘正在調配一種能讓這可憐的人兒恢復平靜的貓薄荷茶。旅館老闆走出來，站在門廊上，用一根拇指扯著吊帶，對我說：『自從貝德福德．斯蒂格爾的老婆吞掉一隻跳進她嘴裡的蜥蜴以來，鎮上還沒有鬧出過這麼大的動靜。我透過窗戶看到他用鞭子抽她，從頭到尾我都看到了。你身上這套衣服花多少錢買的？看這樣子，快要下雨了，你說呢？對了，大夫，你們那個印第安人今晚有點不太對勁，是嗎？他只比你早來一會兒，我把這裡發生的事告訴他，他像野狗那樣吼了一聲，就跑掉了。我想，我們這兒的巡警在天亮之前就會把他關進監獄。』

「我尋思，我不如就在門廊上坐著，等一點鐘的火車。我感覺不到一絲歡欣。約翰．湯姆又一次發了瘋，這樁綁架案更是叫我沒法入睡。不過，真正讓我煩惱的，總是別人的煩惱。每隔幾分鐘，科尼爾斯太太就會來到門廊上，順著馬車的去向，朝路的另一頭張望，好像在盼著她的孩子拿著紅蘋果，騎著白馬自己回來似的。喂，你說，女人不就是這副樣子嗎？這讓人想起貓來了。『我看見一隻老鼠鑽進了這個洞，』貓太太說，『你高興的話，可以去那邊地板底下找，但我守著這個洞就好。』

「差不多十二點四十五分的時候，那位太太又出來了，她倉皇不安，有氣無力地哭著，就像那些藉此取樂的女人。她又朝那條路望著、聽著。『聽著，夫人，』我說，『盯著那些被凍硬的車轍沒用。這時候，他們都到——』『噓——』她舉起一隻手說。我果然也聽到黑暗中傳來某種啪嗒啪嗒的響聲。接著，我聽到了自從『水牛比爾』在麥迪遜花園廣場外的日場表演之後，再未聽到過的最可怕戰吼。與此同時，那個並不可敬的印第安人跳上臺階，站在門廊上。廳裡的燈光照在他的身上，我沒有認出九一屆畢業的校友小熊約翰．湯姆先生，只看見一位身經百戰的切羅基勇士。烈酒和其他一些東西喚醒了他。他的鹿皮衣破成了一堆碎布條，他的羽毛像雞毛一樣亂糟糟地糾結在一起，他的鹿皮鞋上沾滿了不知多少英里路的泥土，他的眼中閃動著原住民特有的光芒。然而，在他的懷裡躺著的是那個小孩，他把他帶回來了。孩子的眼睛半睜半閉，懸空的雙腳輕輕地搖晃著，一條手臂緊緊地摟著印第安人的脖子。

「『娃兒！』約翰．湯姆說，我發現白人的語言之花在他的舌頭上凋零了。他的本來面目是揮舞的熊掌和古銅色的皮膚。『我，帶回來，』他把孩子遞到母親懷裡，『跑了十五英里，』約翰．湯姆說，『啊！抓住白人。帶回娃兒。』

「這小婦人喜不自勝。她肯定會叫醒那個惹是生非的小傢伙，抱緊他，鄭重其事地告訴他，他是媽媽的心頭肉、掌上珠。我有很多問題想要問，但我看了看小熊先生，瞄見了掛在他腰上的某樣東西。

『去睡覺吧，夫人，』我說，『這個小搗蛋鬼也得休息休息了。危險解除了，綁架事件今晚徹底結束了。』

「我很快哄得約翰．湯姆回了營地，等他倒頭大睡的時候，我取下他腰上的東西，丟去教育的眼睛絕對看不到的地方。因為，即便是足球學校也不贊成開設剝頭皮技術這門課。

「第二天上午十點，約翰．湯姆悠悠醒轉，四下打量。我很高興又在他的眼睛裡看到了十九世紀的特徵。

「『我怎麼了，傑夫？』他問。

「『喝掛了。』我說。

「約翰．湯姆皺起眉頭，想了想。『再加上那種叫作返祖，而有趣的小小生理振盪，』他坦率地說，『我現在想起來了。他們走了沒有？』

「『坐七點半的火車走了。』我回答。

「『哦！』約翰．湯姆說，『這樣更好。白人，給「只想賺大錢」酋長弄點胃藥來，他要重新挑起身為紅種人的擔子了。』」

托妮婭的紅玫瑰

國際鐵路線上的一座高架橋被燒毀了。從聖安東尼奧出發南下的列車要滯留四十八小時。托妮婭·韋弗的復活節帽子就在那列火車上。

埃斯皮諾薩牧場派墨西哥人埃斯皮里什恩趕著四輪馬車跑了四十英里地去取帽子，他回來時手裡除了一支香菸以外，什麼也沒有，只好聳了聳肩膀。在小站諾帕爾，他得知了火車延誤的消息，既然命令並沒要求他等到為止，他便調轉馬頭，回牧場去了。

若有人以為，春天女神伊斯特爾[1]關心第五大道教堂後的遊行甚於關心她在德州卡克塔斯的信徒禮拜時穿著的服飾，那他就搞錯了。弗里奧河周邊牧人的妻女和任何其他地方的女性沒什麼不同，到了復活節都要戴新帽子、穿新衣服，打扮得花枝招展才行。在這個日子，仙人掌、巴黎和天堂在西南地區合而為一。如今已經是耶穌受難日了[2]，托妮婭·韋弗的復活節帽子還含羞帶俏地躲在燒焦的高架橋後一列受困的快車裡，被隔絕在荒涼的氛圍中。鞋帶牧場的羅傑斯姊妹、錨地牧場的艾拉·里弗斯、綠谷牧場的貝內特太太和艾達，約好星期六午間在埃斯皮諾薩牧場會合，接上托妮婭一起出去。這群仙女把復活節的帽子和裙裝仔細包起來捆好，以免沾染塵沙，之後要歡天喜地顛簸上十英里，到卡克塔斯去，等第二天梳妝一番，再征服男人的眼和心，向伊斯特爾致敬，在野百合花叢中激起一陣嫉妒的騷動。

托妮婭坐在埃斯皮諾薩牧場宅子的臺階上，悶悶不樂地用馬鞭撥拉一簇捲曲的牧豆樹葉。她皺眉噘嘴，陰沉著臉，竭力營造不快和不幸的氣氛。

「我討厭鐵路和男人，」她斷然宣布，「男人自稱能駕馭鐵路。但現在高架橋燒壞了，怎麼解釋？艾達．貝內特的帽子有紫羅蘭裝飾，如果拿不到新帽子，我就不去卡克塔斯，一步也不走。如果我是男人，我就想辦法弄一頂回來。」

有兩個男人聽見自己的種類遭到蔑視，覺得不太自在。其中一個是威爾斯．皮爾森，熱浪牧場的牛仔頭領。另一個是湯普森．巴羅斯，來自昆塔納山谷的富有牧羊人。他們都覺得托妮婭．韋弗十分可愛，尤其是她抱怨鐵路和貶損男人的時候。兩人都願意捨棄一塊皮膚給她做復活節帽子，那份犧牲的熱忱不亞於鴕鳥奉上自己的尾羽，鷺鷥獻出自己的生命，無奈卻沒有足夠的才智想出好主意，在安息日[3]到來前彌補這個令人傷心的缺憾。皮爾森古銅色的臉膛和蓬鬆的棕色頭髮使他看起來像一個陷入青春期的憂鬱之中無力自拔的中學生。對於托妮婭的困境，他完完全全地感同身受。湯普森．巴羅斯則更加圓滑，更加精明。他原本是東部人，打領帶、穿低幫鞋子，在女人面前不會啞口無言、呆若木雞。

「沙河裡的那個大水坑啊，」皮爾森小聲地說，自己都沒指望被人聽見，「被上回那場大雨給填滿

1 伊斯特爾，是日爾曼神話中的黎明女神和春天女神，主宰萬物的生長和繁殖。復活節本來是異教徒祭祀伊斯特爾的日子，後來混同於耶穌受難後復活的紀念日，因此，也可稱伊斯特爾為「復活節女神」。

2 耶穌在受難後的第三天復活，因此，耶穌受難日再過兩天就是復活節。

3 安息日，是復活節前的星期六，也就是復活節前一天。

了。」

「哦！是嗎？」托妮婭尖刻地說，「謝謝你提供的寶貴訊息。我想一頂新帽子對你來說不算什麼，皮爾森先生。你大概以為女人應該像你一樣，戴一頂舊的斯泰森氈帽，五年都不用換一換。如果你那個舊水坑能把高架橋的火給澆滅了，那你說這話就算情有可原。」

「韋弗小姐，」巴羅斯吸取了皮爾森的教訓，說道，「你沒能收到帽子，我深感難過。實在是非常非常難過。如果我有什麼可以效勞的地方——」

「不必了，朋友，」托妮婭以溫柔的譏誚口吻打斷了他，「如果你有什麼可以做的，你肯定已經做了。沒有了。」

托妮婭住嘴不說了。她靈機一動，眼中突然閃過一道希望的光芒，眉頭也漸漸舒展開了。

「努埃塞斯河的孤榆渡口有一家商店，」她說，「有帽子賣。伊娃．羅傑斯就是在那裡買的。她說那是最時興的款式。說不定還沒賣完。可是，到孤榆渡口有二十八英里路呢。」

兩個男人匆忙起身，把馬刺弄得叮噹作響，托妮婭差點笑出聲。看來騎士還未盡歸塵土，靴子後面的刺輪也還沒有生銹。

「當然啦，」托妮婭若有所思地望著一朵白色海灣雲從蒼穹之上飄過，說道，「沒有人能在明天那些女孩來接我之前，從我們這裡到孤榆渡口趕個來回。所以，這個復活節我八成只能窩在家裡了。」

說完後，她微微一笑。

「好吧，托妮婭小姐，」皮爾森說著伸手拿了帽子，像個熟睡的嬰兒一樣毫無心機，「我想我該趕回『熱浪』去了。『乾樹枝』那裡明天一早就有工作要做，我和我的馬『走鵰』都得等著。你的帽子在半路耽擱了，真是可惜。或許他們能趕在復活節之前修好高架橋。」

「我也得走了，托妮婭小姐，」巴羅斯看了看手錶，說，「哎呀，快五點了！我必須及時趕回牧羊營地，把那些發瘋的母羊圈起來。」

托妮婭的追求者似乎都遇到了十萬火急的事。他們鄭重地向她道別，然後又以西南部人那種一絲不苟的禮節和彼此握手。

「但願很快就能與你再次相見。」巴羅斯說。

「我也一樣，」牧牛人說，神情嚴肅得彷彿要送他的朋友出海捕鯨，「不管什麼時候，要是你路過熱浪牧場，歡迎來找我。」

皮爾森跨上弗里奧河流域最健壯的矮種馬「走鵰」，先任由牠亂跑一陣；就算剛趕了一整天的路，這馬也照樣活蹦亂跳。

「托妮婭小姐，你在聖安東尼奧訂購的是一頂什麼樣的帽子？」他叫道，「我真為它感到遺憾。」

「是草帽，」托妮婭說，「款式當然是最時髦的，還有紅玫瑰作帽飾；紅玫瑰——我喜歡。」

「那顏色跟你的皮膚和頭髮簡直是絕配。」巴羅斯讚歎道。

「反正我很喜歡，」托妮婭說，「所有的花裡，我只愛紅玫瑰。粉色的、藍色的，我都不感興趣。但那又怎麼樣呢？高架橋燒了，什麼都泡湯了。對我來說，今年的復活節無聊透了！」

皮爾森脫掉帽子，一抖韁繩，吆喝一聲，駕著「走鵰」朝埃斯皮諾薩牧場宅子東邊的樹叢疾馳而去。

就在他的馬鐙把灌木蹭得嘎嘎直響的時候，巴羅斯的栗色長腿馬也沿著窄路朝西南方向開闊的原野跑去。

托妮婭掛好馬鞭，走進起居室。

「很遺憾你沒能拿到帽子，女兒。」她媽媽說。

「哦，別擔心，媽媽，」托妮婭平靜地說，「明天我肯定能及時得到一頂新帽子。」

巴羅斯到達了這片草原的盡頭，之後便策馬右轉。他的坐騎自行選擇了一條道路，優哉游哉地穿過一塊河床乾涸後形成的高低不平的沙鹼地，接著攀上了一座灌木叢生的碎石崗，最後終於打了一個心滿意足的響鼻，來到了平坦的高地草場。眼前現出一片蔥蘢的綠意，其間點綴著剛擠出春芽的牧豆樹。巴羅斯一路向右，不一會兒就踏上了沿努埃塞斯河向南延伸的一條古老的印第安小道。孤榆渡口就在東南方向二十八英里之外。

巴羅斯催動他的栗色馬，從這裡開始大步慢跑。他剛在馬鞍上坐穩，為長途跋涉做好準備，就聽到馬蹄的嘚嘚聲，空心木馬鐙磕碰樹叢的嗒嗒聲，以及好似科曼奇印第安人的那種呼喝聲；轉眼只見威爾斯．皮爾森從小路右側的灌木林中竄了出來，就像從深綠色復活節彩蛋裡提前破殼而出的一隻黃色小雞。

除非是在他敬畏的女人面前，皮爾森的心中擱不下一絲憂愁。一見到托妮婭，他的聲音就溫柔得如同在夏天的蘆葦蕩裡偷懶的牛蛙。但現在，聽到他粗野的歡叫聲，一英里以外的兔子都會驚得垂下耳朵，含羞草都會嚇得把葉子合起來。

「你要把牧羊營地搬到離牧場十萬八千里的地方去嗎，鄰居？」在「走鵑」從栗色馬身側擦過的時候，皮爾森說道。

「也就二十八英里遠。」巴羅斯沉著臉說。皮爾森的笑聲吵得半英里外河岸上水榆樹裡的貓頭鷹早醒了一個小時。

「來得好，牧羊人，本人就喜歡光明正大地競爭。我們兩個是在荒野中追獵帽子的瘋帽商。別怪我沒知會你，巴羅斯，你可得看好你的畜欄。起跑點是公平的，接下來，我們之中先搶到帽子的那一個就能在埃斯皮諾薩站得更高。」

「你有一匹好馬，」巴羅斯看著「走鵰」那桶狀的身軀，以及上粗下細，動起來像引擎活塞杆一樣的腿，說道，「當然啦，這是一場競賽；但你太會騎馬了，用不著大呼小叫，趕得這麼急。我們不如先一起過去，等回程再衝刺，來個直線賽跑。」

「好，我奉陪，」皮爾森答應道，「你很理智，我欽佩你。只要孤榆渡口有帽子，其中一頂明天就會戴在托妮婭小姐頭上，不過這場加冕儀式跟你沒什麼關係。我不是吹牛，巴羅斯，你這匹栗色馬的前腿太瘦弱了。」

「拿我的馬和你的馬做賭注，」巴羅斯提議，「賭明天托妮婭小姐會戴上我給她的帽子去卡克塔斯。」

「我跟你賭，」皮爾森喊道，「不過，唉，如果是交換的話，這簡直是白搶我的馬！你的栗色馬放在我那裡，唯一的用處就是在『熱浪』有訪客的時候，給女士騎來代步，而且——」

巴羅斯突然怒目圓睜，黝黑的臉膛脹得通紅，弄得牧牛人的話只說到一半又縮了回去。但皮爾森從不把任何壓力長久地擱在心上。

「復活節的這套把戲到底是怎麼回事，巴羅斯？」他愉快地問，「女人為什麼到了日子就得戴新帽子，不惜讓馬跑斷肚帶也要把它弄到手？」

「聖約裡對各個時節都有規定，」巴羅斯解釋道，「是教皇或者別的什麼人下的命令。和黃道十二宮有關，細節我也不清楚，但我想應該是埃及人發明的吧。」

「看來是異教徒留下了印跡，這個節日才那麼熱鬧，」皮爾森說，「不然的話，托妮婭也不會攪和進去。就連教堂裡都搞起了這一套。假如孤榆渡口的鋪子裡只有一頂帽子呢，巴羅斯？」

「那麼，」巴羅斯陰沉地說，「我們之中最棒的那個會把它帶回埃斯皮諾薩。」

「嗨，朋友！」皮爾森叫了一聲，把帽子高高拋起又接在手裡，「以前我見過好些從羊欄裡出來的人，還沒哪個像你一樣的。你說得很好，很符合實際。假如不止一頂呢？」

「那麼，」巴羅斯說，「我們各選一頂。一個人會帶著他選的帽子先回去，另一個人就算了吧。」

「世上再沒另兩個靈魂像你我這樣同聲同氣了，」皮爾森仰天向群星宣告，「我倆在天上可能正騎著同一頭獨角獸，用同一個腦子想問題。」

午夜剛過，兩人騎馬奔進了孤榆渡口。這村子的五十來所房屋都烏漆墨黑。店鋪的大木屋矗立在村裡唯一的街道上，門戶緊閉。

拴好馬之後，皮爾森興高采烈地敲起店主老薩頓家的門來。

結實的百葉窗縫隙裡伸出一支溫徹斯特步槍的槍管，又傳出一聲簡短的詢問。

「『熱浪』的威爾斯·皮爾森和『綠谷』的巴羅斯，」他們答道，「我們要在店裡買點東西。抱歉吵醒你了，但我們必須買到才行。出來吧，湯米大叔，快點把事辦完。」

湯米大叔拖拖拉拉的，但終於還是被他們拉去了櫃檯，點著了油燈，聽他們講明了他們的迫切需要。

「復活節帽子？」湯米大叔睡眼矇矓地說，「哦，對，可能就剩兩頂了吧。今年春天我只訂了一打貨。我拿給你們看看。」

湯米・薩頓大叔也不知是睡是醒，但商人的本能還在發揮作用。他確實還有兩頂賣剩的春季帽子，就在櫃檯下面那個落滿灰的紙盒裡。可是，唉！在那個星期六的凌晨，如果他誠信經商，就該說明帽子是兩年前的春天進的舊款。女人一眼就能看出其中的破綻，但牧牛的和放羊的卻都沒什麼像樣的眼力，還以為那兩頂帽子是今年四月才出廠的新品。

這類帽子曾經被統稱為「車輪帽」，是用硬麥稈編的，紅色，平簷。這兩頂則一模一樣，環繞帽頂，裝飾著一圈盛放的純白色人造玫瑰。

「就這些了嗎，湯米大叔？」皮爾森說，「好吧。沒別的選擇了，巴羅斯。你先拿吧。」

「這可是最新款，」湯米大叔撒謊說，「如果你在紐約，去逛逛第五大道就能找到一樣的。」

湯米大叔用兩碼長的深色印花棉布分別把兩頂帽子裹好，綁起來。一頂被巴羅斯小心地繫在他的小牛皮馬鞍上；另一頂則成了「走鵑」的負擔。他們大聲地向湯米大叔道謝和告別，奔上了夜色中的歸途。

騎手把駕馭馬匹的全部本領都使出來了。在回去的路上，他們的速度漸漸放慢下來。兩人交談了寥寥幾句，彼此之間還算友善。巴羅斯的左腿底下有一支溫徹斯特步槍掛在馬鞍一角。皮爾森腰間的槍帶上別了一把六發左輪手槍。弗里奧河一帶，男人騎馬出門，都是這副打扮。

早晨七點半，他們來到山頂，望見了五英里之外一片深色橡樹林裡的一個小白點，那就是埃斯皮諾薩牧場了。

馬鞍上的皮爾森本是一副無精打采的模樣，看到這幕景象，嚇了一跳。他很清楚「走鵑」的能耐。栗色馬嘴角溢出了白沫，步子跌跌撞撞；「走鵑」則像一臺輕便機車一樣不會累。

皮爾森轉頭對牧羊人笑了笑。「再見，巴羅斯，」他揮手叫道，「比賽開始了。我們到衝刺階段了。」

他用膝蓋夾緊「走鵑」，朝埃斯皮諾薩的方向俯下身子。「走鵑」晃著腦袋，噴著鼻息，加速狂奔起來，精神好得彷彿在牧場休養了一個月。

剛跑出二十碼，皮爾森便明白無誤地聽到了溫徹斯特步槍子彈上膛的聲響。不等槍聲傳到耳邊，他就趕緊趴下，貼在馬背上。

巴羅斯的打算可能是廢馬留人——他的槍法很好，足以避免傷及騎手。但在皮爾森彎腰時，子彈擊穿了他的肩膀，又掠過了「走鵑」的脖子。馬跌倒了，牧牛人一頭栽在堅硬的路面上，人和馬都不再動彈了。

巴羅斯仍舊馬不停蹄地朝目的地奔去。

過了兩個小時，皮爾森睜開眼睛，四下打量。他掙扎著站起身，顫顫巍巍地去到「走鵑」躺著的地方。

「走鵑」躺著不動，但看起來還滿舒服的。皮爾森給牠檢查了一下，發現子彈只在牠身上擦出一道「褶痕」。牠倒了下來，但只是暫時的，傷得並不重。牠太累了，就躺在托妮婭小姐的帽子上休息，路邊的牧豆樹貼心地將枝條垂在牠面前，牠便不客氣地啃著上面的葉子。

皮爾森把馬吆喝起來。復活節帽子從馬鞍上鬆脫了，掉在地上，連帶著包裹它的印花棉布，已經被「走鵑」結實的身軀碾得不成樣子。這時，皮爾森再次昏倒，又把那頂倒楣的帽子壓在了受傷的肩膀底下。

牛仔是很難被殺死的。半小時之後，他醒了過來——這段時間足夠一個女人暈倒兩次，並且吃掉一個霜淇淋來補充元氣。他小心翼翼地站起來，找到了正在旁邊草地上狼吞虎嚥的「走鵑」。他重新把那頂不祥的帽子綁在馬鞍上，嘗試了幾次之後，終於也把自己安置在馬背上。

中午，一群濃妝豔抹、歡聲笑語的人在埃斯皮諾薩牧場前面等候著。羅傑斯姊妹是坐她們家的新馬車來的，錨地牧場和綠谷牧場的人也都到了——幾乎都是婦女。每個人都戴上了嶄新的復活節帽子，即便在空曠的大草原上也不例外，因為她們都渴望輝耀同儕，為即將到來的節日增光添彩。

托妮婭站在門前，毫不掩飾臉上的淚痕。她的手裡握著巴羅斯從孤榆渡口帶回的帽子，那上面圍了一圈她討厭的白玫瑰，她就是被它弄哭的。因為她的朋友很夠朋友地歡呼雀躍，告訴她「車輪帽」已經過時三季，沒法戴了。

「戴上你的舊帽子，走吧，托妮婭。」她們催促道。

「復活節戴舊帽子？」她回話，「那我還不如死了呢。」說完又哭了起來。

那些幸運兒的帽子都是今春的最新款，帽簷彎彎曲曲，扭成不規則的弧形。

一個陌生人騎著馬從她們中間的灌木叢裡穿出來，有氣無力地勒住了坐騎。綠草汁和山路的石灰岩磨得他滿身滿臉不成樣子。

「你好啊，皮爾森，」韋弗老爹說，「你的樣子就像剛剛馴服了一匹野馬。馬鞍上綁的是什麼——一頭在樹杈上撞死的豬嗎？」

「走吧，托妮婭，如果你還想去的話，」貝蒂．羅傑斯說，「不能再等了。我們在馬車上給你留了位置。別在意帽子的事了。你穿這身漂亮的紗裙，不管戴哪一頂舊帽子，都夠迷人的了。」

皮爾森慢慢地解下馬鞍上的那個怪東西。托妮婭看著他，突然生出了希望。皮爾森是創造希望的人。他打開包裹，把帽子遞給她。她飛快地扯掉了線繩。

「我盡力了，」皮爾森緩緩說道，「『走鵑』和我做了我們能為它做的一切。」

「哦，哦！要這種樣式才對！」托妮婭尖叫道，「還有紅玫瑰！等我試試看！」

她衝進去照鏡子，然後又跑出來，容光煥發，笑容滿面，光彩照人。

「哦，看啊，那紅色多襯她啊，」女孩用朗誦腔稱讚道，「快來吧，托妮婭！」

托妮婭在「走鵑」身邊停了一會兒。

「謝謝，謝謝你，威爾斯，」她高興地說，「我想要的就是這個。明天你來卡克塔斯，陪我一起去教堂好嗎？」

「如果我能去，那我就去。」皮爾森說。他好奇地盯著她的帽子，虛弱地笑了。

托妮婭像隻小鳥一樣飛進了馬車。車子向卡克塔斯駛去。

「你剛才幹什麼去了，皮爾森？」韋弗老爹問道，「你看起來不像平常有精神。」

「我嗎？」皮爾森說，「我給花塗了顏色。我離開孤榆渡口的時候，玫瑰是白色的。扶我下馬吧，韋弗老爹，我沒有多餘的染料了。」

幽默家的自白

一種疾病在我身上無痛潛伏了二十五年，然後突然發作，人家這才說我患上了這種病。不過，他們不叫它麻疹，而是稱之為幽默。

店裡的員工在大股東五十歲生日時湊錢給他買了一個銀質墨水臺。我們一起擠進他的私人辦公室去送禮。我被推舉為發言人，上前說了幾句，內容簡短，卻準備了足足一個星期。

這番話迴響熱烈，其中充滿了警句、雙關和搞笑的反轉，笑聲差點震塌了房子——在五金批發行業裡，這家店算十分堅固了。老馬婁本人竟咧嘴大笑，員工自然心領神會，跟著哄鬧起來。

我身為幽默家的名望就從那天上午九點半開始流傳。

一連幾個星期，我的同事都在挑動我的自滿情緒。他們一個接一個地跑來找我說，老兄，那段演講多麼機智啊，還認真地跟我解釋每一個笑話的要點。

我逐漸發現，大家都盼著我繼續發揮所長。別人可以正經八百地談論買賣生意和時事話題，我卻總被要求開些玩笑，活絡氣氛。

別人想要我拿陶器開玩笑，期待著我用戲謔把花崗岩器皿變得輕巧一些。我是記帳的，假如我拿出資產負債表來，卻沒有對總額發表滑稽的評論，或者沒能在一張犁具的發票上找出點可笑的東西，其他員工就會感到失望。

我的名聲不脛而走，本人竟成了當地的「名人」。我們的鎮子夠小，才有這種可能。日報引用我的言論，社交聚會缺了我便辦不成。

我相信自己確實聰明過人、應變迅速、能言善辯。我藉由實踐來培養和提升這些天賦。我的幽默，性質溫和可親，不傾向於挖苦和冒犯他人。人家大老遠見我走過去，就開始笑了，等我們終於相遇的時候，我通常已經想好了把微笑擴展為大笑的妙語。

我結婚早，我家有一個可愛的三歲男孩和一個五歲女孩。我們住在一棟覆滿爬藤的房子裡，可想而知，我們過著幸福的生活。我在五金公司擔任記帳員的微薄薪水倒是可以將過剩財富帶來的那些疾病拒之門外。

我不定期地寫一些笑話和自認極其有趣的奇思妙想，寄給刊載這類東西的雜誌。這些無一例外，都被立刻採用了。有幾位編輯來信預約更多稿件。

某日，一家著名週刊的編輯給我來信，建議我提供一篇幽默文章給他，填補一欄空缺，他還暗示說，如果這件作品確實令人滿意，他將為此開設一個固定專欄。我照做了。兩週後他提出和我簽一份一年期的合約，報酬比五金公司給我的薪水高出許多。

我欣喜若狂，而我的妻子，已經在她的心目中為我的文學成就戴上了一頂不朽的桂冠。那天的晚餐，我們吃了龍蝦丸子，還喝了一瓶黑莓酒。這是個從苦差裡脫身的好機會。我和路易莎十分嚴肅地探討了這件事。我們一致同意，我必須辭去店裡的工作，全職投身幽默的事業。

我辭職了。同事為我舉行了歡送宴會。我在席間的發言精妙絕倫。《公報》上登了全文。第二天早晨，我一覺醒來，看了看鬧鐘。

「天啊，遲到了！」我大叫一聲，一把抓起衣服。路易莎提醒我，我不再是五金商品和日用百貨的奴隸了。現在的我，是一名職業幽默家。

早飯後，她得意地領著我走進廚房外的小房間。可愛的女人！我的書桌、椅子、稿紙、墨水和菸灰缸都在裡面了。還有所有作家都需要的裝飾——擺滿新鮮玫瑰和忍冬花的支架、上一年的牆曆、字典，外加一小袋可以在靈感的空檔吃一吃的巧克力。啊，可愛的女人！

我坐下來，開始工作。壁紙的圖案是阿拉伯紋飾或者宮女或者——也許，是一些不規則的四邊形。我目不轉睛地盯著其中的一個造型。我想到了幽默。

一個聲音喚醒了我——路易莎的聲音。

「如果你不是太忙，親愛的，」她說，「來吃飯吧。」

我看了看錶。那個陰沉的鐮刀客居然一揮手就收割了整整五個小時。我去吃飯了。

「這才剛開始，你不該弄得太辛苦，」路易莎說，「歌德——還是拿破崙？——曾經說，每天五個小時腦力勞動就夠多了。今天下午你能不能帶我跟孩子去樹林裡玩？」

「我確實有點累了。」我承認道。於是，我們去了樹林。

之後沒過多久，我便掌握了訣竅。不到一個月，我就能像製作五金器具一樣大批量產我的產品了。

我成功了。我在週刊上的專欄引起了轟動，評論家私下裡議論紛紛，將我稱為幽默界的後起之秀。我又透過給其他出版物投稿，大大提升了收入。

我習得了這一行的要訣。我能夠捉住一個有趣的念頭，寫成兩行字的笑話，換來一美元的酬勞。只需加以易容改裝，它就搖身一變，由兩行長成四行，出廠價也隨之翻了一番。把這條裙子裡外顛倒，縫上一圈整齊的韻腳作為褶邊，配上插圖改成時尚的款式，它就成了一首漂亮的諷刺短詩。

我有了些積蓄，我們添置了新地毯和一臺客廳風琴。鎮上的人開始把我看作有身分地位的市民，而不再是昔日在五金店任職的那個快樂的鄉巴佬了。

五、六個月之後，我的幽默似乎不再自然而然地冒出來。我的雙唇不再能夠不假思索地妙語連珠。有時，素材短缺令我捉襟見肘。我發現自己在和朋友交談的時候開始留心傾聽，從中獵取有用的主意。我叼著鉛筆，盯著壁紙一看就是幾個小時，一心只想製造一串不矯揉造作的滑稽泡沫。

對於我的朋友來說，我變得貪得無厭、一味索取、帶來厄運，變成吸血鬼了。我焦慮、憔悴，而飢渴地站在他們中間，委實令人掃興。一旦有一則響亮的警句、一個巧妙的比喻、一條辛辣的俗語，從他們的嘴裡掉落下來，我便像候著骨頭的獵犬那樣猛撲過去。我不敢信任自己的記憶，只好卑鄙又愧疚地轉過去，在那本須臾不離身的備忘錄裡記上一筆，或者乾脆寫在袖口上，以備將來不時之需。

朋友看待我的目光驚奇而又悲傷。我已不是從前的我。我曾為他們貢獻了歡娛和快樂。而如今，我剝削他們。我不再為了博人一笑而隨便講笑話。笑話太珍貴了。我不能無償地把我的生計資源施捨出去。

我就是那隻可悲的狐狸，勤於讚美我的朋友——烏鴉——的歌聲，只為讓他們鬆嘴，掉落一小口令我垂涎的智慧。

幾乎每個人都開始躲著我。我甚至忘了如何微笑，即使得到能直接竊用的好詞，也沒法回人家一個像樣的表情。

在我搜羅材料時，沒有任何人、任何地點、任何時間、任何主題能夠漏網。甚至在教堂裡，我那墮落的幻想也在莊嚴的過道和廊柱間遊走巡獵。

牧師剛給一首長韻讚美詩起了個頭，我就開始瞎想：「讚美——美元——圓咕隆咚——詩歌——十個——疙裡疙瘩。」

布道詞到了我的腦子裡就像過了篩子一樣，清規戒律被篩得一乾二淨，只剩下些零碎的雙關妙語。唱詩班演唱的最莊嚴的頌歌也只能給我的思緒充當伴奏，好讓我在為舊的幽默構思新的轉折時，去呼應女高音、男高音和男低音的你追我趕、爭風吃醋。

我自己的家也成了狩獵場。我妻子的女性特質異常突出，她坦率、富有同情心、容易激動。聽她講話曾是我的至樂，她的思想曾是永不枯竭的愉悅之源。而現在，我在利用她。她是一座金礦，蘊藏了女人特有的可笑又可愛的矛盾念頭。

我開始販賣那些不太聰明但相當詼諧的奇珍異寶，它們本應僅僅拿來裝點聖潔的家庭園地。我以邪惡的狡黠慫恿她說話。她毫不設防、毫無芥蒂地吐露心聲，我卻將之搬到冰冷無情、眾目睽睽，且俗不可耐的報紙版面上，公之於世。

我吻她，出賣她。一個文學猶大。為了幾塊銀子，我給她可愛的坦誠套上了燈籠褲和愚蠢的百褶裝，叫它們在集市上給人跳舞。

親愛的路易莎！夜深人靜，我俯向她，像殘忍的惡狼俯向柔弱的小羊，聆聽她從睡夢中流出的喃喃細語，希望能事先給第二天的辛苦差事找些啟發。然而更糟的還在後頭。

上帝啊，請寬恕我！接下來，我竟將尖牙深深地扎進我年幼的子女無從捉摸、無所顧忌的童言之頸。

蓋伊和維奧拉是兩眼亮晶晶的噴泉，不斷地湧出孩子氣的奇思妙語。我發覺這類笑料十分暢銷，於是就在雜誌裡設了專欄，用於陳列「滑稽的童年幻想」。我像印第安人追蹤羚羊一樣偷偷追蹤他們。我躲在沙發和門的背後，或者在院裡的樹叢中匍匐，以竊聽他們的嬉鬧聲。我徹頭徹尾地變成了神話中貪婪的女妖哈耳庇厄，除了一點：我還會懊悔。

有一回，我的稿子必須在下一班郵件中寄出，我卻茫無頭緒，只好把自己埋在院中的一堆落葉裡，我知道他們一定會去那裡玩。我絕不會相信蓋伊發現了我的藏身之處，即使他的確發現了，我也不忍責怪他用落葉點火，毀掉了我的新衣，還差一點送我歸西。

很快，我自家的孩子也開始像躲瘟神一樣躲著我。常常，我正像淒慘的食屍鬼那樣悄然走近，便聽到他們跟對方說：「爸爸來了。」說完，他們就收起玩具，連忙躲到更安全的地方去了。我真是個有苦難言的可憐蟲！

然而，在經濟方面，我卻是蒸蒸日上。頭一年還沒過完，我就賺了一千美元，我們生活得相當舒適。

可是，代價是多麼巨大啊！我不太清楚印度的賤民階層是怎樣的，但聽起來和我十足相似。我沒有朋友，沒有娛樂，沒有生趣，連家庭幸福也斷送了。我是一隻蜜蜂，想從最甘美的生命花朵上吮吸骯髒的蜂蜜，我的毒刺卻只能惹來畏懼與回避。

有一天，有個人帶著愉快而友善的微笑跟我講話。這種好事已經有幾個月沒發生過了。當時，我正從彼得．赫菲爾鮑爾的殯葬社門前經過，彼得就站在旁邊，向我致意。我停下腳步，這難得的問候使我的心莫名地抽痛。他請我進去坐坐。

那是個陰冷多雨的日子。我們走進了內室，裡面有一個小爐子，火燒得很旺。有顧客上門，彼得留我獨自待了一會兒。僅僅過了片刻，一種前所未有的感受悄然籠罩了我——那是一種美麗、安寧，而滿足的心緒。我環顧四周，只見一排排漆得發亮的紫檀木棺材、黑色棺材罩、棺材架、掛在靈車上的輕紗、喪服，以及這門隆重的買賣所涉及的一切器具用品。這是個平和、有序，而寂靜的場所，彌漫著莊嚴審慎的氣氛。這裡是擺在生命邊緣的一座小小的壁龕，其中充溢著永恆安息的靈魂。

我一走進這間屋子，人世的愚昧便捨我而去。我沒動過邪念，沒想過從那些陰沉肅穆的飾物中榨出幾滴幽默的汁水。我的心靈彷彿舒展開來，感恩戴德地躺在一張鋪滿幽思的臥榻上。

一刻鐘之前，我是眾叛親離的幽默家；現在，我是悠然自得的哲學家。我找到了一處避難所，得以放下幽默，放下對東躲西藏的俏皮話的狂熱執著，不必再低三下四地追趕透支的笑料，也不必再坐立不安地捕捉飄忽的妙語。

我跟赫菲爾鮑爾不熟。他回來時，我等他先開口，他的事業具有甜蜜憂鬱的和諧，彷彿一曲輓歌，但我怕他本人偏會是一個不搭調的音符。

幸好不是。他和這裡的環境可謂渾然一體。我欣慰地發出一聲長歎。本人從未見過有誰的談吐像彼得一般，乏味得驚世駭俗。與之相比，死海活躍得如同噴泉。他的話語中挑不出一個閃光點和一絲小聰明，卻完全不會倒我的胃口。陳詞濫調像數不勝數的黑莓從他的唇間紛紛墜落，還不如自動收報機裡吐出的上週股市行情更引人入勝。我微微顫抖著，拋出我最得意的笑話去試探他。它出師不利，鋒芒盡損，只好灰頭土臉地退了下去。從那時起，我便由衷地喜歡上了這個人。

每個星期總有兩三個晚上，我會偷偷溜到赫菲爾鮑爾那裡，去他家內室陶醉一陣。那是我唯一的樂趣。我開始早起趕工，擠出更多時間泊在我的港灣裡享受安寧。在任何其他地方，我都無法擺脫向環境索取幽默的習性。然而，彼得的談話密不透風，即便我全力進攻，也撬不開一個缺口。

受此影響，我的精神開始好轉。畢竟，每個人都需要這種完全脫離工作的消遣。有時，我在街上碰見一兩個舊日的朋友，竟給了他們一個微笑、一個愉快的問候，令他們大為吃驚。還有幾次，我放鬆夠了，當著家人的面也能說一兩句玩笑話了，結果倒弄得他們目瞪口呆。

我被幽默的夢魘糾纏了太久，以至於如今就像小學生一樣癡迷於假期時光。

然而，我的工作卻受了損害。它已不像從前那樣，已不再是我的痛苦和負擔。我常常在書桌前吹起口哨，寫得也比過去快得多。我急於飛回我的巢穴，就像酒鬼急於趕往醉鄉，所以迫不及待，只想趕緊交差。

由於不清楚這麼多個下午我身在何處，我妻子總是憂心忡忡。我認為還是別告訴她為好，這些事，女人無法理解。可憐的女孩！——有一次，她因此受了驚嚇。

某日，我帶回一個銀棺材把手和一條漂亮的靈車紗帶，想拿來作鎮紙和拂塵用。

我喜歡看到它們擺在我的桌上，這會令我想起赫菲爾鮑爾那間備受喜愛的內室。但路易莎看見了，嚇得失聲尖叫。我不得不編些蹩腳的藉口來安撫她，但從她的眼神裡可以看出，偏見並未消除。哪怕我立刻弄走這兩樣東西，也已經無濟於事。

那天，彼得．赫菲爾鮑爾向我提出一個頗具誘惑力的建議，令我心動不已。他給我看了他的帳本，以他那種踏實可靠、平淡無奇的方式做了說明。公司的利潤和業務規模都在迅速增長，他想找一個願意投資的合夥人。在他認識的所有人當中，沒有誰比我更合他的心意。當日下午，在我離開彼得那裡的時候，他已經拿到了我的存款銀行開出的一千美元支票，我也就成了他的殯葬事業合夥人。

儘管仍有一絲顧慮，我還是欣喜若狂地回了家。我不敢告訴妻子。但整個人已經飄飄然了。放棄幽默創作，再次品嘗生活的果實，而不是為了榨出幾滴果酒供公眾取樂，就將之碾得稀爛——這將是何等的幸事！

晚飯前，路易莎把我不在家時收到的幾封信交給了我。其中有些是退稿信。從我第一次去赫菲爾鮑爾那裡的那一天起，我被退稿的頻率就高得驚人。最近我創作笑話和文章時速度極快，下筆如飛。以前我則費力得像個砌磚匠，只能逐字逐句地搬運堆砌。

我隨即拆開了和我有長期合約的那位週報編輯的來信，截至目前，這家週報的稿酬支票還是我們的主要經濟來源。信的內容如下：

尊敬的先生：

如您所知，您與我方簽訂的年度協議將於本月到期。儘管深感遺憾，但在此必須告知您，我方不打算與您續簽下一年度的協議。您的幽默風格曾給相當一部分讀者帶去了歡樂，我方對此十分滿意，但在過去的兩個月裡，我方卻發現來稿品質明顯下滑。

您早先的作品展現了自然流露、隨心所欲的趣味和智慧，然而近作卻吃力、牽強、刻意，令人痛心地證明您已是強弩之末，難以為繼。

鑒於此，十分抱歉，我方決定不再錄用您的稿件。

謹向您致以誠摯的問候。

週報編輯部

我把信遞給妻子。讀過之後，她的臉拉得老長，泫然欲泣。

「這個卑鄙的老傢伙！」她憤憤不平地嚷道，「我保證，你的文章和過去一樣好，而且你寫東西花的時間還不到過去的一半。」我猜，話說到這裡，路易莎想起了將不再寄來的支票。「哦，約翰，」她帶著哭腔說道，「現在你打算怎麼辦？」

作為回答，我站起身，繞著餐桌跳起了波爾卡舞。我敢說，路易莎一定以為我被這個突如其來的噩耗逼瘋了；我也敢說，這一定正中孩子的下懷，因為他們跟在我後面拉拉扯扯，快樂地尖叫，還模仿我的步態。現在，我又像從前那樣，成了他們的玩伴。

「今晚整個劇院都歸我們了！」我叫道，「一根汗毛也沒少！皇宮餐廳為我們備了一頓慢吞吞、亂糟糟的晚餐。咚咚鏘——滴滴答——滴答滴答——咚！」

接下來，我解釋了自己為何如此喜悅，宣布我現在已經是繁榮興旺的殯葬公司合夥人了，讓那些笑話趁早見鬼去吧。

握在妻子手裡的那封編輯來信，為我的行為做了絕佳的辯護，她沒有提出異議，只溫和地批評了幾句，理由是身為女人，實在無法欣賞彼得．赫——對了，現在叫赫菲爾鮑爾股份有限殯葬公司——那間小小內室的美妙之處。

作為結尾，我再囉唆兩句。如今在我們鎮上，你絕對找不出另一個像我一樣開心、一樣討喜、一樣妙語連珠的人了。我的笑話再度名聲大噪，廣為流傳；我再度毫無功利心地陶醉在妻子的喁喁私語當中；蓋伊和維奧拉在我的膝前玩耍，隨意拋撒童趣的珍寶，不再害怕那個陰魂不散的傢伙拿著小本子，時刻尾隨他們了。

我們的生意十分興隆。我的工作是記帳和照看店鋪，彼得負責外勤服務。他說我太隨興，太活躍，能輕而易舉地把任何葬禮變成道地的愛爾蘭守靈儀式[1]。

1 愛爾蘭守靈儀式，依照愛爾蘭的民間風俗，在死者下葬前會舉行一場守靈儀式。在儀式上，參與守靈的人會說笑嬉鬧，甚至喝得酩酊大醉。

譯後記

「在他的故事裡看到了自己」

徘徊在神殿的邊緣

在文學世界當中，存在著一個普遍但未必合理的現象：那些聲望最高、名頭最響的作家，在他的時代過去之後，很容易被遺忘。即使他的生平仍舊是不錯的談資，他的作品卻不再受到重視。

文學作品的歷史評價從來都與「公正」無關，而且也從來都不是恆定不變的。時間是某些作家的天使，對另外一些作家而言，則是喜新厭舊的妖魔。無論讀者或是評論家，總像是一些任性的地質隊隊員，在勘測一個時期的文學礦藏時，偏愛發掘「遺珠」，寧願不辭勞苦，向更幽深更隱祕之處鑽探，對於陳列在歷史表層的精妙與壯觀卻往往視而不見，甚至故作不屑。

作為一代短篇小說巨匠，歐·亨利也沒能成為極少數免於蒙塵的舊時珠玉。但他的情況要複雜得多，不易用三言兩語概括。

事實上，自歐·亨利離世至今，已超過一百一十年，他的作品始終有龐大的讀者基礎，但似乎從來沒有得到一個「蓋棺定論」的評價。他的不少小說被中學和大學的文科專業列為必讀材料，但當代作家中很少有誰將他奉為自己的文學偶像，更罕有人承認與他的承襲關係。

歐・亨利曾被譽為「美國短篇小說之父」，這固然是一頂華麗的高帽子，但尊敬多於讚賞，而且還隱約暗示了文學的伊底帕斯情結。

他的同齡人契訶夫至今仍被認為是短篇小說藝術的巔峰，甚至可能是寫實主義文學的巔峰。若將兩者加以對照，世人很容易產生一種荒謬的印象，似乎歐・亨利是一位古早時期的前輩，德高望重但老朽不堪，儘管他作品中的角色和背景往往現代得多、時髦得多。

「時代局限」當然是一個常見的托詞。然而，一名作家真的可以「超越時代」嗎？他有必要「超越時代」嗎？「超越時代」算是文學的核心任務嗎？

這一系列問題，我不打算在這裡回答，也無法簡單地以「是」或「否」作答。

事實上，以所謂「超前」稱許作家及其作品，在多數情況下都顯得十分輕率，它以看待日常生活的線性時空觀來看待文學，遮蔽了文學經典化邏輯的弔詭之處，遮蔽了解讀和評論的主觀性——它們常常並不是由作品驅動，而是由解讀者的目的驅動的——從而也遮蔽了直接、鮮活的閱讀經驗。

幾乎所有作家都夢想著進入經典的序列，然而，極少數得償所願的佼佼者並不能充分代表其所處時代的文學面貌。文學史的敘事容易給人造成兩種典型的錯覺：其一是文學作為一個整體，一直在沿著某種軌跡發展前行，每個時代均有各自鮮明的文學風氣；其二是文學的發展總以某種方式呼應了社會形態和生活方式的變遷。

然而事實上，文學的各種類型早已相對固化，在此基礎上，出版與閱讀的習性也已逐步形成，新理論、新潮流固然層出不窮，但對文學版圖的衝擊極小。文學史的線索也絕對談不上清晰，如若它顯得清晰，那也更多是依據事先確定的框架進行人為篩選的結果。另外，即使最樂意討好大眾的作家也很少會將「反映時代現實」作為自己的文學抱負。

在一定程度上，可以說，文學本就是對隨波逐流的抵抗，它與時代的映射關係絕不體現在淺層和表象，就精神的基底而論，人的變化其實極其緩慢，也極其有限。強納森·法蘭岑或者丹尼斯·約翰遜等當代作家筆下的美國人和歐·亨利小說的主角其實並沒有涇渭分明的差異，只是被選擇性地呈現了不同的面向。

有關歐·亨利文學成就的爭議其實從他成名開始便一直存在，而且從未有任何能夠解決的跡象。這些爭議或許會被擱置，但不可能被遺忘，因為它們關涉到一個更為重要、更為本質的問題。原本為閱讀而生的文學自發展出專門的學科、專業的機構和人才之後，便出現了這個問題：普通讀者（在經濟原則下，這個詞常常被置換為另一個詞：市場）和專業研究者，究竟誰才是文學的主體？

大多數讀者非但沒有為極少數文學家加冕的權力，也沒有這種意願。文學價值的評定一直是大學教授與專業評論家的分內事。他們自認是萬神殿裡的大祭司，而讀者則只能充當不問情由的虔誠信眾。可出人意料的是，越來越多的讀者不願再承受莊嚴的重負，比起進殿瞻仰，更樂意在殿外徘徊觀望。

歐·亨利曾經被抬到了神殿的臺階上，但終於還是被擺在殿外的廣場，而如今，那裡也許是人流最為密集之處。換句話說，如果將目光從專家學者的權威意見上跳開，我們很可能會發現，歐·亨利式的小說至今仍舊是文學的主流。

「消遣」背後的理念之爭

對於歐・亨利的常見評價，無論褒貶，總會採取一種簡單的二分法。《劍橋美國文學史》稱歐・亨利的作品「妙趣橫生」，叫人「眼花撩亂」，但只是「雕蟲小技」而已；評論界巨擘哈樂德・布魯姆則說歐・亨利「喜劇天賦突出」，「筆觸細膩」，但算不上短篇小說「這一文體的主要創新者」。

兩者其實如出一轍，只不過布魯姆還補充道：「最重要的是，他留住了一個世紀的觀眾：眾多讀者在他的故事裡看到了自己，不是更真實或更離奇，而是正像他們自己的現在和過去。」

哈樂德・布魯姆的評價大體是公允的。而所有針對歐・亨利的貶低和輕視也並非毫無來由，對於理解其人其作，具有一定的分析價值。但毫無疑問，他對世紀之交的美國所做的全景式描繪，對不同年齡、階層、職業、地域的數百個角色的精確刻畫，體現了宏大的社會視野、豐富的人際觀察和高超的寫作才能，很難和「雕蟲小技」畫上等號。

與「小技」之說有異曲同工之妙的是，許多評論家將歐・亨利的作品定義為一種「高級消遣」，顯然是有意在他和「嚴肅文學」的「正典」之間劃出一道鴻溝，但在執行這一個動作的時候，又顯然不夠堅決。

那麼，他們究竟在猶豫什麼？

首先，哪怕言必稱「純文學」的宗教激進主義者也不能完全否定文學的休閒用途，何況從亞里斯多德到叔本華，無數思想家均肯定了「閒暇」的價值，可以說，人類的精神成長有一大部分是在「消遣」

中實現的；其次，專家恐怕都得承認，哪怕是莎士比亞的悲劇，也頗有些「消遣」的成分。再者說，諸如查理斯·蘭姆的《伊利亞隨筆》之類的本來就是「消遣文章」的結集，也早就登上了英語文學的大雅之堂。

所以，「消遣」一詞本不能構成一種指控，甚至都算不上一個指責。除非，給予歐·亨利以負面評定的學者都意識到，他恰恰在「消遣」之外具有重大的價值，很可能還對他們一貫享有特權的文學領域產生了某些顯著的影響。唯有如此，這一否定才有實效可言。

的確，歐·亨利的作品很少涉及人性的複雜和倫理的困境等文學傳統的重大母題，更不會用他那些篇幅短小的故事探討終極意義。

此外，他小說中的人物形象缺乏深度，他筆下的罪犯不會像拉斯柯爾尼科夫[1]那樣進行痛苦的自省，他筆下的農家姑娘也不會像黛絲[2]或艾瑪·包法利[3]那樣具有人生的悲劇意識（僅就這一點而言，哈樂德·布魯姆已經為歐·亨利做了辯護。其實，一代又一代文學名著中的主人公從本質來說，大抵都是知識分子，因為他們一直在按照知識分子的想像和需要反映某種典型的精神處境；多數普通人的人生卻始終懵懂而平靜，雖說難免有些波瀾，但終將會過去，也終將與他們自身一起被人遺忘。歐·亨利的短篇小說〈鐘擺〉便是一個與此有關的寓言）。

---

1 拉斯柯爾尼科夫，杜思妥也夫斯基小說《罪與罰》的主角。
2 黛絲，哈代小說《黛絲姑娘》的主角。
3 艾瑪·包法利，福婁拜小說《包法利夫人》的主角。

這顯然是他被詬病的主因，但前提是，他無法僅僅被當作一個供人「消遣」的通俗作家來對待。單從歐．亨利的作品被眾多創意寫作課程列為必讀材料這點來看，這一前提無疑是成立的。

可問題是，這導致了一種極其荒謬的矛盾和斷裂：似乎歐．亨利必須被學習，但不值得被鑒賞。或者換句話說，如果將歐．亨利的小說比作一杯醇酒，那麼世人所做的無異於把酒倒掉，只拿走華麗的酒杯——他們關心的是歐．亨利的方法，而不是歐．亨利的作品。

這一買櫝還珠的行為固然粗暴，但也揭示了真正的核心問題：歐．亨利的方法得到了太多的關注，受到太多人效仿，而過於強調所謂「歐．亨利式的結尾」或「歐．亨利式的幽默」有讓文學創作公式化的風險，或者說，有讓文學陷入機械論的危機。

因此，將之貶低為「雕蟲小技」似乎確實有必要，以繆斯的尊嚴為名，也似乎確實是一個堂皇的理由。

我無意再為歐．亨利辯護，但事實上，在文學的發展歷程中產生了眾多範式，它們以或隱或顯的形態影響著每一代的創作者。一種範式的出現，就像是為「文學之泉」築壩導流，非但不意味著僵化的風險，而恰恰是生命力的體現，只會使文學的流向更為靈活多樣，因為，對個性與風格的追求永遠是最重要的創作動機。

此外，一名藝術家最大的優點往往也是他最大的缺點，反之亦然。歐．亨利的小說也許並未推進對於人性的認識，卻給了平凡的人生以更多的共鳴——與哲人式的深邃相比，他的幽默和機智也更易收穫普通讀者的愛戴。至於文學藝術理應給予人的昇華感，在〈聖誕禮物〉的隱喻中或〈警察與讚美詩〉的轉折中，也得到了完全的實現。

當然，他過多地借助了巧合，而非人物的合理選擇來推動故事情節，這使他的不少作品在貢獻了閱讀快感之餘，鮮能引發進一步解讀的欲望。可以說，他在文學的技術性與普適性上做到了極致，在超越性方面卻存在欠缺。

然而，歐．亨利一生的小說作品近三百篇，類型多樣，風格多變，其中的一部分在形式上和思想上均有突破，絕不能一概論之。例如像〈咖啡館裡的世界主義者〉這樣的諷刺作品，放在任何一位大師的小說集中都足夠犀利新穎。

他的時代遠未結束

對待歐．亨利這樣的作家，最合適的做法絕不是離棄，而是更充分地閱讀其作品。對於讀者來說，真正應當避免的是在理解層面的「文學機械論」。

事實上，任何人在細讀之下，都很難忽視歐．亨利在文體上的努力，他的修辭豐富，描寫精當，對簡潔鋪陳和繁複織構都得心應手，這使他的小說往往從頭至尾都散發出極強的感染力。

更重要的是，他幾乎用短篇小說這種積木塊般的「小體裁」搭成了像《人間喜劇》那樣宏偉的文字建築。如果說巴爾札克創作了一系列莊嚴的古典油畫，陳列在一間壯麗的畫廊裡，那麼歐．亨利則以近三百幅形形色色的浮世繪展現了美國社會的方方面面。兩者至少在廣度上不相上下。若單論這一成就，至今也沒有其他短篇小說家可與歐．亨利相比。

而他的一些天才式的發揮，也對之後許多重要的小說作家產生了顯著的影響。比如只有短短幾頁篇幅的〈附家具出租的房間〉便預示了著力表現美國夢破滅的戰後一代作家的風格和題材，很容易令人聯想到沙林傑和瑞蒙·卡佛；而他唯一的長篇小說，以拉丁美洲為背景的《卷心菜與國王》則令人吃驚地成為「拉美文學爆炸」中一系列政治小說的先聲（這部群像小說常被算作短篇小說集，其中一些獨立性較強的篇章，例如〈海軍上將〉，絕對是技藝高超的傑作）。

值得一提的是，歐·亨利的全部作品所呈現的最終圖景，有可能並非作者有意為之，至少在他的文學生涯初期，不可能萌發這樣浩大的動機。這一幕罕見的文學奇觀之所以能夠形成，必定和歐·亨利雖然短暫，但豐富得出奇的人生經歷有關。

他在人世間僅僅生活了四十八年，卻從事過藥劑師、會計、牧羊人、廚師、經紀人、出版商、歌手、戲劇演員等十幾種天差地別的職業，甚至還遭過幾年牢獄之災；在美國南部的鄉鎮、西部的平原，以及最繁華的大都市，他都曾經安過家，為了避禍，他還曾經逃往中美洲的宏都拉斯；他與形形色色的人有過來往，其中包括了社會名流、新聞記者、流浪漢、農場主人、底層雇工、各地移民、印第安人等等。

這樣的人生幾乎不可能復現，對於歐·亨利的創作而言，自然是得天獨厚的資源，加之他在幾千字的空間裡輾轉騰挪的過人本領，使得閱讀如同觀賞一場人類生活的博覽會，能夠給讀者帶來極大的智識享受。

有志於文學創作的讀者更需要多讀、細讀歐·亨利的作品，他的幾本小說集題材、風格各異，但均體現了極強的敘事技巧，是天然的文學教科書。

總而言之，已經被稱為「經典」的歐·亨利小說其實並未完成他的經典化進程，但這對於作者而言並非不幸，這意味著對他的閱讀與爭論還將繼續進行下去，也意味著，在文學的天空下，歐・亨利的時代不但遠未結束，很可能還在來臨之中。

二〇二二年六月

歐·亨利年表

一八六二年（誕生）

九月十一日出生於美國北卡羅萊納州的格林斯伯勒。本名為威廉·西德尼·波特。父親是有名望的醫生，母親會寫詩和繪畫。

一八六五年（三歲）

母親因肺結核病去世。隨父親遷至祖母家中居住。

一八六七年（五歲）

被送往姑姑開辦的私立學校讀書，並在姑姑的啟發和鼓勵下對文學萌生興趣。

一八七六年（十四歲）

進入格林斯伯勒當地的高中就讀。

一八七七年（十五歲）

因經濟原因被迫輟學，之後便開始在叔叔的藥房裡當學徒。經常以顧客為對象創作漫畫。

一八八一年（十九歲）

取得了北卡羅萊納州藥劑師執照。

一八八二年（二十歲）

在醫生的建議下前往德州拉薩爾縣的一家牧場休養，之後便在牧場中住了兩年，成為一名牛仔。其間做過廚師和幫工，學習了法語、德語和西班牙語。

一八八四年（二十二歲）

前往德州首府奧斯汀市，並在那裡的一間藥房謀得了藥劑師的工作。

一八八六年（二十四歲）

改行成為地產經紀人。

組成了一支四重奏樂隊。

一八八七年（二十五歲）

一月，就任德州土地管理局的製圖員。七月，與阿索爾．埃斯蒂斯結婚。開始為雜誌和報紙撰稿。

一八八八年（二十六歲）

妻子阿索爾產下一子，但僅過了數小時，嬰兒便夭折了。

一八八九年（二十七歲）

九月，女兒瑪格麗特出生。

一八九一年（二十九歲）

進入奧斯汀第一國民銀行任出納員。

一八九四年（三十二歲）

買下了一家月刊雜誌社，將之更名為《滾石》週刊，專門刊發幽默文章；其本人則同時身兼出版商、編輯、作者和插畫師等數職。同年，因被指控挪用銀行公款而被迫辭職。

一八九五年（三十三歲）

四月，《滾石》停刊。舉家遷往休士頓，成為《休士頓郵報》的記者和專欄作家。

一八九六年（三十四歲）

二月，以盜用公款的罪名被起訴，並遭到拘押。獲保釋後逃往紐奧爾良，並隨後乘船前往宏都拉斯。在宏都拉斯的一間小旅館裡躲了幾個月，在此期間開始創作《卷心菜與國王》。

一八九七年（三十五歲）

二月，因患肺結核的妻子阿索爾病危，趕回奧斯汀，並向法院自首。七月，妻子去世。

一八九八年（三十六歲）

二月，被判有罪，並處五年有期徒刑。在獄中服刑期間成為監獄裡的藥劑師，並開始全心投入短篇小說創作。

一八九九年（三十七歲）

十二月，首次以「歐·亨利」為筆名，在《麥克盧爾》雜誌的聖誕專刊上發表短篇小說〈口哨大王迪克的聖誕襪〉。

一九〇一年（三十九歲）

七月，在服刑三年零三個月後，因表現良好而提前獲釋出獄。與女兒重聚。

一九〇二年（四十歲）

遷居紐約，成為職業作家。逐漸獲得了讀者的廣泛認可，但也染上了賭博和酗酒的惡習。

一九〇三年（四十一歲）

與《紐約星期日世界報》簽訂合約，約定每週提交一篇短篇小說。

一九〇四年（四十二歲）

唯一的長篇小說《卷心菜與國王》出版問世。

一九〇六年（四十四歲）

出版短篇小說集《四百萬》。

一九〇七年（四十五歲）

與兒時戀人莎拉．琳賽結婚。出版短篇小說集《剪亮的燈盞》和《西部之心》。

一九〇八年（四十六歲）

出版短篇小說集《城市之聲》和《善良的騙子》。

一九〇九年（四十七歲）

與莎拉．琳賽離婚。出版短篇小說集《各種選擇》和《命運之路》。

改編自小說〈聖誕禮物〉的默片《犧牲》上映。

一九一〇年（四十八歲）

出版短篇小說集《陀螺》和《不可變通》。因酒精中毒導致肝硬化，於六月五日逝世，後被安葬在北卡羅萊納州阿什維爾的河濱公墓。

一九一一年

短篇小說集《亂七八糟》出版問世。

一九一二年

短篇小說集《滾石》出版問世。

一九一八年

美國藝術科學協會設立了「歐．亨利紀念獎」，獎勵範圍為每一年度在美國發表的優秀短篇小說。

一九五二年

十月，電影《錦繡人生》上映。該電影改編自歐．亨利的五篇小說。

一九六八年

歐・亨利受審的法院被德州大學收購，更名為歐・亨利禮堂。

二〇一二年

九月，美國郵政局發行歐・亨利一五〇周年誕辰紀念票。

牛仔很忙 / 歐・亨利短篇小說精選 / 歐・亨利著；黎幺譯 . -- 初版 . -- 臺北市：時報文化出版企業股份有限公司，2024.04
336 面；14.8×21 公分 . -- (愛經典；78)
ISBN 978-626-396-159-3 (精裝)

874.57 113004886

本書據 Garden City Publishing Company, Inc. 1911 年版 *The Complete Works of O. Henry* 翻譯

作家榜®经典名著
读经典名著，认准作家榜

ISBN 978-626-396-159-3

Printed in Taiwan

愛經典 0 0 7 8

牛仔很忙：歐・亨利短篇小說精選

作者—歐・亨利｜譯者—黎幺｜編輯—邱淑鈴｜企畫—張瑋之｜美術設計—FF 設計｜校對—邱淑鈴、蕭淑芳｜總編輯—胡金倫｜董事長—趙政岷｜出版者—時報文化出版企業股份有限公司 108019 臺北市和平西路三段二四〇號四樓 發行專線—（〇二）二三〇六—六八四二 讀者服務專線—〇八〇〇—二三一—七〇五、（〇二）二三〇四—七一〇三 讀者服務傳真—（〇二）二三〇四—六八五八 郵撥—一九三四四七二四時報文化出版公司 信箱—10899 臺北華江橋郵局第 99 信箱 時報悅讀網—http://www.readingtimes.com.tw｜電子郵件信箱—new@readingtimes.com.tw｜法律顧問—理律法律事務所 陳長文律師、李念祖律師｜印刷—勁達印刷有限公司｜初版一刷—二〇二四年四月二十六日｜定價—新台幣四八〇元｜（缺頁或破損的書，請寄回更換）

時報文化出版公司成立於一九七五年，並於一九九九年股票上櫃公開發行，於二〇〇八年脫離中時集團非屬旺中，以「尊重智慧與創意的文化事業」為信念。